Tradução
Teoria e Prática

Tradução
Teoria e Prática

John Milton

Martins Fontes

© 2010 Martins Editora Livraria Ltda., São Paulo, para a presente edição.
© 1998-2009 Livraria Martins Fontes Editora Ltda., São Paulo.

Publisher *Evandro Mendonça Martins Fontes*
Coordenação editorial *Anna Dantes*
Produção editorial *Luciane Helena Gomide*
Revisão *Denise Roberti Camargo*
Dinarte Zorzanelli da Silva

Dados Internacionais de Catalogação na Publicação (CIP)
(Câmara Brasileira do Livro, SP, Brasil)

Milton, John, 1956- .
   Tradução : teoria e prática / John Milton. – 3. ed. – São Paulo : Martins Martins Fontes, 2010.

Bibliografia.
ISBN 978-85-61635-93-0

1. Tradução e interpretação I. Título.

10-12259   CDD-418.02

Índices para catálogo sistemático:
1. Tradução : Linguística 418.02

Todos os direitos desta edição no Brasil reservados à
Martins Editora Livraria Ltda.
Av. Dr. Arnaldo, 2076
01255-000 São Paulo SP Brasil
Tel.: (11) 3116.0000
info@martinseditora.com.br
www.martinsmartinsfontes.com.br

Há seis meses, tenho sido perturbado pela doença (se assim posso chamá-la) da Tradução...

John Dryden, "Introdução" aos *Poems from Sylvae*

Agradecimentos

Este livro foi originariamente uma tese de doutorado feita sob a supervisão do professor Paulo Vizioli da FFLCH da Universidade de São Paulo. Gostaria de agradecer ao Conselho Britânico e ao CAPES o apoio financeiro durante a elaboração do livro. Gostaria também de agradecer a Deusa Maria de Sousa, que me ajudou durante a tradução.

Índice

Prefácio 11

I. Introdução 25
II. A tradução e a época *Augustan* 41
III. *Les belles infidèles* e a tradição alemã 79
IV. Ezra Pound – Renovar! 103
V. Outros tradutores do século XX sobre a tradução.. 155
VI. Cabala, Babel e Bíblia 177
VII. A tradução como força literária 207
VIII. A teoria da tradução literária no Brasil 229

Palavras finais 257
Bibliografia 259

Prefácio

Nesses dezessete anos, desde o lançamento deste livro em 1993 como *O poder da tradução*, os estudos da tradução dentro e fora do Brasil experimentaram um crescimento enorme, tanto em termos de publicações quanto em termos de cursos, número de estudantes, congressos e eventos. Neste breve prefácio, mencionarei somente alguns desses desdobramentos dos últimos anos, concentrando-me nas formas nas quais os argumentos neste livro têm se desenvolvido e em algumas de minhas próprias pesquisas.

Uma das áreas que mais cresceu é a de estudos de interpretação, agora uma área acadêmica reconhecida, embora tenha chegado tarde aos estudos de tradução, com os primeiros trabalhos publicados somente nos anos de 1980, geralmente escritos por praticantes na área de interpretação. O número especial da *Target* de 1995 dedicado à pesquisa em interpretação e organizado por Daniel Gile foi uma primeira tentativa de mapear a pesquisa nessa área[1]. Hoje em dia, os estudos na área abrangem várias tendências, e *The Interpreting Studies Reader*[2] reúne artigos sobre estudos cognitivos, psicolinguísticos, neurolinguísticos, pesquisas sobre normas, memória, uso de metáforas, entre outros. Uma área bastante nova dentro dos estudos de interpretação é a de *Community Interpreting*, que examina o uso da interpretação em hospitais, serviços governamentais e sociais, quase sempre em países onde há muitos imigrantes recém-chegados que não falam a língua oficial do país. Muitos dos estudos são críticos à falta de serviços de interpretação. Um estudo clássico de Franz Pöchhacker e Mira Kadric mostra que faxineiras são utilizadas como intérpretes em hospitais na Áustria para traduzir para imigrantes dos países da antiga Iugoslávia[3]. No Brasil, Lucia Helena Sena Franca defendeu um doutorado nessa área sob a minha supervisão[4], e o prof. Reynaldo Pagura da PUC-SP defenderá o seu doutorado sobre a história da interpretação no Brasil.

Outra área dos estudos da tradução que passou por semelhante crescimento nesse período é a da tradução audiovisual. Nos últimos dezessete anos, vimos muitos avanços nas áreas tecnológicas: a introdução de DVDs; a expansão da rede de telefones celulares; o crescimento da Internet e da TV a cabo. Há trinta anos, observávamos que a forma de tradução mais utilizada na televisão brasileira era a dublagem, o que hoje não ocorre tanto, com grande uso de legendagem, que é muito mais barata, especialmente nos canais de TV a cabo.

Entre as novas formas de tecnologia envolvendo a tradução, posso mencionar os sobretítulos, agora comuns em óperas cantadas em línguas estrangeiras: uma tradução das palavras cantadas aparece em um painel eletrônico acima do palco. Mais recentemente temos a possibilidade de assistir a peças de teatro em várias línguas. Quando estive no Japão, aluguei um audioguia para assistir a uma peça kabuki. A desvantagem é que o audioguia tinha somente uma descrição dos acontecimentos no palco, e não dava para escutar a audiodescrição e ao mesmo tempo as vozes dos atores. Agora, em alguns teatros de Londres, onde há um número grande de turistas, é possível alugar um aparelho de mão com traduções da peça em francês, alemão, italia-

PREFÁCIO

no, espanhol, russo, japonês ou chinês, além da versão original em inglês[5]. Os fabricantes da engenhoca insistem em que as traduções sejam feitas por profissionais, e não por software! E aí entramos em uma outra área muito pertinente, a da tradução automática, que hoje está disponível para qualquer um na web, mas, a não ser em situações nas quais há um vocabulário muito limitado, os resultados deixam a desejar e têm de ser corrigidos por tradutores humanos.

No entanto, a tecnologia é cada vez mais importante para o tradutor técnico, que utiliza programas de tradução como o *Wordfast* e o *Trados*, os quais recuperam as memórias das traduções feitas no passado sobre o mesmo assunto ou usam vocabulário semelhante e sugerem soluções de dicionários armazenados dentro da memória.

Os estudos de corpora ocuparam uma posição importante nos últimos anos nos estudos lexicográficos e tradutórios. Hoje é possível armazenar milhões de textos no mesmo computador sem nenhum problema. Assim, projetos como o dicionário *Cobuild*, baseado em linguagem produzida, não imaginária, têm sido possíveis, e essa técnica foi estendida para a linguagem traduzida, que nem sempre é igual à linguagem não traduzida. Na Universidade de Manchester, o *Translational English Corpus* (TEC) consiste de dez milhões de palavras de textos de vários tipos – ficção, biografias, notícias e revistas de companhias aéreas – traduzidas para o inglês de uma variedade de línguas[6].

O uso de corpora facilita tarefas como a de demonstrar as diferenças entre a linguagem traduzida e a linguagem não traduzida e a de diferenciar as linguagens de vários tradutores. Um estudo de Mona Baker, "Investigating the Style of a Literary Translator"[7], mostra as várias distinções entre dois tradutores de ficção para o inglês. Entre elas estão as diferenças no uso do passado para relatar eventos, a frequência do verbo *say* e a tendência de usar discurso direto ou indireto.

Na Faculdade de Filosofia, Letras e Ciências Humanas da Universidade de São Paulo, o Corpus Multilíngue para Ensino e Tradução (COMET) é um corpus eletrônico que tem por objetivo servir de suporte a pesquisas linguísticas, principalmente nas áreas de tradução, terminologia e ensino de línguas. O COMET é composto por três subcorpora: o Corpus Técnico-Científico (CorTec), o Corpus Multilíngue de Aprendizes (CoMAprend) e o Corpus de Tradução CorTrad[8].

Na própria área literária, a facilidade de publicar material na web em um site pessoal ou compartilhado resultou em uma expansão enorme de traduções literárias disponíveis. Um bom exemplo é o site "Uma Nuvem de Corvos", que junta 33 traduções inteiras ou parciais em português de "O Corvo" ("The Raven") de Edgar Allan Poe[9].

As pesquisas em tradução audiovisual estabeleceram-se em muitos países. No Brasil, merecem destaque os estudos de Eliana Franco e Vera Lúcia Santiago. O doutoramento de Eliana Franco estudou o uso de *voice-over* em documentários feitos em francês e alemão sobre o Brasil. Em muitos casos, o texto do *voice-over* manipulava o roteiro original, reforçando os clichês sobre o Brasil e omitindo certos detalhes críticos, como as críticas à igreja católica e a herança europeia[10].

Junto a Vera Lúcia Santiago, Eliana Franco estudou o uso de legendagem para deficientes auditivos. Muitas pessoas pensam que deficientes auditivos nascidos no Brasil não teriam nenhum problema para ler legendas em português. Mas esse não é o caso quando a primeira língua de surdos residentes no Brasil é a Libras (Língua Brasileira de Sinais), pois, desse modo, eles têm de aprender o português como uma segunda língua e, em muitos casos, essa aprendizagem é problemática. Então Franco e Santiago sugerem que haja legendas especiais para deficientes auditivos, que apareceriam durante mais tempo na tela e também incluiriam uma descrição de sons acontecendo no filme ou programa de televisão em *closed caption*[11].

O projeto mais recente de Eliana Franco é de audiodescrição, dirigido a deficientes visuais que assistem a filmes ou televisão. A ação e o diálogo do filme ou programa são descritos em intervalos nos diálogos, e, claro, no caso de filme estrangeiro não dublado, os diálogos são traduzidos e/ou resumidos. As emissoras de TV brasileira vêm sendo obrigadas a exibir, no mínimo, uma hora de programação com audiodescrição por dia[12].

A Virada Cultural foi inicialmente mencionada por André Lefevere e Susan Bassnett em 1990[13], quando prognosticaram que os estudos de tradução deveriam levar fatores culturais mais em conta. Desde então proliferam estudos enfatizando fatores políticos, sociais, históricos, e é nessa área que desenvolvi vários de meus estudos. Entre eles está a importância da política na tradução, como em algumas das adaptações de Monteiro Lobato, nas quais ele insere suas ideias anti-Getúlio Vargas, por exemplo, nas recontagens de *Peter Pan* e *Dom Quixote* por Dona Benta aos bonecos e às crianças do Sítio do Pica-pau Amarelo[14]. Em um estudo feito junto a Eliane Euzébio, mostrei a maneira com a qual o político carioca Carlos Lacerda traduziu *Júlio Cesar*, de William Shakespeare, para se mostrar como um tipo de Brutus nos eventos que conduziram ao suicídio de Vargas em 1954, quando foi descoberto que membros da guarda pessoal de Vargas foram responsáveis pela tentativa à vida de Lacerda. Lacerda escapou com uma ferida no pé, mas o major da Aeronáutica, Rubens Vaz, seu guarda-costas, foi morto[15]. E em outro estudo, junto a Irene

Hirsch, mostrei a importância da tradução na influência norte-americana no Brasil[16].

Entre os estudos mais interessantes ligados à Virada Cultural, gostaria de destacar a censura e a tradução, especialmente sobre a censura na Itália fascista[17], na Alemanha nazista[18] e na Espanha de Franco[19]. O resultado bastante surpreendente é que na Alemanha e na Itália a difusão de livros de bolso traduzidos do inglês continuou até depois do começo da Segunda Guerra Mundial. Foi necessário que os regimes mantivessem o apoio das editoras, e, assim, estas puderam continuar a comercializar livros publicados por países inimigos (EUA e Inglaterra), que trariam certo lucro e não seriam de perigo ideológico. E na Espanha de Franco vários estudos sobre a indústria cinematográfica mostraram que, apesar de eliminar o maior número de elementos indesejáveis, como as referências ao aborto, à igreja católica, aos casos extraconjugais, por meio de cortes e de dublagem, não foi totalmente possível eliminar a *American Way of Life* das telas espanholas.

Outro estudo-chave é o de Maria Tymoczko, *Translation in a Postcolonial Context* (1999), no qual a pesquisadora norte-americana analisa as traduções e adaptações das lendas do herói irlandês mítico Cú Chulainn. As traduções que Tymoczko analisa foram feitas nos últimos anos do século XIX e no começo do século XX, quando havia uma consciência crescente da possibilidade de uma Irlanda independente do Reino Unido. Esse novo país precisaria de modelos e heróis, mas certos elementos teriam de ser modificados em Cú Chulainn: sua preguiça, às vezes era preguiçoso demais para entrar na batalha; sua sujeira e seus piolhos; e o gosto dele de correr atrás de mulheres. Todos esses elementos tinham de ser modificados nas traduções e adaptações para apresentar um herói mais aceitável para as normas da época. De fato, a versão mais popular das lendas de Cú Chulainn, a da *Lady* Gregory, faziam dele um cavalheiro medieval semelhante aos do poeta vitoriano inglês mais famoso, Alfred Lord Tennyson.

Pouco tempo após a publicação de *O poder da tradução* em 1993, Lawrence Venuti publicou seu livro clássico *The Translator's Invisibility* (1995), que foi, talvez, o livro mais influente na área no final do antigo milênio e no começo do novo. Nessa obra, Venuti propõe uma "arqueologia" de tradutores que não seguiram os padrões de fluência e critica a tradição desta no mundo anglo-saxão. Propõe um tipo de militância política entre tradutores que seria conseguida estrangeirizando o texto traduzido, o que mostraria que o trabalho do tradutor não é um trabalho oculto, que desaparece atrás da figura do autor. Após *The Translator's Invisibility*, Venuti estendeu suas ideias para propor que o tradutor também usasse dialetos, arcaísmos, tipos de linguagem que seriam classificados no que Lecercle chamaria "the remainder" ("o resíduo")[20].

As ideias de Venuti têm muito em comum com as de Haroldo de Campos (Capítulo VIII), de Hénri Meschonnic (Capítulo VI), de José Ortega y Gasset e dos românticos alemães (Capítulo III), que também favorecem um tipo de tradução que leva elementos do original. Outro autor a seguir uma linha semelhante e que se tornou bastante conhecido nos últimos anos é Antoine Berman. Seu primeiro livro *L'Épreuve de l'Étranger* (1984) [*A prova do estrangeiro*, 2002] discursa sobre as traduções dos românticos alemães e seu segundo livro *La Traduction de La Lettre ou l'Auberge do Lointain* (1985) [*A tradução e a letra ou o albergue do longínquo*, 2008] critica a forma fluente da tradução de romances na França. Para Berman, as traduções francesas são geralmente "*etnocêntriques, hypertextuelles, et platoniciennes*" ["etnocêntricas, hipertextuais e platônicas"] quando deveriam ser "*éthiques, poétiques, et pensantes*" ["éticas, poéticas e pensativas"]. Elas adaptam muitos elementos à língua francesa, como as *belles infidèles*, criam outro texto, que não seja o original, e se concentram nas ideias do original, ignorando a forma do texto original. Assim, a discussão que ocupou muitas páginas no livro original tem continuado nos últimos quinze anos. Mas certos críticos creem que a ligação entre a tradução estrangeirizante e a militância política é insustentável. Maria Tymoczko, em um artigo intitulado "Translation and Political Engagement: Activism, Social Change and the Role of Translation in Geopolitical Shifts" (2000), diz que o tipo de tradução estrangeirizante pode ser considerado como elitista. Às vezes é difícil de ser entendida, e não seria a melhor maneira de propagar ideias políticas. Usando ilustrações de sua própria experiência em pesquisa de traduções feitas na Irlanda, que em muitos casos faziam parte do movimento pela independência do país, constatou que o uso de traduções por razões políticas geralmente envolve uma mistura de técnicas – adaptação, tradução palavra por palavra, *collage* de uma multiplicidade de textos –, e a ligação entre a estrangeirização e a tradução militante é uma generalização que tem pouca ligação com a realidade.

Os últimos anos têm visto grandes avanços na área de tradução no Brasil. Agora existe no país o primeiro curso de Pós-graduação em Estudos da Tradução (PGET), nos níveis de mestrado (2003) e doutorado (2009), na Universidade Federal de Santa Catarina (UFSC). Entre as publicações novas podemos destacar a revista da UFSC, *Cadernos de Tradução* (primeiro número publicado em 1996); as revistas da Universidade de São Paulo (USP), *TradTerm* (1995), do Centro de Terminologia e Tradução (CITRAT), e *Cadernos de Literatura em Tradução* (1997); *Tradução em Revista*, a revista da Pontifícia Universidade Católica de Rio de Janeiro (PUC-RJ, 2004); e o relançamento em 2001 da revista do Centro Universitário Ibero-Americano (Unibero), *Tradução e Comunicação*, inicialmente publicada em 1981. E entre os livros publicados no Brasil devemos mencionar os seguintes: *Tradução e diferença*, de Cristina Carneiro Rodrigues (1999); *Abordagens teóricas da tradução*, de Ofir B. de Aguiar (2000); *Traduzir com autonomia*, organizado por Fábio Alves, Célia Magalhães e Adriana Pagano (2000); *A singularidade na escrita tradutora: linguagem e subjetividade nos estudos da tradução, na lingüística e na psicanálise*, de Maria Paula Frota (2000); *Walter Benjamin: tradução e melancolia*, de Susana K. Lages (2002); *Tradução de humor: transcriando piadas*, de Marta Rosas (2002); *Línguas, poetas e bacharéis: uma crônica da tradução no Brasil*, de Lia Wyler (2003); e *Tradução e adaptação: encruzilhadas da textualidade*, de Lauro M. Amorim (2006).

Até agora a obra de Haroldo de Campos é pouco conhecida em outros países, embora haja indícios de um interesse crescente fora do Brasil. A tradução que fiz de um dos seus ensaios mais relevantes, "Da Tradução como Criação e como Crítica", já foi publicada em uma coletânea da Editora Routledge[21]; e um artigo sobre sua obra e a de Augusto de Campos, escrito por mim e Telma Nóbrega, saiu em *Agents of Translation*, que editei junto a Paul Bandia em 2009[22]. Pesquisadores de fora do Brasil estão se interessando cada vez mais por sua obra. Entre eles, podemos mencionar o trabalho de Odile Cisneros, da Universidade de Alberta[23] (Bessa & Cisneros, 2007), e o de Inês Oseki-Dupré, da Universidade de Provence[24] (Oseki-Depré, 2003; Oseki-Depré, 2005).

A tendência para uma área tão grande quanto a dos estudos de tradução é fragmentá-la em áreas menores e bastante diferentes, como terminologia, interpretação, estudos de corpora e tradução audiovisual. E há uma área com a qual espero que a tradução tenha mais contato no futuro, a de *Adaptation Studies* (estudos de adaptação), que, nos últimos anos, cresceu nas universidades de língua inglesa, especialmente nos departamentos de Literatura Inglesa, Teatro, Cinema, Dança e Música. Minha crítica aos estudos de adaptação é que, em muitos casos, evitam ou ignoram o elemento de tradução ou de transferência de língua, permanecendo em um monolinguísmo, em geral o da língua inglesa[25].

Já existem muitas áreas da tradução que podem ser consideradas como pertencentes aos estudos de adaptação. Já mencionei tipos de adaptação de textos audiovisuais para deficientes auditivos e visuais. Outros exemplos são a localização de software, a tradução e adaptação de sites, manuais e interfaces de tela, que exigiriam certas mudanças ou adaptações conforme a cultura alvo. É uma área que atualmente emprega um número grande de tradutores ou localizadores.

Meu estudo sobre as traduções do Clube do Livro (1942-89), traduções de textos clássicos dirigidos a um público de classe média baixa, mostrou que os textos eram adaptados de várias maneiras. Referências escatológicas, sexuais, políticas e racialmente ofensivas eram cortadas, e por razões econômicas todas as publicações tinham de ter 160 páginas, resultando em cortes de texto. Trocadilhos, usos de ironia, trechos em outras línguas ou dialetos eram também cortados[26].

A tradução da literatura infantojuvenil geralmente envolve algum tipo de adaptação de assuntos que são aceitáveis para o público infantil. Emer O'Sullivan comenta a tradução alemã de *Pippi Långstrump* [Pippi Meia-Longa] de Astrid Lindgren, publicada em 1969, "na qual a Pippi anárquica – em vez de dar duas pistolas a seus amigos Thomas e Anneke – proclama, de uma maneira muito pouco provável, que as crianças não deveriam brincar com pistolas, e que ela vai colocá-las de volta na arca"[27] (O'Sullivan, 2006, p. 153).

No mundo teatral brasileiro, as traduções são geralmente feitas pelo diretor e/ou seu assistente. São textos fluidos, que variam para cada representação conforme as exigências e sugestões dos atores e do diretor. Se existem em papel, existem em forma de xerox, raramente são publicados.

Existem milhares de adaptações dos grandes clássicos, especialmente de Shakespeare: filmes, minisséries, peças e romances. Junto a Marilise Bertin, adaptei *Hamlet*[28], *Romeu e Julieta*[29] e *Otelo*[30], em versões simplificadas bilíngues (inglês-português), cortando certas repetições, alusões difíceis, arcaísmos e boa parte da pompa e da linguagem difícil de Shakespeare. As adaptações foram dirigidas a um público adolescente, mas parece que são compradas por leitores de várias idades.

Quais serão os avanços nos estudos de tradução nos próximos dezessete? Mais avanços tecnológicos sem dúvida, mas tenho certeza de que a figura do próprio tradutor nunca irá desaparecer...

REFERÊNCIAS

1. "Interpreting Research", *Target* 7:1, 1995, ed. Daniel Gile.

2. *The Interpreting Studies Reader*, ed. Franz Pöchhacker, Routledge, Londres.

3. Franz Pöchhacker e Mira Kadric. "The hospital cleaner as healthcare interpreter: A case study", *The Translator* 5:22, 1999, p. 161-78.

4. "Um Curso Universitário de Interpretação Glocal: com Foco na Realidade Brasileira Sintonizado com as Tendências Mundiais".

5. Disponível em: <http://news.bbc.co.uk/2/hi/technology/8380266.stm>. Acesso em: 26 de novembro de 2009.

6. The Translational English Corpus (TEC). Disponível em: <http://www.monabaker.com/tsresources/TranslationalEnglish Corpus.htm>.

7. Mona Baker, "Towards a Methodology for Investigating the Style of a Literary Translator", *Target* 12:2, 2000, p. 241-66.

8. Disponível em: <http://www.fflch.usp.br/dlm/comet/>.

9. "Uma Nuvem de Corvos: 'O Corvo' em português: traduções, inspirações e ensaios". Disponível em: <http://www.elsonfroes.com.br/framepoe.htm>.

10. Ver o doutoramento de Eliana Franco, "Revoicing the Alien in Documentaries. Cultural agency, norms and the translation of audiovisual reality." Katolieke Universiteit Leuven.

11. Ver Eliana Franco e Vera Lúcia Santiago Araújo, "Reading Television: Checking Deaf People's Reactions to Closed Subtitling in Fortaleza, Brazil", *The Translator*, vol. 9:2, 2003, Special Issue. Screen Translation, p. 249-67.

12. Ver o blog **"Tradução Audiovisual e Acessibilidade**: Legenda aberta e fechada, audiodescrição, dublagem, *voice-over*, interpretação". Disponível em: <http://acessibilidadeaudiovisual.blogspot.com/search/label/Notícias>.

13. In Susan Bassnett e André Lefevere (orgs.), *Translation, History and Culture*, Pinter, Londres e Nova York, 1990, p. 8.

14. Ver "The Political Translations of Monteiro Lobato and Carlos Lacerda", em Georges L. Bastin (org.) *META*, vol. 49, n. 3, setembro de 2004, *L'Histoire de la Traduction et la Traduction de L'Histoire*, Les Presses de l'Université de Montréal, p. 481-97 (com Eliane Euzébio). "Tradução (e identidade) política: as adaptações de Monteiro Lobato e o *Julio César* de Carlos Lacerda", em Marcia A. P. Martins (org.), *Visões e Identidades Brasileiras de Shakespeare*, Rio de Janeiro, Lucerna, 2004, p. 81-100. E "The Political Adaptations of Monteiro Lobato", in *Tradução, Retradução e Adaptação, Cadernos de Tradução, n. XI, 2003/1*, Florianópolis, Universidade Federal de Santa Catarina, 2004, p. 211-27.

15. Ver "The Political Translations of Monteiro Lobato and Carlos Lacerda", em Georges L. Bastin (org.) *META*, vol. 49, n. 3, setembro de 2004, *L'Histoire de la Traduction et la Traduction*

de L'Histoire, Les Presses de l'Université de Montréal, p. 481-97; e, em português, "Tradução (e identidade) política: as adaptações de Monteiro Lobato e o *Julio César* de Carlos Lacerda", em Marcia A. P. Martins (org.), *Visões e Identidades Brasileiras de Shakespeare*, Rio de Janeiro, Lucerna, 2004, p. 81-100.

16. Ver "Translation and Americanism in Brazil 1920-1970", in *Across: Language and Cultures*, vol. 6, Issue 2, Budapeste, Akadémiai Kiadó, 2005, p. 234-57.

17. Por exemplo, Christopher Rundle, Publishing Translations in Mussolini's Italy: A Case Study of Arnaldo Mondadori, in *Textus* (English Studies in Italy) II, 1999, p. 427-42; e "The Censorship of Translation in Fascist Italy, in *The Translator* 6:1, 2000, p. 67-86. Também Jane Dunnett, Foreign Literature in Fascist Italy: Circulation and Censorship, in *TTR*, Volume 15:2, 2º semestre 2002, p. 97-123. Disponível em: <http://www.erudit.org/revue/ttr/2002/ v15/n2/007480ar.pdf>.

18. Ver Kate Sturge, Censorship of Translated Fiction in Nazi Germany, in *TTR*, vol. 15:2, 2º semestre 2002, p. 153-69. Disponível em: <http://www.erudit.org/revue/ttr/2002/v15/ n2/007482ar.pdf>.

19. Ver Jeroen Vandaele, "Funny Fictions": Francoist Translation Censorship of Two Billy Wilder Films, in *The Translator*, vol. 8:2, 2002, p. 267-302. Também Marta Miguel González, El cine de Hollywood y la censura franquista en la España de los 40: El cine bajo palio, em Rosa Rabadán (org.), *Traducción y censura inglés-español: 1935-1985: Estudio preliminar*, León, Universidad de León, 2000, p. 61-86.

20. Lawrence Venuti (org.), "Translation, Community, Utopia", in *The Translation Studies Reader*, Londres, Routledge, p. 468-88.

21. Haroldo de Campos, "On Translation as Creation and as Criticism", tradução de John Milton, em Mona Baker (org.), *Translation Studies,* 4 volumes, Londres, Routledge, 2009.

22. Thelma Medici Nóbrega e John Milton, The role of Haroldo and Augusto de Campos in bringing translation to the fore of literary activity in Brazil, in *Agents of Translation*, ed. John Milton and Paul Bandia, Amsterdã, John Benjamins, 2009.

23. Antonio Sergio Bessa e Odile Cisneros, *Novas*: Selected Writings of Haroldo de Campos, Evanston, Northwestern University Press, 2007.

24. Inês Oseki-Depré, Retraduire La *Bible*: Le *Qohélet*. In *Cadernos de Tradução*: Tradução, retradução e adaptação, n. 11, 2003/1, Pós-Graduação em Estudos de Tradução (PGET), Universidade Federal de Santa Catarina, 2003. E Inês Oseki-Depré (org. e trad.), *Haroldo de Campos:* une Antologie, Paris, Al Dante, 2005.

25. Ver meu artigo: Between the cat and the devil: Adaptation Studies and Translation Studies, in *Journal of Adaptation in Film & Performance*, volume 2:1, 2009, p. 47-64. Disponível em: <http://www.atypon-link.com/INT/toc/jafp/2/1>.

26. Ver *O clube do livro e a tradução*, Bauru, Editora da Universidade do Sagrado Coração (EDUSC), 2002. The Translation of Classic Fiction for Mass Markets. The Case of a Brazilian Book Club, the *Clube do Livro*, in *The Translator*, vol. 7:1, 2001, p. 43-69; e The Translations of the Brazilian Book Club, the *Clube do Livro*, in *Emerging Views on Translation History in Brazil*, *CROP*, revista do Curso de Língua Inglesa e Literaturas Inglesa e Norte-Americana da FFLCH, USP, n. 6, 2001, p. 195-245.

27. "[...] in which the anarchic Pippi – instead of handing two pistols to her friends Thomas and Anneke – is made to proclaim in a most unlikely manner that children shouldn't play with pistols [and] that she is going to put them back in the chest."

28. William Shakespeare, *Hamlet*, edição adaptada bilíngue, São Paulo, Disal, 2005.

29. William Shakespeare, *Romeu e Julieta*, edição adaptada bilíngue, São Paulo, Disal, 2006.

30. William Shakespeare, *Otelo*, edição adaptada bilíngue, São Paulo, Disal, 2008.

I. Introdução

> Sem a tradução na língua vulgar, os incultos são como as crianças no poço de Jacó (que era profundo), sem um balde ou algo com que puxar a água: ou como aquela pessoa mencionada por Esaú, que, ao receber um livro selado com o seguinte pedido "Lede-o, eu vos suplico", foi relutante ao dar sua resposta, "Não posso, porque ele está selado".
>
> "Introdução dos tradutores" da *Bíblia Sagrada*,
> King James Version

1. As metáforas e a tradução literária

Um ponto de partida relevante para encaminhar um estudo sobre a tradução literária consiste em examinar as metáforas usadas por comentaristas e críticos. O ensaio de Theo Hermans, "Images and Translation: Metaphors and Images in the Renaissance Discourse on Translation" [Imagens e tradução: metáforas e imagens no discurso renascentista sobre a tradução][1], contrasta as metáforas usadas pelos tradutores do início do período renascentista (que viam os tradutores exercendo uma função servil, desempenhando um papel inferior em relação ao escritor) com aquelas usadas por escritores após 1650. Durante o período de 1550 a 1650 as imagens predominantes são as relativas a se seguirem os passos exatos do autor, ao tradutor como servo ou escravo, e o trabalho do tradutor como sendo infinitamente inferior ao original – o avesso de uma tapeçaria, ou a luz da vela comparada à luz do sol. Além disso, há frequentemente referências ao tradutor tendo um papel social, uma vez que ele promove o bem comum, proporcionando o acesso a trabalhos estrangeiros. Após 1650, particularmente após o elogio de Sir John Denham a Fanshawe em *To Sir Richard Fanshawe upon his Translation of Pastor Fido*[2] por ter ele declinado "do caminho servil", o tipo de imagem sofre uma considerável mudança. Agora, encontramos imagens que retratam o tradutor preservando a "chama" do original, acrescentando algo de si para preservar a "essência" do original. O tradutor deixa de ser um servo; ele agora é um amigo e conselheiro, o qual pode ter acentuada afinidade com o autor.

Em outras épocas, o *status* do tradutor varia muito. Algumas das imagens mais positivas vêm dos alemães do fim do século XVIII e do início do século XIX. O tradutor é visto como um esotérico semideus, a "estrela da manhã"[3], um profeta, um guia para a Utopia que fará da literatura alemã o centro da mais alta criação artística e que proporcionará infinitas possibilidades através da introdução das formas e das ideias das grandes literaturas do mundo[4].

A "Introdução dos tradutores" da versão autorizada da *Bíblia Sagrada* de 1611 vê o tradutor como alguém que retira o véu e que fornece a luz:

> É a tradução que abre a janela, para deixar a luz entrar; que quebra a casca, a fim de podermos comer a polpa; que abre a cortina, a fim de podermos olhar o lugar mais sagrado; que remove a tampa do poço, a fim de podermos tirar água...[5]

Em contraste com isso, entre as imagens mais comuns de tradução nos dois últimos séculos têm sido destaque aquelas que se referem a alguém desajustado, que impede a luz de entrar. Heine acreditava que um tradutor tentava "empalhar os raios do sol"[6]. Virginia Woolf, ao ler obras russas e gregas em tradução, pensava estar usando óculos errados, ou que houvesse uma neblina entre ela e a página[7]. Em outra ocasião, ela enfatizou essa ideia de perda. Quando lemos uma tradução dos grandes escritores, sentimo-nos

> como pessoas desprovidas (por ocasião de um terremoto ou um acidente ferroviário) não somente de suas roupas, mas também de algo mais sutil e mais importante – de suas maneiras, das idiossincrasias de seu caráter[8].

Da mesma maneira, Yehuda Amichai pensava que ler poesia em tradução era como beijar uma mulher através de um véu, colocando um filtro entre o autor e o original[9].

Para Mme de Staël, o tradutor é um músico que toca uma peça escrita para outro instrumento[10]. Cecil Day Lewis escreveu que Pope tocou Homero num flautim, e Dr. Johnson o tocou num fagote[11]. O tradutor é um fotógrafo que tira uma fotografia de um quadro numa galeria de arte[12], ou tira uma fotografia de uma estátua[13], ou é um cego numa galeria de arte[14].

Robert Lowell vê a maioria dos tradutores como taxidermistas que perderão a vitalidade do original[15]. Para José Paulo Paes, o tradutor pode ter "o complexo de Judas"[16]. Robert Frost acredita que a poesia é "o que é perdido na tradução"[17]. Outra imagem famosa é "a violeta no caldeirão" de Shelley:

> Assim a vaidade da tradução; seria muito sábio jogar uma violeta num caldeirão para descobrir a fórmula da sua cor e perfume[18].

O trocadilho italiano *traduttore-traditore* (tradutor-traidor) ficou bem conhecido. Uma imagem mais sutil é o jogo de palavras em francês de Roger Zuber *sourcier-sorcier* (descobridor de fontes e mágico)[19].

Imagens de traduções que não combinam com o original são comuns. Provavelmente as mais conhecidas são as imagens de Walter Benjamin do original e da tradução como sendo "a fruta e sua casca"[20] – a "casca" de uma boa tradução reveste com exatidão o original – e da tradução como "roupas largas, envolvendo o original como um manto real de amplas dobras"[21].

A outra imagem de Benjamin refere-se às "dores do parto"[22], à tradução resultante do casamento das línguas original e nova. Mas o parentesco de tradução varia: "deveria ser o irmão e não o filho do original"[23], ou poderia ser até o marido[24].

Metáforas contemporâneas enfatizam ideias modernas. O tradutor é um cirurgião que realiza transplantes[25]; ele faz uma transfusão de sangue para o texto traduzido[26]; faz psicanálise[27]; no ato de tradução, ele encontra o "outro"[28]; e é "um personagem em busca de si mesmo"[29]. As metáforas de tradução podem ficar desatualizadas em pouco tempo: a metáfora seguinte pertence a um breve período após a Segunda Guerra Mundial:

> Tal tradução em larga escala poderia ser comparada à venda de porta-aviões norte-americanos, sendo vendidos como sucata e rebocados ao Japão, de onde voltarão para nós na forma de revólveres de brinquedo para menores americanos usarem nas ruas de cidades pequenas[30].

Lope de Vega chamou o tradutor de "contrabandista de cavalos"[31]. Agora, suas profissões foram atualizadas: ele é um ator[32], um artesão[33], um cozinheiro[34], um florista[35], um "poeta-camaleão"[36] e um compositor que rearranja a obra de outro compositor[37]. A tradução é um "treinamento na selva"[38], um jogo de tênis[39] ou de futebol[40], "ressurreição, mas não do corpo"[41]. E ainda encontramos as imagens renascentistas, tais como verter líquidos de uma jarra para outra[42], o tradutor como artista[43], e a "afinidade" entre autor e tradutor[44].

Sobejam imagens clássicas. O tradutor é tão vaidoso quanto Narciso[45], tão mutável quanto Proteu[46], e o papel no qual a tradução é escrita é o leito de Procusto[47]. Ele é tão esperto quanto Sísifo, e do mesmo modo que a água fugia quando Tântalo tentava bebê-la, sofre de um desejo impossível de ser satisfeito[48].

Neologismos com "trans-" são comuns. O tradutor prolífico foi chamado de um "Don Juan transfornicador"[49]. Augusto e Haroldo de Campos nos dão *transcriação, transparadisação, transluminação, transluciferação mefistofáustica*, bem como os mais comuns *recriação* e *reimaginação*[50]. Kiman Friar, em *Modern Greek Poetry*, complementa esses termos com *transport, transmission, transposition, transplant, transformation, transmutation, transcendence* e *transsubstanciation*[51]. E o famoso tradutor francês do século XVI foi chamado de "trad-revisor"[52].

Catford e Nida, insistindo que o conteúdo do original pode ser transferido à tradução, usam diagramas de caixas e imagens de vagões ferroviários. "O que é importante no transporte de frete não diz respeito a quais materiais são carregados em quais vagões, nem à ordem na qual os vagões estão ligados entre si, mas, sim, ao fato de todos os conteúdos chegarem ao seu destino. O mesmo se refere à tradução."[53]

Assim, as metáforas nos dão uma ideia das muitas maneiras através das quais a tradução é descrita. Mas o que a maioria delas tem em comum é a discussão entre a forma e o conteúdo. Isso remonta a Cícero, que traduziu o *Protágoras* de Platão e outros documentos gregos para o latim. Cícero declarou:

> O que homens como vós... chamam de fidelidade em tradução os eruditos chamam de minuciosidade pestilenta... é duro preservar em uma tradução o encanto de expressões felizes em outra língua... Se traduzo palavra por palavra, o resultado soará inculto, e se, forçado por necessidade, altero algo na ordem ou nas palavras, parecerá que eu me distanciei da função do tradutor[54].

No fim do século IV, quando Jerônimo recebeu a incumbência do Papa para produzir uma versão da Bíblia em latim, também deu preferência a uma versão facilitada e tentou traduzir "sentido por sentido e não palavra por palavra". No seu Prefácio, previu a crítica que viria receber:

> Quem quer que, sendo culto ou não, tomasse o volume nas mãos e descobrisse que, ao lê-lo, discordava daquilo com que estava acostumado, não haveria de romper em gritos, e me chamar de um falsificador sacrílego, por eu ter tido a ousadia de acrescentar algo aos Livros Antigos, de fazer mudanças e correções neles?[55]

E não podemos esquecer o fim do tradutor francês, Etienne Dolet (1509-1546), queimado por heresia devido à sua tradução de Platão, que foi julgada herética por não aceitar a imortalidade da alma[56]. Em tempos muito mais recentes (julho de 1991), o tradutor japonês dos *Versos satânicos*, Hitoshi Igarashi, foi assassinado, e o tradutor italiano do mesmo livro, Alberto Caoriolo, foi esfaqueado.

2. O plano do livro

A ideia central deste livro consiste no fato de que a discussão entre a tradução literal e a tradução mais livre tem sido a preocupação principal entre os comentaristas sobre a tradução literária, desde Cícero e Jerônimo até o presente. Não obstante, nos últimos anos, o estudo da tradução literária tem ampliado os seus horizontes e pode ser visto como uma chave para abordagens contrastantes dos estudos literários. Então, este livro fará uma comparação entre essas abordagens tradicionais e as contemporâneas.

O Capítulo II examinará a tradução na época *Augustan* na Inglaterra, quando a sociedade se modelou segundo valores clássicos, e a maioria das figuras literárias mais importantes traduziu os Clássicos. O enfoque principal deste capítulo é John Dryden, o mais importante comentarista sobre a tradução desse período. Dryden concebeu o paradigma triádico da tradução como *metáfrase* (tradução palavra por palavra), *paráfrase* (tradução mais livre) e *imitação*. Os termos usados hoje em dia são um pouco diferentes, mas muitos escritores contemporâneos ainda se valem dessa divisão.

O Capítulo III compara a teoria que está por trás das *belles infidèles*, as teorias francesas dos séculos XVII e XVIII, com as ideias alemãs sobre a tradução no fim do século XVIII e no início do século XIX. Enquanto os escritores franceses exigiam que tudo fosse sacrificado à *beauté* e à *clarté*, os escritores alemães davam preferência à adaptação de formas estrangeiras no âmbito da língua alemã através da tradução, assim ampliando as possibilidades da língua e da literatura alemãs.

Ezra Pound, sem dúvida a figura mais importante na tradução literária no mundo de língua inglesa no século XX, é o tema do Capítulo IV. Pound "fez suas traduções novas"; atualizou-as; mudou-lhes a ênfase; o resultado de suas "traduções" foi muitas vezes um novo poema. Muita tradução moderna segue Pound, e o tradutor frequentemente impõe sua própria personalidade à tradução. A importância que Pound dá à tradução também contrasta com o conceito romântico inglês de tradução. Para Pound, a tradução é central à literatura; para os Românticos, é periférica, longe da inspiração divina do poeta. Esse longo capítulo também inclui uma análise da polêmica entre Matthew Arnold e F. H. Newman em 1861. Arnold, visto por alguns críticos como precursor de Pound no campo da tradução, imaginou que uma tradução de Homero deveria conferir-lhe uma nobreza típica do século XIX e criticou a versão arcaizante da *Ilíada*.

Os Capítulos V, VI e VII examinam outros escritos do século XX sobre a tradução. O Capítulo V concentra-se no grande número de comentaristas sobre a tradução literária que seguem as ideias de Dryden e Pound.

O Capítulo VI estuda os escritos sobre tradução de Jorge Luis Borges, Walter Benjamin, Paul de Man e Henri Meschonnic. Esses autores têm alguns temas em comum: o mito de Babel e o sonho cabalístico de uma língua mundial; a centralidade da forma na tradução; a influência que a tradução poderia ter sobre uma cultura; e a tradução como um modo de desconstrução.

O Capítulo VII descreve a obra de dois grupos de estudiosos para quem a tradução é também uma força motriz na compreensão do desenvolvimento de uma literatura. O primeiro grupo, com base em Israel e nos Países Baixos, entende a tradução como uma parte central do sistema literário. Em certas épocas e em certas literaturas, a tradução desempenha um papel central, e ela é responsável pela introdução de novas formas que vêm de fora do país. Em outras ocasiões, e frequentemente em literaturas já consolidadas, a tradução desempenha um papel periférico. Também se acredita que só o texto traduzido deva ser estudado. O grupo de Göttingen compartilha muitas das ideias deste grupo, apesar de não enfatizar a ideia de literatura como um sistema e de não insistir somente no estudo dos textos traduzidos, ignorando os originais. Seu interesse principal está na transferência cultural através da tradução. Uma tradução pode ser adaptada à cultura de chegada, ou pode levar elementos da cultura-
-fonte para a cultura de chegada.

O Capítulo VIII se concentra na teoria da tradução no Brasil. Nos últimos anos essa área tem sido dominada por Augusto e Haroldo de Campos. Suas traduções e a sua teoria de tradução constituem uma abordagem contemporânea bastante clara neste país. Jorge Wanderley esboça as características desse grupo, os *Concretistas*, e compara suas traduções com as dos poetas modernistas e as da *Geração de 45*[57]. Esse estudo chama a atenção para outros estudos aleatórios, sem encontrar, no entanto, alguma outra escola de tradução com linhas definidas no Brasil.

São essas, pois, as delimitações deste livro, o qual, acredito, cubra as teorias principais de tradução literária. Há outras áreas de interesse periférico que não analiso, tais como a discussão clássica da imitação, as abordagens linguística e semiótica da tradução; tampouco descrevo trabalhos sobre a hermenêutica e a tradução[58].

O livro não analisa as próprias traduções, exceto no Capítulo IV, que versa sobre as ideias de Ezra Pound a respeito da tradução. Essas ideias podem ser mais bem observadas quando lhes examinamos as traduções. Essa análise de traduções pertence à área da traduzibilidade, descrita muito bem por Jorge Wanderley:

> Cabe aqui comentar o fato de que questões como ser ou não a poesia intraduzível, ou ser mais ou menos traduzível, ou ainda estar melhor ou pior esta ou aquela tradução; questões como a de estar ou não obedecendo a um critério de severidade ou rigor, ou estar ou não adotando um critério geral de liberdade – e mesmo de rebeldia – ante o texto original; questões como as da realização ou não de uma tradução que se inscreva (ou não) na história da tradução de determinados textos, ou ainda questões referentes a análises, avaliações e comentários acerca do processo específico empregado neste ou naquele caso – são todas questões referentes à TRADUZIBILIDADE[59].

A grande maioria do que se escreveu sobre a tradução literária diz respeito à poesia. Há poucos estudos de traduções de prosa, e o estudo da tradução do drama ainda está nos seus primórdios[60]. Assim, não me desculpo por ter-me concentrado em ideias sobre a tradução de poesia. Também utilizo o termo literatura com certa liberdade. O Capítulo III trata das traduções francesas que fez d'Ablancourt de histórias romanas. O Capítulo VI inclui comentários sobre as traduções das obras de Freud e Platão. De fato, uma ideia central desse capítulo é que a Bíblia é antes de tudo uma obra literária.

Também não peço desculpas por ter usado fontes de várias línguas. Por sua própria natureza, um estudo sobre a tradução cruza as fronteiras nacionais e linguísticas. Um trabalho que se concentra na maneira pela qual uma língua é traduzida para outra pertence à área da traduzibilidade, que não é, como já foi mencionado, assunto deste livro.

Que contribuição este livro poderia trazer ao estudo da tradução literária? Primeiramente, acredito que ele examine a área de uma nova perspectiva, contrastando desenvolvimentos recentes com abordagens tradicionais. Outras obras gerais sobre a tradução literária seguem linhas diferentes. Em *After Babel*[61], a idéia central é a da hermenêutica do processo de tradução. Louis Kelly, em *The True Interpreter*[62], sugere que a abordagem ideal seria aquela que modificasse uma abordagem linguística semelhante à de Catford e Nida com a hermenêutica. *Translation Studies*[63], de Susan Bassnett, é um panorama geral da teoria da tradução, mas não inclui os vários autores que analiso nos Capítulos VI e VII.

A segunda contribuição importante que espero possa este livro oferecer é uma análise da teoria da tradução de um ponto de vista brasileiro. Espero que este estudo possa ajudar a formar uma base para o estudo da tradução literária no Brasil, incentivar e ser útil a outros estudos na área.

REFERÊNCIAS

1. "Images of Translation: Metaphor and Imagery in the Rennaissance Discourse on Translation", Theo Hermans, em *The Manipulation of Literature*, ed. Theo Hermans. Croom Helm, Londres, 1985.
2. Para as referências completas, ver Capítulo II, Nota 15.
3. Para as referências completas, ver Capítulo III, Nota 24.
4. Ver Capítulo III, p. 55.
5. Da "Introdução dos tradutores" à *Holy Bible, King James Edition*. Oxford University Press, 1853.
6. Citado por Paulo Rónai em *A tradução vivida*. Nova Fronteira, Rio de Janeiro, 1981, p. 22.
7. Citado por Aloys Skoumal em "The Sartorial Metaphor and Incongruity in Translation", em *The Nature of Translation, Essays on the Theory and Practice of Literary Translation*, ed. James S. Holmes. Mouton, Haia e Paris, 1970.
8. "The Russian Point of View", em *The Common Reader*. Pelican, Harmondsworth, 1938: "... like men deprived by an earthquake or railway accident not only of all their clothes but also of something subtler and more important – their manners, the idiosyncrasies of their characters".
9. Citado em *A tradução vivida*, op. cit., p. 23.
10. Citado em *A tradução vivida*, p. 22.
11. Citado por Louis Kelly em *The True Interpreter*. Blackwell, Oxford, 1979.
12. Ernesto Sábato, citado em *A tradução vivida*, p. 22.
13. Michael Reck, citado em *A tradução vivida*, p. 22.
14. Em "Notes on Translation", Arthur Waley, em *Delos*, vol. 3, 1969.
15. *Imitations*, Robert Lowell. Faber & Faber, Londres, 1958, p. xi.
16. "Sob o signo de Judas", José Paulo Paes, em *Tradução: a ponte necessária*. Ática, São Paulo, 1990.
17. "The Lot of the Translator", em *The World of Translation*, PEN American Center, Nova York, 1971, p. 169.
18. Em *The Prose Works of Percy Bysse Shelley*, vol. 2, Chatto & Windus, Londres, 1912: "Hence the vanity of transla-

tion; it were as wise to cast a violet into a crucible that you might discover the formal principle of its colour and odour."

19. Em *Les "Belles Infidèles" et la formation du goût classique*, Roger Zuber. Armand Colin, Paris, 1968, p. 382.

20. "The Task of the Translator", p. 75. Para as referências, ver Capítulo VI, Nota 25.

21. *Ibid.*, p. 75.

22. *Ibid.*, p. 74.

23. Em "The Sartorial Metaphor of Incongruity in Translation", em *The Nature of Translation, Essays on the Theory and Practice of Literary Translation*, ed. James S. Holmes.

24. Em "Translation and Creation", Jean Paris, em *The Craft and Context of Translation*, ed. William Arrowsmith e Roger Shattuck. Univ. Texas Press, Austin, 1961.

25. Em "Doing the Talking", Anglo-French Poetry Translation Conference, Poetry Society Productions, Londres, 1977, p. 56.

26. Ben Belitt em *The Poet's Other Voice*, ed. Edwin Honug. Univ. Mass. Press, Amherst, 1985, p. 69.

27. *Ibid.*, p. 76.

28. Christopher Middleton em *The Poet's Other Voice, op. cit.*, p. 192.

29. Renato Poggioli em "The Added Artificer", em *On Translation*, ed. Reuben Brower, Oxford University Press, Harvard, 1959, p. 42.

30. Em "Translation as a Form of Criticism", Smith Palmer Bovie, em *The Craft and Context of Translation, op. cit.*: "At its furthest reach, such wholescale translation may be likened to American aircraft carriers being sold for scrap metal and towed to Japan, whence they will return to us in the form of toy pistols for small Americans to brandish on the streets of small towns."

31. Citado em *A tradução vivida*, p. 23.

32. Ben Belitt em *Adam's Dream, op. cit.*, p. 32.

33. Burton Raffel em "The Forked Tongue: On the Translation Process", em *Delos*, n? 5, 1970, p. 50.

34. *Ibid.*, p. 50.

35. *Ibid.*, p. 50, citando Karl Dedicius.

INTRODUÇÃO

36. Kenneth Rexroth em "The Poet as Translator", em *The Craft and Context of Translation*, *op. cit.*, p. 29. Também Meyer-Clason, citado em *A tradução vivida*, *op. cit.*, p. 23.

37. Michael Hamburger em "On Translation", em "Encrages: Poésie/Traduction". Université de Paris VII-Vincennes à Saint-Denis, Printemps-Été, 1980.

38. Ben Belitt em *Adam's Dream*, *op. cit.*, p. 30.

39. John Hollander em "Versions, Interpretations and Performances", em *On Translation*, *op. cit.*, p. 218.

40. Gerardo Gambolini em "La traducción de poesía", em *Diário de poesía*, verão de 1990, Buenos Aires, Rosario, Montevidéu.

41. Henry Gifford citado por Charles Tomlinson na "Introdução" ao *The Oxford Book of Verse in English Translation*, ed. Charles Tomlinson. Oxford University Press, 1980, p. xii.

42. Tatiana Fotitch em *A tradução vivida*, *op. cit.*, p. 23, e Renato Poggioli, "The Added Artificer", em *On Translation*, *op. cit.*

43. Por exemplo, Werner Winter, "Impossibilities of Translation", em *The Craft and Context of Translation*, *op. cit.*, p. 68.

44. Kenneth Rexroth em "The Poet as Translator", em *The Craft and Context of Translation*, *op. cit.*

45. Renato Poggioli em "The Added Artificer", *op. cit.*

46. Padre Clivet, citado em *A tradução vivida*, p. 23.

47. André Mirabel, citado em *A tradução vivida*, *op. cit.*, p. 23.

48. *Ibid.*, p. 22-3.

49. Edwin Honig em *The Poet's Other Voice*, *op. cit.*, p. 192.

50. Em "Octavio Paz e a poética da tradução", Haroldo de Campos, em Folhetim, *Folha de S. Paulo*, 9 de janeiro de 1987.

51. Kiman Friar em *Modern Greek Poetry*, citado por José Paulo Paes em "Prós e contras", em Folhetim, *Folha de S. Paulo*, 18 de setembro de 1983. Também em *Tradução: a ponte necessária*, *op. cit.*

52. Em *Les "Belles Infidèles" et la formation du goût classique*, *op. cit.*, p. 192.

53. Veja os diagramas de caixas em "Principles of Bible Translation as exemplified by Bible Translation", Eugene A. Nida, em *On Translation*, *op. cit.*

54. Da Carta 57 a Pammachio sobre o melhor método de traduzir. Em *Toward a Science of Translating*, Eugene A. Nida. Brill, Leiden, 1964, p. 13.

55. *Ibid.*, p. 13.

56. Em *Les grands traducteurs françaises*, E. Cary. Librairie de l'Université, Genebra, 1963, p. 5-14.

57. *A tradução do poema entre poetas do modernismo: Manuel Bandeira, Guilherme de Almeida, Abgar Renault*, Jorge Wanderley. M. A. dissertação, PUC, Rio de Janeiro, 1985; *A tradução do poema: notas sobre a experiência da geração de 45 e dos Concretos*. Tese de doutoramento, PUC, Rio de Janeiro, 1988.

58. Para uma discussão de imitação e simulacro veja *Texto, crítica, escritura*, Leila Perrone-Moisés. Ática, São Paulo, 1978, Capítulo 1.

Para uma visão da tradução que enfatiza a linguística estrutural, ver *Approaches to Translation*, Peter Newmark. Pergamon, Oxford, 1982; *A Linguistic Theory of Translation*, John Catford. Oxford University Press, 1965; *Toward a Science of Translating*, Eugene A. Nida e *The Theory and Practice of Translation*, Eugene A. Nida e Charles R. Taber. Brill, Leiden, 1974.

Para uma abordagem semiótica, ver o ensaio de Roman Jakobson, "On Linguistic Aspects of Translation", em *On Translation*, e *Tradução intersemiótica*, Julio Plaza. Perspectiva, São Paulo, 1987.

Em *After Babel*, Oxford University Press, 1975, George Steiner desenvolve as ideias da hermenêutica da tradução. "Through movements of trust, agression, incorporation and restitution a translator will enter the text and render it in the foreign language." (Através de movimentos de confiança, agressão, incorporação e restituição, um tradutor se introduzirá no texto e o verterá na língua estrangeira.)

59. *A tradução do poema: notas sobre a experiência da geração de 45 e dos Concretos*, Jorge Wanderley.

60. Para tentativas de iniciar uma teoria sobre a tradução do drama, ver o trabalho de Brigitte Schultze, Universidade de Göttingen, particularmente "In Search of a Theory of Drama Translation: Problems of Translating Literature (Reading) and Theatre

(Implied Performance)", não publicado, e Susan Bassnett, "Ways through the Labyrinth. Strategies and Methods for Translating Theatre Texts", em *The Manipulation of Literature*.

61. *After Babel, op. cit.*
62. *The True Interpreter, op. cit.*
63. *Translation Studies*, Susan Bassnett (McGuire), Methuen, Londres, 1980.

II. A tradução e a época *Augustan*

> *Nec verbum verbo curabis reddere, fidus interpres*
> Tampouco palavra por palavra traduz fielmente
>
> Horácio, *Ars Poetica*

Este capítulo analisa os escritos sobre tradução de escritores ingleses, sobretudo poetas, do fim do século XVII e do século XVIII, o chamado período *Augustan*. Representam a primeira tentativa de uma teorização do ato de traduzir, que é ainda muito pertinente às ideias sobre tradução do século XX. Também é a época das mais famosas traduções para o inglês – a *Ilíada* de Homero, traduzida por Alexander Pope, e a *Eneida* de Virgílio, traduzida por John Dryden.

Antes da época *Augustan*, a tradução sempre fora uma parte integrante da literatura inglesa, mas ela não existia como a conhecemos atualmente. A prática generalizada era traduzir, atualizar ou adaptar as obras de outros escritores sem referências às fontes. Muitas vezes, uma história que já existia em outra língua era recontada em inglês. No fim do século XV, William Caxton, o inventor do sistema moderno de impressão, imprimiu versões inglesas de contos franceses e latinos. Antes dele, Geoffrey Chaucer introduziu vários estilos e temas da literatura europeia na língua inglesa. Entre eles estavam suas versões da *ballade française*, o romance de Boccaccio e a fábula de animais, o *fabliau* de Flandres. Também Chaucer traduziu *The Romaunt of the Rose* e *De consolatione philosophiae* de Boécio. Tais adaptações de obras estrangeiras foram de grande importância no estabelecimento das raízes da literatura inglesa. As imitações de Wyatt e Surrey dos sonetos de Petrarca estabeleceram a forma do soneto na literatura inglesa. E William Shakespeare, como a maioria dos dramaturgos contemporâneos, emprestava elementos livremente. *Plutarch's Lives* de Sir Thomas North (que também era uma tradução) forneceu a base para suas tragédias romanas, *Júlio César*, *Tito Andrônico*, *Antônio e Cleópatra* e *Coriolano*; e muitas de suas comédias e outras tragédias usaram a história/enredo de peças de teatro menores, já esquecidas[1].

O possível tradutor enfrentava muitos problemas logísticos. Apesar da invenção da imprensa de Caxton no terceiro quarto do século XV, os livros ainda eram escassos. A biblioteca de vinte volumes do Clérigo de Chaucer nos *Contos de Cantuária* era considerada grande, e não havia bibliotecas públicas ou coleções disponíveis ao estudioso. Sir Thomas Elyot conta que ficou interessado em um livro de Alexander Seneres e começou a traduzi-lo, "embora eu não tenha podido terminar minha tarefa como pretendera, porque o dono do livro o quis de volta, e fui obrigado a deixar uma parte sem traduzir"[2].

No século XVI, encontramos pela primeira vez o conceito do dever público do tradutor. Fortescue e Udall dizem que o trabalho do tradutor é de grande importância ao estado[3]. Richard Taverner diz que traduziu parte do *Chiliades* de Erasmo "pelo amor que tenho à melhoria e ao ornamento do meu país"[4]. John Brede, em sua dedicatória à tradução do *History of Quintus Curtius*, disse que sua intenção era promover o inglês à primeira divisão de línguas, junto ao grego, ao latim e ao francês. Traduzia para que "nós, os ingleses, fôssemos considerados tão avançados quanto outras nações que tinham levado histórias valiosas para suas línguas naturais"[5].

De fato, encontramos vários comentaristas sobre tradução no fim do século XVI exigindo melhor pagamento para os tradutores.

Além de melhorar a literatura inglesa por meio da introdução de modelos de fora, também houve a melhoria e o aumento do vocabulário da língua inglesa através da introdução de novos termos, especialmente do latim. No seu Prefácio ao *The Governor*, Sir Thomas Elyot relaciona a tradução ao movimento de se aumentar o vocabulário inglês[6]. No fim do século XVI, Peele elogia o tradutor Harrington,

> bem letrado e discreto
> Que tão puramente tem naturalizado
> Palavras estranhas, e feito delas todas
> cidadãs livres[7]

Porém, não havia nenhuma aceitação generalizada desses termos que tinham sido introduzidos de fora, chamados *inkhorn*. O catedrático de Cambridge, Sir John Cheeke, preferiu a adaptação de termos anglo-saxônicos, e não permitia "nenhuma palavra que não fosse inglês puro"[8]. Apesar disso, muitas palavras *inkhorn* logo entraram em uso geral. Richard Willes, no seu Prefácio à edição de 1577 de *History of Travel to the East and West Indies*, criticou tais termos *inkhorn* como *domination* (dominação), *ditionaries* (sic) (dicionários), *ponderous* (vagaroso), *solicitable* (solicitável), *obsequious*, *homicide* (homicídio), *inbibed* (bebeu), *antiques* (antiguidades) porque "cheiravam muito a latim"[9]. Todas essas palavras são usadas diariamente na língua inglesa hoje em dia.

No decorrer do século XVI, o aumento da prosperidade da classe média inglesa resultou em um mercado cada vez maior para as traduções, entre as mais importantes das quais se destacaram a *Eneida* de Gavin Douglas, traduzida para o dialeto escocês (1525); *The Book of the Courtier* (1561) [*O livro do homen da Corte*] de Sir Thomas Hoby, traduzido do italiano de Castiglione; as traduções de Ovídio de Arthur Golding (1567); *Plutarch's Lives* [*As vidas de Plutarco*] de Sir Thomas North (1579), como já se disse, foi muito aproveitado por Shakespeare; o *Ariosto* de Harrington (1591); o *Montaigne* de John Florio (1603); *Plutarch's Morals* (1603); e o *Don Quixote* de Thomas Shelton (1612)[10]. Para Ezra Pound, esse período marca a época dourada na história da tradução inglesa e escocesa[11].

Somente no final do século XVI encontramos os primeiros comentários teóricos sobre a tradução. Os comentários de George Chapman (1559-1634) nos prefácios às suas traduções antecipam os escritores *Augustans*. Na sua primeira tradução de Homero, *Seaven Bookes of the Iliad* (1598), Chapman enfatiza que a sensibilidade ao estilo do original é imprescindível ao tradutor.

> O valor de um tradutor habilidoso é observar as figuras e formas do discurso do seu autor, sua verdadeira estatura, e adorná-las com figuras e formas próprias compatíveis com o original na mesma língua para que foram traduzidas[12].

T. R. Steiner, em *English Translation Theory, 1650-1800*, constata que aqui Chapman diz que a tradução é "mimese linguística, bastante fácil de ser alcançada"[13]. Porém, os acréscimos de 1609 e 1611 aos seus prefácios fazem com que a tradução pareça uma tarefa mais difícil. Segundo Steiner, apontam para "uma arte rara de tradução poética", rejeitando tanto traduções literais como a moda contemporânea de parafrasear, em que o tradutor "explicava" o significado. Para Chapman, esse tipo de tradução continha um excesso de raciocínio e perdia a "natureza" do original. Antecipando as palavras de Denham e Dryden, o tradutor tem de alcançar o "espírito" do original. O próprio Chapman acreditava possuir essa ligação metafísica com Homero. Ele imagina que Homero lhe dissera:

> Meditando, um vento doce
> Levou-me a ti, e herdaste
> Meu verdadeiro senso, para aquela época, no meu espírito,
> E eu, invisível, te seguia, te auxiliando,
> Até esses quatro campos verdes, onde tu me traduziste
> [para o inglês[14].

Esse extrato de *The Tears of Peace* é característico de uma boa parte da obra de Chapman. Steiner comenta: "As panegíricas prefatórias, espalhando-se de página em página, confirmam em prosa e verso seu amor honesto e genial por Homero"... "De todos os livros existentes, Homero é o primeiro e o melhor... Ele é um mundo, do qual toda a educação possível pode ser derivada. Somente para enumerar suas virtudes, o mundo precisa de outro Homero... para ensaiá-las"[15].

1. Sir John Denham

A seguinte figura de relevo que antecipou as ideias de Dryden sobre a tradução foi o poeta Sir John Denham. Denham era membro de um grupo de *hommes de lettres* que incluía Abraham Cowley, Sir Richard Fanshawe, Sir Edward Sherburne e Thomas Stanley. Durante o período do *Commonwealth* (1649-1660), após o rei Charles I ter sido deposto, todos esses monarquistas foram exilados e encontraram-se em Paris formando um círculo literário. Esse contato com culturas estrangeiras naturalmente fomentou um interesse por tradução. O próprio Denham traduziu a *Eneida*. Mas seus comentários mais interessantes sobre a arte de traduzir aparecem no poema *To Sir Richard Fanshawe upon his Translation of Pastor Fido* (1648)[16].

É tal a nossa Insânia, Sina e Presunção,
Que poucos, sem o dom da escrita, preferem a Tradução.
Mas o que neles de Arte ou voz é ausência,
Em ti é modéstia ou Preferência.
Enquanto esta obra restaurada por ti permanece
Livre dos vícios de mão que só empobrece.
Seguro de Fama, desejas somente o adular,
Menos honra para criar do que para resgatar.
Nem deve um gênio menor do que o do criador
A Tradução tentar, pois sendo ele do espírito doador,
Todos os defeitos do céu e da terra mantém,
E mentes frias como climas frios o são também:
Em vão se cansam, pois nada pode ser gerador
De um espírito vital, senão um vital calor.
A esse caminho servil tens o brio de renunciar
Palavra por palavra, linha por linha traçar.
São criações penosas de mentes servis,
Não os efeitos de poesia, mas Dores vis;
Arte barata e vulgar, cuja miséria não transfere
Asas às ideias, mas sempre às palavras adere.
Buscas caminhos novos e mais nobres
Para tornar Traduções e tradutores menos pobres.
Eles, porém, preservam as Cinzas, e tu a Chama,
Fiel ao seu sentido, mais fiel à sua Fama.
Vadeando suas águas, onde raso for,
Que delas brote e flua segundo o teu dispor;
Restaurando com bom senso certa fascinação
Perdida ao mudar de Tempos, de língua ou de Região.
Nem mesmo à sua Métrica e Época atado,
Traíste sua Música com Verso mal-acabado,
Nem foram os nervos de força precisa
Esticados e dissolvidos numa grande indecisa:
Mesmo assim (se pudéssemos considerá-la tua),
Teu espírito ao seu círculo confinado continua.
Novos nomes, novas vestes e moderna imponência,
Troca de cenas e de personagens dariam a aparência
Ao mundo que fora obra tua, pois é sabido

De alguns ilustres admirados pelo falso obtido.
A mão do Mestre vida consegue dar
Se ares, linhas e feições de um rosto traçar,
Com pincelada livre e arrojada, dota de expressão
Um ânimo instável ou um Vestido de sedução;
Poderia ter feito igual àqueles que a fizeram menor,
Mas no fundo sabia que o próprio traço era melhor.

(Tradução de Fernando Dantas)

Esse poema contém vários elementos que antecipam o tom e as ideias da tradução *Augustan*. Denham elogia Fanshawe por não ter seguido "o caminho servil" da maior parte das traduções. Esse tipo de tradução literal deixa de conter qualquer tipo de "vital calor" e assim não pode restaurar o "espírito vital". Por outro lado, Fanshawe, nos seus "caminhos novos", consegue preservar a "chama". Mas para conseguir a vitalidade do original mister é fazer mudanças. Quando acha o original inferior, "raso", o faz fluir segundo o seu "dispor". Também Denham enfatiza a melodia do poema traduzido e saúda Fanshawe por não ter traído "sua Música com Verso mal-acabado". Mas, apesar das mudanças que faz, este não é o poema de Fanshawe. Confina-se ao "círculo" de Guarini. A metáfora do pintor, tão comum aos comentaristas sobre tradução dessa época, resume as qualidades da tradução de Fanshawe. Utilizando a "pincelada livre e arrojada, dotada de expressão", consegue expressar as sutilezas do original melhor do que se tivesse feito uma cópia fotográfica.

O outro escrito teórico de Denham é o prefácio à sua tradução do *Segundo livro da Eneida* de Virgílio (1656). Aqui repete várias de suas ideias anteriores. É "um erro vulgar, ao se traduzirem os poetas, assumir o papel de *Fidus Interpres*". Esse tipo de tradução é mais apropriado aos "assuntos relacionados aos fatos ou aos relacionados à fé". A responsabilidade do tradutor de poesia não é a de "traduzir de uma língua para outra, mas traduzir poesia em poesia", e "a poesia é de um espírito tão sutil que, ao se derramar de uma língua para outra, tudo se evapora; e, se um novo espírito não for acrescentado na transfusão, nada restará a não ser um *caput mortuum*"[17]. O "espírito" é de grande importância, mas a "roupagem" não pode ser esquecida. Denham pensa que Virgílio deveria vestir a roupa do inglês contemporâneo. Usar a linguagem contemporânea seria muito mais natural do que usar arcaísmos falsos. Essa ideia de fazer do autor clássico um contemporâneo do tradutor continuou até o fim do período *Augustan*. William Guthrie (1708-1770) levou esse ponto de vista aos extremos ao traduzir Cícero, decidindo, assim, que se Cícero estivesse vivo e morasse na Inglaterra, falaria da mesma maneira que um membro do parlamento inglês. Dessa forma, Guthrie passou três anos assistindo aos debates na Câmara dos Comuns para descobrir o tipo de linguagem mais apropriada ao poeta latino!

Finalmente, Denham insiste em que o sentido de sua tradução é de Virgílio, e não o seu próprio:

> Onde as minhas expressões não são tão acabadas como as dele, a nossa língua ou a minha arte apresentavam deficiências (mas suspeito mais de mim mesmo); mas onde as minhas são mais perfeitas do que as dele, elas são apenas as impressões que a sua frequente leitura deixou em meus pensamentos; de modo que se não são as suas próprias concepções, são pelo menos resultados delas; e se (estando consciente de fazê-lo falar de modo pior do que ele o fez em quase todos os versos) erro ao tentar às vezes fazê-lo expressar-se com mais propriedade, espero que seja considerado um erro em favor do que é melhor, erro que merece perdão, se não imitação[18].

2. John Dryden e a tradução *Augustan*

O maior crítico da época, Dr. Samuel Johnson, oferece-nos a chave à importância da tradução para os *Augustans*:

A TRADUÇÃO E A ÉPOCA AUGUSTAN

> Há um tempo em que as nações, emergindo da barbárie e caindo na subordinação regular, adquirem lazer para aumentar sua sabedoria, e sentem a vergonha da ignorância e a dor do desejo de satisfazer a curiosidade. A esse apetite da mente o senso prático mostra-se grato; o que preenche o vazio remove o desassossego, e libertar-se da dor por algum tempo é prazer; mas a demasia gera a minuciosidade, um intelecto saturado logo torna-se ostentoso, e o conhecimento não encontra receptividade até que seja recomendado por dicção artificial. Portanto, podemos nos deparar com o fato de que, no progresso do conhecimento, os primeiros escritores são simples, e que cada época se aperfeiçoa em elegância[19].

Nesse parágrafo, podemos ver algumas das ideias principais da sociedade *Augustan*. Os *Augustans* tinham a plena consciência de que seu período era um período de melhoria da sociedade. Deixaram para trás tanto a barbárie da Inglaterra medieval como também o excesso de emoção do Renascimento e conseguiram formar uma sociedade estável e organizada. Mas tal sociedade não poderia desenvolver uma autossatisfação altamente negativa? Como pode a cultura nacional ser revitalizada? Somente mediante a introdução de modelos estrangeiros. E a solução dos *Augustans* foi a de seguir modelos clássicos tanto em literatura como na linguagem, na arquitetura e na cultura como um todo. Os autores gregos e latinos foram os modelos para os *Augustans*. Os padrões romanos e gregos foram seguidos no número crescente de gramáticas e dicionários, dos quais o *Dictionary* do Dr. Johnson (1755) foi o mais famoso.

John Dryden, provavelmente a figura de maior influência no mundo das letras na Inglaterra na segunda metade do século XVII, teceu os comentários mais interessantes nesse período sobre a tradução de poesia. Quase a metade da obra publicada de Dryden consiste em traduções, e é nos prefácios dessas traduções que encontramos suas ideias sobre tradução. Seu "Prefácio" às *Epístolas de Ovídio* (1680) introduz muitas das ideias, termos e pontos de referência que serão utilizados por escritores sobre a teoria da tradução nos séculos subsequentes. Consta que há três tipos de tradução; primeiramente, a *metáfrase*, "tradução de um autor palavra por palavra, e linha por linha, de uma língua para outra"[20]. Foi dessa maneira, diz Dryden, que Ben Jonson traduziu a *Ars Poetica* de Horácio.

Em segundo lugar, há a *paráfrase*, ou "tradução com latitude", "em que o autor é mantido ao alcance dos nossos olhos... porém suas palavras não são seguidas tão estritamente quanto seu sentido, que também pode ser ampliado, mas não alterado"[21]. Como exemplo, menciona a tradução de Waller da *Quarta Eneida* de Virgílio.

Em terceiro lugar, há a *imitação*, em que "o tradutor (se é que já não perdeu esse nome) assume a liberdade, não somente de variar as palavras e o sentido, mas de abandoná-los quando achar oportuno, retirando somente a ideia geral do original, atuando de maneira livre a seu bel-prazer"[22]. Exemplos de imitação que menciona são as *Odes* de Píndaro e de Horácio traduzidas por Abraham Cowley.

Dryden adverte acerca do primeiro tipo de tradução. "É quase impossível, ao mesmo tempo, traduzir literalmente e bem."[23] Uma das tarefas mais difíceis é a de encontrar equivalências entre uma palavra em inglês e o vocabulário denso do latim. Dryden faz a comparação de "dançar em uma corda com as pernas agrilhoadas: pode-se evitar uma queda sendo-se cauteloso; mas não se pode esperar que os movimentos sejam elegantes: e, na melhor das hipóteses, não passa de uma tola tarefa, pois nenhuma pessoa sensata se exporia ao perigo em troca dos aplausos por ter escapado sem quebrar o pescoço"[24].

Depois, Dryden examina as imitações de Denham (a *Segunda Eneida* de Virgílio) e de Cowley (as *Odes* de Píndaro). Diz que talvez, no caso de Píndaro, "um escritor obscuro" que muitas vezes dá a impressão de não possuir coerência, de alçar "voo acima das nuvens" para "deixar seu leitor pasmado"[25], Cowley tenha feito a coisa certa, não optando por uma tradução muito literal: "Seu gênio é forte demais para suportar grilhões e, como Sansão, ele se livra deles"[26].

Portanto, se no caso de Píndaro uma "imitação é a melhor forma de tradução", no caso de Ovídio ou Virgílio, ou de outros escritores mais inteligíveis, uma imitação não poderia ser chamada de obra do autor original, mas é "a forma mais vantajosa de um tradutor se mostrar"[27]. Dryden concorda com Denham no Prefácio de sua tradução da *Segunda Eneida*. Convém repetir a citação: "A poesia é de um espírito tão sutil que, ao se derramar de uma língua para outra, tudo se evapora; e, se um novo espírito não for acrescentado na transfusão, nada restará a não ser um *caput mortuum*."[28] Mas esse parece para Dryden mais um argumento contra a tradução literal do que um argumento a favor da imitação. .

Dryden prefere o meio-termo e apresenta seu argumento. O mais importante é que o tradutor seja poeta e mestre de ambas as línguas com as quais trabalha. Também tem de estar completamente familiarizado com as características do seu autor, e deve tentar associar-se ao autor, "conformar o nosso gênio ao dele, dar ao seu pensamento o mesmo toque"[29]. O tradutor também tem de tentar aproximar o seu estilo do estilo do original. Porém, isso não é sempre fácil. Uma tradução exata de uma bela expressão pode produzir um resultado pouco atraente. Desse modo, o tradutor pode ser obrigado a escolher uma outra expressão que não destrua o sentido; tampouco é necessário que "palavras e linhas sejam confinadas à métrica do seu original"[30]. Porém, o que o tradutor não pode fazer é mudar o significado dado pelo autor: "Se a imaginação de Ovídio for luxuriosa, então essa é sua característica; se o modifico, ele deixa de ser Ovídio."[31] Dever-se-ia omitir quaisquer dos trechos aparentemente supérfluos? A resposta de Dryden é negativa: ele faz uma comparação com a pintura: o pintor copia a vida, ele não possui "o privilégio de alterar as formas e os traços com o pretexto de que assim sua obra será melhor"[32].

Mas, no decorrer de sua carreira de tradutor, ele começou a quebrar algumas das suas próprias regras. No seu Prefácio a *Sylvae*, uma antologia de traduções de Teócrito, Horácio, Virgílio e Lucrécio, ele diz: "Devo reconhecer que muitas vezes ultrapassei meu limite, pois não só fiz acréscimos como também omiti e até mesmo fiz algumas vezes, muito audaciosamente, elucidações de meus autores que nenhum comentarista holandês perdoaria. Talvez, nessas passagens, pensara eu ter descoberto certa beleza ainda inexplorada por esses pedantes, beleza que somente um poeta encontraria."[33] Dryden assume o papel de um intérprete para o leitor; o sentido original não é mais "inviolável". Escrevendo sobre Virgílio, "quando deixo de lado os seus comentaristas, talvez eu o compreenda mais"[34]. Diz que quando faz mudanças é para explicar. Quando omite ou encurta expressões, é porque a beleza do grego ou do latim não pode ser transferida ao inglês, e quando acrescenta algo, diz que esses pensamentos não são seus próprios pensamentos, mas "que se encontram secretamente no poeta ou talvez possam ser dele inferidos. Ou, pelo menos, se nenhuma dessas considerações houvesse, a minha consideração seria similar à dele, e se ele estivesse vivo e fosse inglês, elas seriam tal como ele provavelmente as teria escrito"[35].

A essa altura, Dryden acredita que o tradutor pode "melhorar" o original: "Uma coisa é traçar os perfis verdadeiros, as características semelhantes, as proporções, as cores talvez toleráveis, e outra coisa é fazer com que tudo isso seja encantador através da postura, das sombras, e principalmente através do espírito que o todo inspira."[36] T. R. Steiner sugere duas razões para essa mudança em Dryden. Primeiro, "que a tradução é mais complexa que pensara, e que se precisava de mais variedade de estratégias"[37]. Segundo, começou a ficar mais preocupado com agradar seu público, e com o "prazer" do tradutor e do leitor, e ficou ainda muito menos interessado em sua sistematização anterior. Essa plena consciência do público leitor começa a partir de *Sylvae*. Na sua Dedicatória à *Eneida* (1697), comenta Dryden, "a maneira de agradar os melhores juízes é não traduzir um poeta literalmente"[38].

As traduções posteriores de Dryden mostram uma variação de estilos. Suas versões de Juvenal e Pérsio estão próximas à paráfrase, pois "não foi possível a nós, nem a qualquer outro homem, tê-la tornado agradável de outra maneira qualquer"[39]. Ele traduz Ovídio no *Examen Poeticus* (1693) tão literalmente como o traduzira nas *Epístolas*. O Virgílio de Dryden de 1697 fica entre a metáfrase e a paráfrase, apesar de algumas alterações ao texto. Sobre essas alterações na Dedicatória à *Eneida* (1697), comenta: "As omissões, espero, devem-se apenas às circunstâncias, da mesma forma não tinham graça em inglês; quanto aos acréscimos... não foram embutidos nele, mas dele nasceram."[40] Também menciona que a densidade do latim o força a omitir alguma coisa, ou a usar rimas triples. Quando traduz Chaucer para o inglês contemporâneo em *Fábulas antigas e modernas* (1700), explica suas razões para as mudanças que faz. Omitiu o que não foi necessário e acrescentou "onde achei que meu autor era deficiente e que não havia dado às suas ideias seu brilho real pela insuficiência de palavras nos primórdios de nossa língua"[41]. Quando responde aos críticos que pensam que não devia ter traduzido Chaucer por veneração à "sua antiga língua", vemos a preocupação que tem com seu público leitor. Argumenta que a pretensão do autor é ser entendido, e que ele restaurou velhas palavras para o leitor moderno, "para que pudesse perpetuar sua memória ou, pelo menos, reavivá-la entre meus compatriotas"[42]. E parece totalmente natural para Dryden fazer uma tradução para sua própria língua. "Depois de certo tempo, a fama e a memória dos velhos *wits* devem ser renovadas."[43] Também espera que, numa época futura, sua própria obra seja atualizada[44]. Ao que me consta, isso ainda não foi feito, embora a diferença entre o inglês de hoje e o de Dryden seja muito menor do que a diferença entre o inglês de Dryden e o de Chaucer.

Em todos os seus prefácios, é aceito como fato consumado que o latim e o grego são sumamente superiores a línguas modernas como inglês, francês e italiano. Virgílio "floresceu numa época em que sua linguagem era elevada à mais alta perfeição" com sua "propriedade de pensamento, elegância das palavras e harmonia da métrica"[45]. Enfatiza a dificuldade de traduzir seu "número infinito de palavras"[46]. A solução era muitas vezes inventar novas palavras.

> Quando há escassez na terra nativa, devo procurar em outras partes. Se palavras apropriadas não são de nossa criação ou manufatura, quem irá me impedir de importá-las de um país estrangeiro? Não transporto para fora o tesouro da nação, o qual nunca retornará: mas o que trago da Itália, gasto-o na Inglaterra: aqui ele permanece, e aqui circula; pois se a moeda é boa, passará de mão em mão. Eu negocio tanto com os vivos como com os mortos para o engrandecimento da nossa língua pátria... Poesia requer ornamentação, e isso não se obtém com monossílabos do nosso velho Teuto; portanto, se encontro uma palavra elegante num autor clássico, proponho que seja naturalizada, usando-a eu mesmo: e se o público a aprova, a medida é aceita[47].

Dryden formula outra questão: a viabilidade de uma língua para certo tipo de obra literária. O inglês, mais pesado e ponderoso, é mais apropriado para a poesia heroica, ao passo que o francês e o italiano não "têm músculos fortes"[48]. O francês tem "a rapidez de um galgo, mas não a concretude e o corpo de um *doberman*". Mais leve e "menos sério", o francês quadra mais a sonetos, madrigais e elegias do que à grandeza da poesia heroica[49].

Finalmente, Dryden dispensa muita atenção aos problemas estilísticos do tradutor. Na Dedicatória da *Eneida*, comenta a tradução dos elementos técnicos de Virgílio. De novo, subjacente a tudo que Dryden diz, há a ideia de que o latim é uma língua superior ao inglês. Em termos de melodia, atribui-se tal ideia ao fato de que o latim apresenta números iguais de vogais e consoantes, fazendo com que soe tão agradável; no inglês, ao contrário, há excesso de consoantes[50]. O problema de Dryden nas traduções foi o de como fazer para que esta língua dura parecesse doce aos ouvidos. Já vimos seu interesse em introduzir neologismos provindos do latim. Outra técnica foi a de evitar cesuras, para não aumentar o número de quebras numa língua já rude. Uma outra estratégia era a de nunca juntar dois sons vocálicos, a menos que fosse possível fazer a elipse, como no caso de pronomes. E, na sua tradução da *Eneida*, Dryden até mesmo tenta melhorar Virgílio ao evitar hemistíquios, dos quais Virgílio deixou vários, por engano, conforme Dryden[51].

3. Outros modelos: Abraham Cowley

Agora, tentaremos situar as traduções de outros tradutores do fim do século XVII e do século XVIII nos parâmetros de Dryden. Um modelo interessante pode ser encontrado na tradução que fez Abraham Cowley das *Odes pindáricas*, citada por Dryden como exemplo de imitação, embora, nesse caso, Dryden admita que a imitação foi provavelmente a melhor solução. Os comentários de Cowley sobre tradução são do prefácio por ele escrito para a sua tradução das *Odes pindáricas*, que acabou sendo referência central de quantos traduzem com mais liberdade, os "libertinos" do fim do século XVII.

Cowley começa seu prefácio dizendo que se Píndaro fosse traduzido palavra por palavra "poderia supor-se que um louco traduzira outro; como pode parecer sempre que alguém que não entende o original lê sua tradução em prosa latina; nada poderia parecer mais delirante"[52]. Qual é a melhor maneira de levar Píndaro ao leitor inglês? Não é somente acrescentar rima, porque só a rima, sem o acréscimo de *"wit* e do espírito poesia", apenas a faria dez vezes mais disparatada do que é em prosa. Em que consistem *wit* e o "espírito da poesia" aos quais Cowley faz referência? Um elemento é adaptar as referências locais e contemporâneas do original. Outro é não usar métrica regular, considerada a solução por "gramáticos e críticos". Esse tipo de tradução parece "aos nossos ouvidos pouco melhor do que em prosa"[53].

Cowley admite que uma tradução nunca pode ser uma melhoria do original. Emprega a metáfora comum da pintura: "nunca vi uma cópia melhor do que o original"[54], e uma metáfora balística: "pois os homens, de modo algum, propõem-se a atirar além do alvo; a possibilidade de que o alcancem é de uma em mil"[55]. Cowley decidiu fazer algo melhor com as *Odes* de Píndaro. Chama isso de imitação e toma uma posição propositalmente livre: "Nestas duas *Odes* de Píndaro, retirei, excluí e acrescentei o que me agradou"[56]. Seu alvo não é "deixar que o leitor saiba precisamente o que ele disse", mas como "era a sua maneira de dizer"[57].

4. O *Ensaio sobre o verso traduzido* de Lorde Roscommon

Segundo Alexander Fraser Tytler, o *Ensaio sobre o verso traduzido* de Roscommon foi escrito para "prescrever limites" à "licença cada vez maior"[58] na tentativa de trazer de volta a tradução livre para o autor original, longe da imitação livre. Como no caso do *To Sir Richard Fanshawe upon his Translation of Pastor Fido*, a obra de Lorde Roscommon (1633-1685) foi escrita em versos. Roscommon começa fazendo uma distinção entre a escrita criativa e a tradução:

> É certo que a criação é a parte mais sublime, todavia a boa tradução não é uma arte fácil; pois, embora os materiais há muito tempo tenham sido encontrados, ainda assim não apenas a vossa imaginação, mas também as vossas mãos, permanecem amarradas, e ao melhorar o que fora outrora escrito, cultiva-se mais o julgamento e menos a invenção[59].

A tradução é diferente da escrita criativa, mas não é inferior.

Como no caso de Dryden, Roscommon acredita em um relacionamento muito próximo entre o tradutor e o autor original; os dois deveriam formar "um laço de afinidade". O tradutor deve procurar um autor com quem tenha esta empatia.

> Cada poeta com um talento diferente escreve; um louva, um instrui, outro agride; Horácio nunca aspirou a louros épicos, nem o altivo Maro curvou-se às trovas líricas. Verificai como está o vosso espírito e qual é a paixão dominante de sua mente; então procurai um poeta que esteja de acordo com o vosso estilo e escolhei um autor como escolhereis um amigo: unidos por este laço de afinidade, tornar-vos-eis familiares, íntimos e queridos; os vossos pensamentos, palavras, estilos, as vossas almas estarão em harmonia, não mais o seu intérprete, mas ele próprio.

O tradutor deveria sempre tentar evitar efeitos desagradáveis, e tem a obrigação de agradar seu público leitor. Ser didático não é suficiente; o leitor tem de ser agradado:

> Todavia, ter um bom tema não é tudo; este deve ser do nosso agrado quando entendido. Aquele que traz coisas asquerosas à minha vista (como têm feito muitos antigos e no-

vos) com diversas imagens nauseantes as minhas fantasias preenche, e tudo é engolido com vinagre de Squills.

Vários paralelos há entre os conselhos de Roscommon e os de Dryden nos seus últimos prefácios. De fato, Dryden reconhece sua dívida para com Roscommon. No trecho seguinte, Roscommon aconselha sobre o fato de uma tradução dever ser feita no inglês contemporâneo e menciona a possibilidade de omitir algumas coisas, mas admoesta acerca de acréscimos, embora ele não os proíba totalmente.

> As palavras usadas elegantemente numa língua dificilmente serão aceitas em outra, e algumas que Roma admirava na época de César talvez não satisfaçam ao nosso gênio nem ao nosso clima. O autêntico sentido, inteligivelmente expresso, revela um tradutor não só discreto, mas também destemido. As digressões são imperdoavelmente ruins, e é bem mais seguro omitir do que acrescentar.

É sempre melhor seguir o autor original:

> O vosso autor será sempre o melhor conselheiro: descei quando ele descer; e quando ele se elevar, elevai-vos.

Roscommon adverte que o tradutor deveria valorizar a métrica e os sons individuais; de fato, o "som" pode ser mais importante do que o significado:

> O ruído afetado é a coisa mais infeliz, que faz dos escritores escrivinhadores. Colocai as vogais e os acentos regularmente nas sílabas pares, inclusive na última sílaba, e apesar de um excesso de erros e falta de sentido, nunca deixai a métrica de lado.

Finalmente, Roscommon presta homenagem às culturas clássicas. Adaptando as ideias da Grécia e da Roma antigas, é possível melhorar a cultura da Inglaterra.

Mas agora que Febe e os nove sagrados junto com todos os seus raios brilham em nossa ilha sagrada, por que não deveríamos restaurar seus antigos rituais para ser o que Atenas e Roma foram em sua época?

5. Alexander Pope (1688-1744)

O mesmo apelo ao bom gosto se evidencia nos comentários de Alexander Pope sobre a tradução, a maior parte dos quais se encontra no seu Prefácio à *Ilíada*. Descreve as qualidades que procura quando traduz. O mais importante é "a chama do poema"[60], o tom correto. Escrevendo sobre Homero, "quando sua expressão é forte e altiva, vamos elevar a nossa tanto quanto pudermos; mas quando ela for simples e humilde, não deveremos nos sentir tolhidos de imitá-la pelo medo de enfrentar a censura de um simples crítico inglês"[61]. Para Pope, poucos tradutores conseguem fazer isto: alguns "descambaram no exagero com uma orgulhosa confiança de estar transmitindo o sublime, outros mergulharam na monotonia, numa noção fria e tímida de simplicidade"[62]. A simplicidade sobre a qual adverte Pope é o que ele chama de simplicidade bíblica. Acredita que a melhor aproximação ao estilo de Homero encontra-se na *King James Version* da Bíblia; assim o tradutor poderia tentar usar "várias daquelas frases conhecidas e modos de expressão que alcançaram uma veneração até mesmo em nossa língua a partir do seu uso no *Velho Testamento*"[63].

Pope dá conselhos práticos aos tradutores: aquelas frases com fundo moral e proverbial têm de ser traduzidas com gravidade e concisão – a paráfrase deve ser evitada a todo custo. "Algumas expressões do grego e palavras antigas" podem ser incluídas numa tradução que precise de uma "forma arcaica venerável"[64]. Da mesma maneira, todas as formas modernas de guerra devem ser evitadas para se fazer com que o texto seja mais "venerável". Diferentemente de Dryden e Roscommon, Pope não dá preferência ao uso generalizado do inglês contemporâneo.

Depois Pope especifica as técnicas que o tradutor deveria utilizar para traduzir seus epítetos compostos e repetições. Para aqueles recomenda "palavras compostas inglesas" se possível, como *cloud-compelling Jove* (Júpiter que governa as nuvens), e, se não são possíveis, recomenda um circunlóquio como *the lofty mountain shakes his waving woods* (a montanha altiva agita os bosques ondulantes)[65] para *einosifullos*. Os epítetos frequentemente repetidos, por exemplo, Apolo como *ekebólos* ou *far-shooting* (de longo alcance), deveriam ser traduzidos diferentemente, em conformidade com as circunstâncias. Quando Apolo aparece como Deus em pessoa, o epíteto refere-se a seus dardos e a seu arco, e quando os efeitos do sol são descritos, o epíteto deveria se referir ao significado alegórico de Apolo como o Deus do Sol. Também "será necessário evitar a repetição contínua dos mesmos epítetos que encontramos em Homero e que, embora possam soar bem para aquela época (como já foi mostrado), não podem, de modo algum, servir à nossa. Pode-se, no entanto, querer usá-los onde proporcionam uma beleza maior e, ao fazê-lo adequadamente, um tradutor pode, pois, mostrar sua criatividade e critério"[66].

O mesmo tipo de habilidade se requer de um tradutor quando ele trabalha com as redundâncias de Homero. Quando aparecem muito próximas, o tradutor pode variá-las, mas "resta a dúvida sobre se um tradutor habilitado pode omitir alguma"[67]. Pope recomenda a tradução mais exata possível; a paráfrase deve ser evitada – perderá o "espírito do Autor" da mesma maneira que uma servil e monótona fidelidade ao texto o perderá[68].

6. Alexander Fraser Tytler (Lorde Woodhouslee) (1747-1814)

A primeira obra em inglês totalmente dedicada à análise da arte da tradução foi o livro do advogado escocês Alexander Fraser Tytler. Seu *Essay on the Principles of Translation* foi publicado anonimamente em 1790. O autor anônimo da introdução que faz parte da edição Everyman comenta: "Este ensaio é uma dissertação típica da arte clássica da tradução poética e de estilo literário, do modo como o século XVIII a entendia."[69]

Tytler começa com três princípios, suas "leis" de tradução.

I. A tradução deve dar uma transcrição completa da obra original.
II. O estilo e a maneira de escrever devem ter o mesmo caráter do original.
III. A tradução deve parecer como se tivesse sido escrita originalmente naquela língua[70].

Essas considerações gerais não podem ser contestadas por tradutores do século XVIII nem por tradutores do século XX.

Encontramos ideias mais interessantes no decorrer do argumento de Tytler. No começo do Capítulo III, ele pergunta se "o tradutor deve ou não contribuir com as ideias do original; com o que possa conferir maior força ou ser mais ilustrativo: ou tirar dessas ideias o que as pode enfraquecer devido à redundância"[71]. Sua resposta é sim, mas com "muita cautela", assim concordando com Dryden (p. 24) e contrastando com o conselho de Roscommon, que já vimos:

> O vosso autor será sempre o melhor conselheiro: descei, quando ele descer; e quando ele se elevar, elevai-vos[72].

Acredita Tytler:

> Entendo ser o dever de um tradutor de poesia nunca diminuir o seu original. Ele deve manter uma perpétua disputa com o gênio; deve acompanhá-lo em seus voos mais altos, se puder, além do seu autor; e quando perceber, a qualquer momento, uma diminuição em suas forças, quando vir uma asa se curvar, deve erguê-lo em suas próprias asas[73].

Para apoiar esse ponto de vista, cita M. Delille, o tradutor francês das *Geórgicas* de Virgílio: "É às vezes necessário ser superior ao seu original, porque o tradutor é inferior a ele."[74] Também cita Thomas Franklin, poeta e professor de grego na Universidade de Cambridge:

> A menos que, como uma amante, o autor possa aquecer,
> Como saborear seus encantos e suas falhas esquecer?
> Como encontrar sua modesta beleza latente?
> Como traçar cada terno aspecto da mente?
> Como suavizar cada mácula, e toda graça aprimorar
> E, ele, com a dignidade do amor tratar?[75]

Tytler dá exemplos de acréscimos e omissões apropriados. Uma "bela ideia" pode ser acrescentada: "Nesta tradução... fica evidente que há uma frase muito mais bela acrescentada por Bourne... que melhora maravilhosamente o pensamento original."[76] Qualquer referência que faz alusões levemente eróticas deve ser omitida: "Sua tradução (a de Pope) da *Ilíada* omitiu completamente, com muita propriedade, o elogio à cintura da ama." Dryden deveria ter omitido o "vulgar e nauseante" e "vomita uma golfada"[77]. Mas Pope novamente eleva Homero num dos momentos em que este cai. Quando Homero choca por ter "introduzido imagens baixas e referências pueris", esses defeitos são "cobertos ou tirados"[78] por Pope.

Embora permita acréscimos e repetições, Tytler critica alterações. Dá a entender que Dryden levou a tradução para a paráfrase: "Faltava um espírito judicioso de crítica."[79] Também critica a liberalidade do tradutor francês d'Ablancourt. Não é certo sacrificar "o sentido ou a forma do original, se estes puderem ser preservados sistematicamente com pureza de expressão e com uma espontaneidade elegante ou uma graça superior ao texto"[80]. As versões de d'Ablancourt são admiráveis, "contanto que não as comparemos com os originais"[81].

Tytler adota uma posição igualmente conservadora na modernização de referências na obra traduzida. Ironiza a posição de Guthrie (ver p. 24) e Denham (ver p. 21), que preferiam a modernização de referências, usando exemplos das traduções que fez Echard de Plauto. Echard cria um Lord Chief Justice of Athens (Meritíssimo Juiz Supremo de Atenas), que fala "I will send him to Bridewell" (Eu o mandarei a Bridewell [um presídio em Londres]). Gregos e romanos usam palavrões ingleses contemporâneos, "'Fore George; Blood and 'ounds; Gadzookers; 'Sbuddikins; By the Lord Harry"[82]. Refere-se à Bíblia que ainda não fora publicada, à pólvora que ainda não fora inventada e à Batalha de Haia, que só aconteceria em 1692.

Em outras áreas, Tytler concorda com as ideias da época *Augustan*. Como Dryden (ver p. 24) e Roscommon (ver p. 32), ele admite que deve haver uma ligação forte entre o tradutor e o original: "tem de adotar a alma do seu próprio autor, que deve falar mediante os seus próprios órgãos"[83]. A ideia da equilibrada luta de capacidades pode também ser vista na seguinte citação: "Só aquele que tiver um gênio semelhante ao do autor original estará perfeitamente habilitado a ser um tradutor."[84] Em geral, os melhores escritores são "aqueles que escreveram obras originais da mesma espécie das que traduziram"[85]. Tytler menciona traduções ruins feitas por autores conhecidos. A tradução de *Hamlet* feita por Voltaire não faz justiça a Shakespeare, e a tradução de *Don Quixote* feita pelo romancista Tobias Smollett parece pior do que a de Motteux. Outro ponto no qual Tytler repete Dryden é o fato de que cada língua tem suas próprias características. O inglês não tem a brevidade do latim; não pode lançar mão das inversões do latim e do grego; e, embora a elipse possa ocorrer, "não pode ter tanta elipse quanto no latim"[86]. Essas características conduzem Tytler a uma sub-regra: "Essa imitação tem de ser sempre regulada pelo gênio do original e não pelo gênio da tradução."[87]

7. Considerações gerais

Todas as traduções ficam ultrapassadas e têm de ser refeitas pelas novas gerações, mas as traduções *Augustans* parecem mais antiguidades do que as traduções anteriores. Não concordamos com a importância dada pelos *Augustans* ao bom gosto; a autoconfiança dos *Augustans* não nos agrada; não aprovamos as "melhorias" de Pope e Dryden; e pensamos que suas rimas emparelhadas são extremamente monótonas. Admiramos a *Eneida* de Dryden e a *Ilíada* de Pope como exemplos supremos da versificação *Augustan*, mas não as lemos como traduções de Virgílio e Homero. Mas, quando examinamos as ideias e as preocupações motrizes dos tradutores *Augustans*, percebemos que são muito semelhantes às nossas. Como no caso da maior parte dos tradutores do século XX, há certo consenso em que uma tradução ao pé da letra nunca chega ao núcleo do original. Muitas das metáforas que agora são lugares-comuns de artigos sobre a tradução literária vêm dessa época. Denham nos diz que, se seguimos "o caminho servil", criamos só um *caput mortuum*. Esse tipo de tradução é, para Dryden, como "dançar em uma corda com as pernas agrilhoadas", e "um bom poeta não é mais ele próprio, mesmo em uma tradução ruim, do que seu cadáver seria com relação ao seu corpo". O tradutor precisa tentar capturar o "espírito" de Chapman, a "chama" de Denham e o "fogo" de Pope. De fato, muitas das ideias sobre tradução no século XX ainda são dominadas pelo pensamento *Augustan*. Até parece que muitos autores seguiram esse "caminho servil" e não conseguem escapar dessa camisa de força.

Os tradutores *Augustans* discutem problemas de estilo. Roscommon comenta os problemas de usar a métrica latina; Dryden descreve técnicas para se apreender qualidades de som semelhantes ao latim. Pope enfatiza a importância de seguir o tom do original. A maior parte recomenda traduzir em inglês contemporâneo. Só Tytler critica isso, embora Pope tenha várias reservas quanto a se utilizar um vocabulário mais formal. No entanto, os tradutores *Augustans* não consideram que o original seja sagrado, e nenhum deles pensa que o tradutor tem de se esforçar para reproduzir essa forma no inglês. Embora os tradutores não apoiem o tradutor francês Perrot d'Ablancourt, que se deu máxima liberdade para melhorar e alterar tudo que queria, eles pensam que certa quantidade de alteração e omissão é algo bom, em geral quando o autor não obedece às ideias *Augustans* de bom gosto. Há pouco apoio para traduções ao pé da letra de William Cowper, que, no seu Prefácio à *Ilíada* de Homero (1791), escreveu: "Nada omiti; nada inventei."[88]

Os tradutores *Augustans* são sensíveis às exigências de cada autor que traduzem. O que é bom quando se traduz um autor nem sempre é bom quando se traduz outro. Cowley admite que não teria tratado outros autores com a liberdade com que traduziu Píndaro. Em seu Prefácio a *Sylvae*, Dryden comenta as várias técnicas que utilizou para traduzir Lucrécio, Horácio e Teócrito.

Além de ser sensível ao autor, o tradutor deve admirá-lo e sentir uma relação próxima com ele. Isso é o "laço de afinidade" de Roscommon, o "gênio semelhante" de Tytler e a "afinidade secreta" de Franklin. De fato, Tytler pensa que o tradutor deve "adotar a própria alma do seu autor". Seu relacionamento mudou muito no século XX. Com a influência de Ezra Pound, a ênfase está muitas vezes no tradutor. O original pode ser visto como um ponto de partida para a recriação do tradutor.

Os tradutores *Augustans* sempre pensam no leitor. A classe média crescente na Inglaterra nos últimos anos do século XVII era ávida de conhecimento. O patrocínio e a venda de poemas deram origem a uma vida até luxuosa para alguns poetas. Através das assinaturas de sua *Ilíada*, Pope conseguiu comprar uma mansão em Twickenham, bairro elegante de Londres. Muita dependência do público leitor, às vezes, resultou num estilo pouco aventureiro e algo comercial. Roscommon adverte sobre chocar o gosto do público. Tytler critica Dryden por não ter eliminado de suas traduções tudo que era vulgar. A última palavra fica com Dr. Johnson:

> O objetivo de um escritor é ser lido, e a crítica que destrói a capacidade de satisfazer deve ser posta de lado. Pope escreveu para seu próprio tempo e para sua própria nação: ele sabia que era necessário colorir as imagens e mostrar os sentimentos de seu autor; ele, portanto, fez isso com muita graça, mas perdeu parte de sua sublimidade[89].

REFERÊNCIAS

A citação inicial de Horácio vem de T. R. Steiner em *English Translation Theory, 1650-1800.* Van Gorcum, Amsterdam, 1975.

1. Para mais detalhes sobre a tradução desse período, ver J. M. Cohen, *English Translators and Translations*, Longman Green, Londres, 1962, e Flora Ross Amos, *Early Theories of Translation*, Columbia Univ. Press, Nova York, 1920.

2. *Preface to The Image of Governance*, 1549, em *Early Theories of Translation, op. cit.*, p. 11: "albeit I could not so perform mine enterprise as I might have done if the owner had not importunately called for his book, whereby I was constrained to leave some part of the book untranslated".

3. Thomas Fortescue, "To the Reader", em *The Forest*, Londres, 1576. Nicolas Udall, em *Dedication to Edward VI in Paraphrase of Erasmus*. Ambos em *Early Theories of Translation, op. cit.*, p. 87-8.

4. *Prologue to Proverbs or Adages with new additions gathered out of the Chiliades of Erasmus* de Richard Taverner, Londres, 1539, em *Early Theories of Translation, op. cit.*, p. 88: "by the love I bear to the furtherance and adornment of my country".

5. *Dedication to the History of Quintus Curtius*, 1561, Tottell, em *Early Theories of Translation, op. cit.*, p. 88-9: "so that we Englishmen might be found as forward in that behalf as other nations which have brought all worthy histories into their natural languages".

6. *Preface to The Governor*, Sir Thomas Elyot, ed. Croft, em *Early Theories of Translation, op. cit.*, p. 95.

7. *As Macentatem Prologues to Order of the Garter*, Peele, em *Works*, ed. Dyce, p. 584, em *Early Theories of Translation, op. cit.*, p. 95.

"... well-lettr'd and discreet
That hath so purely naturalized
Strange words, and made them all free denizens."

8. *Life of Cheeke*, Styrpe, em *Early Theories of Translation, op. cit.*, p. 63: "... words but such as were pure English".

9. *Preface to History of Travel to the West & East Indies*, de Eden, em *Early Theories of Translation, op. cit.*, p. 96: "smelling too much of the Latin".

10. Para maiores informações sobre as traduções de North, Florio, Hoby e Holland, ver F. O. Mathiessen, *Translation: An Elizabethan Art.* Cambridge, Mass., 1931.

11. Ver os comentários de Pound em "Notes on Elizabethan Translators", em *Literary Essays of Ezra Pound*. Faber & Faber, Londres, 1985.

12. Reproduzido por T. R. Steiner, *English Translation Theory, 1650-1800, op. cit.* "The worth of a skillful translator is to observe the figures and formes of speech proposed in his author, his true sence of height, and to adorne them with figures and formes of oration fitted to the original in the same tongue to which they were translated."

13. *Ibid.*, p. 9: "translation is straightforward linguistic mimesis, relatively easy to achieve".

14. *The Poems of George Chapman*, ed. Phyllis Brooks Bartlett. Russell & Russell, Nova York, 1962, p. 175.

Meditating of me, a sweet gale
Brought me upon thee; and thou didst inherit
My true sense, for the time then, in my spirit,
And I invisibly, went prompting thee
Those four greens where thou didst English me.

15. Em *English Translation Theory, 1650-1800, op. cit.*, p. 9: "The prefatory panegyrics, spreading from page to page, evidence in prose and verse Chapman's "earnest and ingenious love of (Homer)... Of all books extant in all kinds, Homer is the first and the best.... He is a world, from which all education can be derived. Merely to enumerate his virtues The world doth need/ Another Homer... to rehearse... them."

16. Em *The Poetical Works of Sir John Denham*, ed. Theodore Banks. Archon, New Haven, Estados Unidos, 1969, p. 143-4. Também reproduzido em *English Translation Theory, 1650-1800, op. cit.*, p. 63-4.

Such is our Pride, our Folly, or our Fate,
That few but such as cannot write, Translate.
But what in them is want of Art, or voice,
In thee is either modesty or Choice.
Whiles this great piece, restor'd by thee doth stand
Free from the blemish of an artless hand.
Secure of Fame, thou justly dost esteem
Less honour to create, than to redeem.

Nor ought a genius less than his that writ,
Attempt Translation; for transplanted wit,
All the defects of air and soil doth share,
And colder brains like colder climates are:
In vain they toil, since nothing can beget
A vital spirit, but a vital heat.
That servile path thou nobly dost decline
Of tracing word by word, and line by line.
Those are the labour'd births of slavish brains,
Not the effects of poetry, but Pains;
Cheap vulgar arts, whose narrowness affords
No flight for thoughts, but poorly sticks at words.
A new and nobler way thou dost pursue
To make Translations and translators too.
They but preserve the Ashes, thou the Flame,
True to his sense, but truer to his Fame.
Foording his current, where thou find'st it low
Let'st in thine own to make it rise and flow;
Wisely restoring whatsoever grace
It lost by change of Time, or tongues, or Place.
Nor fetter'd to his Numbers, and his Times,
Betray'st his Musick to unhappy Rimes,
Nor are the nerves of his compacted strength
Stretch'd and dissolv'd into unsinewed length:
Yet after all, (lest we should think it thine)
Thy spirit to his circle dost confine.
New names, new dressings and the modern cast,
Some scenes, some persons alter'd, had out-faced
The world, it were thy work; for we have known
Some thank't and prais'd for what was less their own.
That Masters hands which to the life can trace
The airs, the lines, and features of a face,
May with a free and bolder stroke express
A varyed posture, or a flattering Dress;
He could have made those like, who made the rest,
But that he knew his own design was best.

    17. Em *English Translation Theory, 1650-1800, op. cit.*, p. 65: "a vulgar err in translating poets, to affect being Fidus Interpres".

Isso pertence mais àqueles do que "deal in matters of Fact or Faith". O objetivo do tradutor de poesia não é "translate Language into Language, but Poesie into Poesie: & Poesie is of so subtle a spirit, that in pouring out of one Language into another, it will all evaporate; and if a new spirit be not added in the transfusion, there will remain nothing but a *caput mortuum*".

18. *Ibid.*, p. 65: "Where my expressions are not so full as his, either our Language, or my Art were defective (but I rather suspect myself); but where mine are fuller than his, they are but the impressions which the often reading of him, hath left upon my thoughts; so that if they are not his own conceptions, they are at least the results of them; and if (being conscious of making him speak worse then he did in almost every line) I err in endeavouring sometimes to make him speak better; I hope it will be judged an error on the right hand, and such a one as may deserve pardon, if not imitation."

19. Em "Life of Pope", de *Life of the Poets*, Vol. 5, Doutor Johnson, ed. Arthur Waugh. Kegan Paul, Trench & Tribner, Londres, 1896, p. 216-7: "There is a time when nations emerging from barbarity, and falling into regular subordination, gain leisure to grow wise, and feel the shame of ignorance and the craving pain of unsatisfied curiosity. To this hunger of the mind plain sense is grateful, that which fills the void removes uneasiness, and to be free from pain for a while is pleasure; but repletion generates fastidiousness, a saturated intellect soon becomes luxurious, and knowledge finds no willing reception till it is recommended by artificial diction. Thus it will be found in the progress of learning that in all nations the first writers are simple and that every age improves in elegance."

20. Em *The Complete Works of John Dryden, in* 4 volumes, ed. James Kinsley. Oxford University Press, 1956. Vol. I, p. 182: "turning an Author word by word and line by line, from one language to another".

21. *Ibid.*, p. 182: "... translation with latitude... where the author is kept in view by the translator... but his words are not so strictly followed as the sense; and that too is to be amplified, but not altered".

22. *Ibid.*, p. 182: "the translator (if now he has not lost that name) assumes the liberty, not only to vary from the words and

the sense, but to forsake them both as he sees occasion; and taking only some general hints from the original, to run division on the ground work, as he pleases".

23. *Ibid.*, p. 183: "'Tis almost impossible to translate verbally, and well, at the same time."

24. *Ibid.*, p. 183: "dancing on ropes with fettered legs: a man may shun a fall by using caution; but the gracefulness of motion is not to be expected: and when we have said the best of it, 'tis but a foolish task; for no sober man would put himself into a danger for the applause of escaping without breaking his neck".

25. *Ibid.*, p. 184: "a dark writer, to want connection, to soar out of sight, and leave his reader at a gaze".

26. *Ibid.*, p. 184: "His genius is too strong to bear a chain, and, Samson-like he shakes it off."

27. *Ibid.*, p. 184: "the most advantageous way for a translator to show himself".

28. *Ibid.*, p. 184-5: "Poesie is of so subtle a spirit, that in pouring out of one Language into another, it will all evaporate; and if a new spirit be not added in the transfusion, there will remain nothing but a *caput mortuum.*"

29. *Ibid.*, p. 185: "to conform our genius to his, to give his thought... the same turn".

30. *Ibid.*, p. 195: "words and lines should be confined to the measure of the original".

31. *Ibid.*, p. 185: "If the fancy of Ovid be luxuriant, 'tis his character to be so, and if I retrench it, he is no longer Ovid."

32. *Ibid.*, p. 185: "no privilege to alter features and lineaments under pretence that his picture will be better".

33. *Ibid.*, p. 390: "I have many times exceeded my commission; for I have both added and omitted, and even sometimes very boldly made such expositions of my authors, as no Dutch commentators will forgive me. Perhaps, in such passages I have thought that I discovered some beauty yet undiscovered by these pedants which none but a poet could have found."

34. *Ibid.*, p. 390: "... where I leave his commentators, it may be I understand him better".

35. *Ibid.*, p. 390-1: "Where I have taken away some of their expressions and cut them shorter, it may be possible that on this consideration, that what was beautiful in the Greek or Latin, wou'd not appear so shining in the English: and where I have enlarg'd them, I desire the false Criticks wou'd not always think these thoughts are wholly mine, but that either they are secretly in the Poet, or may be fairly deduc'd from him... or at least, if both these considerations should fail, that my own is of a piece with his, and that if he were living, and an Englishman, they are such, as he wou'd probably have written."

36. *Ibid.*, p. 391: " 'Tis one thing to draw the outlines true, the features like, the proportions exact, the coloring itself tolerable; and another thing to make all these graceful, by the posture, the shadowings, and, chiefly, by the spirit which animates the whole."

37. Em *English Translation Theory, 1650-1800, op. cit.*, p. 30-1: "he began to be even more concerned with 'pleasing' an audience and with the 'pleasure' of translator and reader and much less interested in any systematisation of translation... translation is more complex than he had previously thought and that a wider range of procedures might be apropriate".

38. Em *The Complete Works of John Dryden*, vol. III, *op. cit.*, p. 1.053: "the best way to please the best Judges, is not to translate a Poet literally".

39. Em *The Complete Works of John Dryden*, vol. II, *op. cit.*, p. 668: "because it was not possible for us, or any man to have made it pleasant in any other way".

40. Em *The Complete Works of John Dryden*, vol. III, *op. cit.*, p. 1.054: "Yet the omissions, I hope, are of but circumstance, and such as would have no grace in English; and the additions... not stuck into him, but growing out of him."

41. Em *The Complete Works of John Dryden*, vol. IV, *op. cit.*, p. 1.457: "where I thought my Author was deficient, and had not given his Thoughts their true Lustre, for want of words in the beginning of our Language".

42. *Ibid.*, p. 1.459: "to perpetuate his memory, or at least refresh it, amongst my countrymen".

43. *Ibid.*, p. 1.459: "After certain periods of Time, the Fame of Great Wits should be renewed."

44. *Ibid.*, p. 1.457: "Another Poet, in another Age, may take the same Liberty with my Writings."

45. Em *The Complete Works of John Dryden*, vol. III, *op. cit.*, p. 1.045: "flourished in an Age when his Language was brought to its last perfection" com sua "Propriety of Thought, Elegance of Words and Harmony of Numbers".

46. *Ibid.*, p. 1.057: "inexhaustible supply of words".

47. De *The Dedication to the Aenis. Ibid.*, p. 1.059: "... when I want at home, I must seek abroad. If sound words are not of our growth and manufacture, who shall hinder me to import them from a foreign Country? I carry not out the treasure of the Nation, which is never to return: but what I bring from Italy, I spend in England: *Here* it remains and here it circulates; for if the Coyn be good, it will pass from one hand to another. I trade with both the Living and the Dead, for the enrichment of our Native Language... Poetry requires Ornament, and that is not to be had from our old Teuton monosyllables; therefore if I find any Elegant Word in a Classick author, I propose to be Naturaliz'd, by using it myself: and if the Publick approves of it, the Bill passes".

48. *Ibid.*, p. 1.048: "not strong with sinews".

49. *Ibid.*, p. 1.048: "the nimbleness of a Greyhound, but not the bulk and body of a Mastiff".

50. *Ibid.*, p. 1.046: "overstocked with consonants".

51. *Ibid.*, p. 1.046.

52. Em *The British Poets*, vol. XIV, Abraham Cowley. Whittingham, Chiswick, Londres, 1822, p. 97. Também em *English Translation Theory, 1650-1800, op. cit.*, p. 66-7: "it would by thought *one mad man* had translated *another*; as may appear, when a person who understands not the *Original*, reads the verbal Traduction of him into Latin prose, than which nothing seems more raving".

53. *Ibid.*, p. 97, em *English Translation Theory, 1650-1800, op. cit.*, p. 66-7: "would make it ten times more distracted than it is in Prose".

54. *Ibid.*, p. 98, em *English Translation Theory, 1650-1800*, *op. cit.*, p. 66-7: "I never saw a copy better than the Original."

55. *Ibid.*, p. 98, em *English Translation Theory, 1650-1800*, *op. cit.*, p. 66-7: "for men resolving in no case to shoot beyond the mark, it is a thousand to one if they shoot not short of it".

56. *Ibid.*, p. 99, em *English Translation Theory, 1650-1800*, *op. cit.*, p. 66-7: "I have in these *Odes* of Pindar taken, left out, and added what I please."

57. *Ibid.*, p. 99, em *English Translation Theory, 1650-1800*, *op. cit.*, p. 66-7: "let the Reader know precisely what he spoke (but) what was his way and manner of speaking".

58. Em *Essay on the Principles of Translation* (1790), Alexander Fraser Tytler. Everyman's, Londres, sem data, p. 45.

59. Em *Poems by the Earl of Roscommon*. Tonson, Londres, 1717, p. 1-53. Também em *English Translation Theory, 1650-1800*, *op. cit.*, p. 75-85.

'Tis true, Composing is the Nobler Part,
But good Translation is no Easie Art;
For the materials have long since been found,
Yet both your Fancy and your Hands are bound,
And by improving what was writ before,
Invention labours less, but Judgement more.
(…)
Each poet with a different Talent writes,
One Praises, One instructs, Another Bites.
Horace did ne're aspire to Epick Bays,
Nor lofty Maro stoop to Lyrick Lays.
Examine how your Humour is inclin'd,
And which the Ruling Passion of your Mind;
The seek a Poet who your way do's bend,
And chuse an author as you chuse a friend;
United by this Sympathetick Bond,
You grow Familiar, Intimate, And Fond.
Your Thoughts, Your Words, your Stiles, your Souls agree,
No longer his Interpreter, but He.
(…)
Yet 'tis not all to have a Subject Good;

It must Delight us when 'tis understood.
He that brings fulsome Objects to my view
(As many Old have done, and many New)
With nauseous Images my Fancy fills,
And all goes down like Oxymel of Squills.
(...)
Words in one Language Elegantly us'd
Will hardly in another be excus'd,
And some that Rome admir'd in Caesar's Time
May neither suit our Genius nor our Clime.
The Genuine Sence, intelligibly Told,
Shews a Translator both discreet and Bold.
Excursions are inexpiably Bad,
And 'tis much safer to leave out than add.
(...)
Your Author will always be the best advice;
Fall when he falls, ands when he rises, rise.
(...)
Affected Noise is the most wretched Thing
That to Contempt can Empty Scribblers bring.
Vowels and Accents, Regularly plac'd
On even Syllables, and still the Last,
The gross innumerable Faults abound,
In spight of non sense never fail of Sound.
(...)
But now that Phoebus and the sacred Nine
With all their Beams our blest Island shine,
Why should not we their ancient rites restore

60. Em *The Poems of Alexander Pope*, vol. VII, ed. Maynard Mack. Methuen, Londres, 1967, p. 18. Também em *English Translation Theory, 1650-1800, op. cit.*, p. 91: "Fire of the Poem."

61. *Ibid.*, p. 18. Também em *English Translation Theory, 1650-1800, op. cit.*, p. 91: "Where his diction is bold and lofty, let us raise ours as high as we can; but where he is plain and humble, we ought not to be deterred from imitating him by fear of incurring the Censure of a meer English Critick."

62. *Ibid.*, p. 18. *English Translation Theory, 1650-1800, op. cit.*, p. 91: "... swell'd into Fustian in a proud confidence of the Sublime; others are 'sunk into Flatness in a cold and Timorous Notion of Simplicity'".

63. *Ibid.*, p. 18. *English Translation Theory, 1650-1800, op. cit.*, p. 92: "several of those general Phrases and Manners of Expression, which have attain'd a veneration even in our Language from their use in the *Old Testament*".

64. *Ibid.*, p. 19. *English Translation Theory, 1650-1800, op. cit.*, p. 92: "'*Graecisms* and old Words after the manner of Milton' might be included in a translation which requires an 'Antique Cast'."

65. *Ibid.*, p. 20. *English Translation Theory, 1650-1800, op. cit.*, p. 93.

66. *Ibid.*, p. 20. *English Translation Theory, 1650-1800, op. cit.*, p. 93: "Upon the whole, it will be necessary to avoid that perpetual Repetition of the same Epithets which we find in Homer and which, tho' it might be accomodated to the ear of those Times, is by no means so to ours; But one may wait for opportunities of placing them, where they derive an additional Beauty from the Occasions on which they are employed; and in doing this properly a Translator may at once shew his Fancy and his Judgement."

67. *Ibid.*, p. 20. *English Translation Theory, 1650-1800, op. cit.*, p. 94: "it is a question whether a profess'd translator be authorized to omit any".

68. *Ibid.*, p. 17. *English Translation Theory, 1650-1800, op. cit.*, p. 94: "'Spirit of the Ancient' as will 'a servile dull adherence to the letter'; the 'Spirit of the Original' is all-important."

69. *Essay on the Principles of Translation, op. cit.*, p. viii: "This essay is an admirably typical dissertation on the classic art of poetic translation, and of literary style, as the eighteenth century understood it."

70. *Ibid.*, p. 9:

"I. That the Translation should give a complete transcript of the ideas of the original work.

II. That the style and manner of writing should be of the same character with that of the original.

III. That the Translation should have all the ease of original composition."

71. *Ibid.*, p. 22: "it is allowable in any case to add to the ideas of the original what may appear to give greater force or illustration; or to take from them what may seem to weaken them from redundancy".

72. Ver nota 58.
Your Author will always be the best Advice;
Fall when he falls, and when he rises, rise.

73. *Essay on the Principles of Translation, op. cit.*, p. 45-6: "it is the duty of a poetical translator, never to suffer the original to fall. He must maintain with him a perpetual contest of genius; he must attend him in his highest flights, and soar, if he can, beyond him: and when he perceives, at any time, a diminution of his powers, when he sees a drooping wing, he must raise him on his own pinions".

74. *Ibid.*, p. 46: "Il faut être quelquefois supérieur à son original, parce qu'on lui est très inférieur."

75. *Ibid.*, p. 46. From *Translation: A Poem* (1753). O poema completo é também encontrado em *English Translation Theory, 1650-1800, op. cit.*, p. 75-85.

Unlike an author like a mistress warms,
How shall we hide his faults, or taste his charms
How all his modest, latent beauties find;
How trace each lovelier feature of the mind;
Soften each blemish, and each grace improve
And treat him with the dignity of love?

76. *Ibid.*, p. 23: "In this translation there is one most beautiful idea superadded by Bourne... which wonderfully improves upon the original thought."

77. *Ibid.*, p. 59: "His translation (Pope's of Homer) has... with much propriety, left out the compliment to the nurse's waist altogether." Dryden devia ter omitido o "vulgar and nauseous" e "spews a flood".

78. *Ibid.*, p. 46: "introducing low images and puerile allusions", esses defeitos estão "veiled over or altogether removed" por Pope.

79. *Ibid.*, p. 120: "A judicious spirit of criticism was now wanting; and he also criticises the French translator d'Ablancourt's liberality."

80. *Ibid.*, p. 120: "to sacrifice either the sense or manner of the original, if these can be preserved consistently with purity of expression, to a fancied ease or superior gracefulness of composition".

81. *Ibid.*, p. 120: "admirable, so long as we forbear to compare them with the originals".

82. *Ibid.*, p. 142-3.

83. *Ibid.*, p. 114: "he must adopt the very soul of the author, which must speak through his own organs".

84. *Ibid.*, p. 104: "He only is perfectly accomplished for the duty of a translator who possesses a genius akin to that of the original author."

85. *Ibid.*, p. 205: "those writers who have composed original works of the same species with those they have translated".

86. *Ibid.*, p. 105: "does not admit of it to the same degree as the Latin".

87. *Ibid.*, p. 96: "This imitation must always be regulated by the native or genius of the original and not of the translation."

88. *English Translation Theory, 1650-1800*, *op. cit.*, p. 135: "I have omitted nothing; I have invented nothing."

89. De "Life of Pope", *op. cit.*, p. 217: "The purpose of the writer is to be read, and the criticism which would destroy the power of pleasing must be blown aside. Pope wrote for his own age and his own nation: he knew that is was necessary to colour the images and point the sentiments of his author; he therefore made him graceful, but lost him some of his sublimity."

III. *Les belles infidèles* e a tradição alemã

So ist jeder Übersetzer ein Phophet in seinem Volk
Cada tradutor é um profeta entre seu povo

Goethe

O último capítulo mostrou a tendência que têm os tradutores *Augustans* de fazer versões livres, ou *libertinas*, como foram chamadas, mas tal tendência não chegou a endossar a liberdade completa para o tradutor. Este capítulo vai examinar a tradução no século XVII na França, o apogeu das *belles infidèles*, quando os tradutores franceses, a fim de chegar à clareza de expressão e à harmonia de som, muitas vezes faziam acréscimos, alterações e omissões nas suas traduções. Embora esse procedimento fosse o estilo dominante de tradução na França durante os séculos XVII e XVIII, concentrar-me-ei no trabalho de Nicolas Perrot d'Ablancourt, cujas traduções de Tácito, Ariano, Tucídides, Luciano e Xenófono tiveram grande importância na determinação do conceito das *belles infidèles*. Depois, este capítulo analisará as ideias sobre tradução na Alemanha no fim do século XVIII e no começo do século XIX, onde a tradução foi de grande importância para o processo da unificação da nação alemã. A maioria dos comentaristas alemães era favorável a um tipo de tradução completamente oposto às *belles infidèles*, ou seja, um tipo de tradução que seguisse o mais fielmente possível as formas morfológicas e sintáticas do original.

1. As *belles infidèles*

Nas traduções de d'Ablancourt e de seus seguidores, encontramos um culto ao belo que, em sua maior parte, consistia em razão e clareza. Roger Zuber comenta:

> A essência do seu trabalho é, para a posteridade, seu desejo de beleza[1].

Quando d'Ablancourt tinha de escolher entre duas expressões, sempre escolhia "a mais clara" porque esta seria "a mais bela"[2]. A beleza consistia na eliminação de qualquer tipo de obscuridade. Zuber até relaciona essa beleza com a "busca da felicidade": um texto belo e puro poderia conferir a seus leitores "uma alma repleta de beleza, paz e descanso"[3].

Aliada a essa crença está a ideia de que a língua francesa não é inferior às línguas clássicas, possuindo suas próprias qualidades e possibilidades de alcançar uma perfeição até maior do que a do latim e a do grego. Antoine le Maistre, tradutor de São Bernardo e Santo Agostinho, acreditou que o francês podia sem dúvida igualar-se ao latim e ao grego:

> É preciso tentar traduzir beleza por beleza e figura por figura; imitar o estilo do autor, e dele se aproximar até o limite do possível: variar as figuras e as falas, e, ao final, fazer de nossa tradução um quadro e uma representação viva da obra que se traduz: de maneira que se possa dizer que o francês é tão belo quanto o latim, e citar com segurança o francês em vez do latim[4].

De fato, Zuber mostra que d'Ablancourt teve enorme cuidado na construção de suas sentenças. Obviamente, traduzindo para a prosa, d'Ablancourt não utilizava a rima, mas tinha muita preocupação com o ritmo e, muitas vezes, utilizava sentenças ou orações com as doze sílabas do alexandrino para conferir aos textos uma qualidade de nobreza. Esses poderiam ser combinados com sentenças trazendo em si pentâmetros, para proporcionar "a dignidade sem tensão, que garantisse a *doçura* do estilo"[5], e uma sentença octossilábica ocasional para introduzir um elemento de surpresa no ritmo. D'Ablancourt também se valeu da assonância e da repetição.

O conceito de equivalência entre os tradutores franceses dos séculos XVII e XVIII era muito diferente da nossa interpretação contemporânea do termo. A tradução tinha de proporcionar ao leitor a *impressão* semelhante à que o original teria suscitado, e a pior maneira de fazê-lo seria através de tradução literal, o que pareceria dissonante e obscuro. Seria melhor fazer mudanças, a fim de que a tradução não ferisse os ouvidos e que tudo pudesse ser entendido claramente. Somente fazendo essas mudanças, o tradutor poderia criar essa "*impressão*" semelhante. Nas palavras do tradutor Boileau:

> Não seriam as licenças que ele tomou uma forma mais alta de fidelidade?[6]

Agora vamos examinar algumas das mudanças que d'Ablancourt faz no seu *Tácito*. Ele faz mudanças para melhorar o estilo:

> Ajustei essas duas linhas não somente para fazer a oposição no lugar onde o autor esqueceu um membro, mas também para ligar o que precede com o que segue, porque isso cria um hiato[7].

Ele pode fazer acréscimos para favorecer o sentido de clareza:

Essas palavras são retiradas do restante da história para esclarecer o tema.
São as duas coisas... que ajustei para dar algum esclarecimento à matéria.
Esclareci essa história com três ou quatro palavras de Sêneca que coloquei na margem[8].

Muitas vezes, mudanças são feitas para atenuar as referências menos civilizadas nos textos clássicos. A embriaguez e as práticas homossexuais dos macedônios, o estupro de Britânico por Nero e o adultério de Agripina e Palas são todos eufemizados, por exemplo, "Nero abusara várias vezes... de Britânico"[9]. De fato, d'Ablancourt foi chamado de "Trad-revisor"[10].

Também os costumes da Grécia e de Roma tiveram de se integrar à alta sociedade francesa. Em *Arrien* (1646), o tenente de Alexandre não pode dirigir-se a Alexandre com tanta familiaridade como faz no grego. Seu pedido tem de obedecer às regras da etiqueta: "Desculpai esse desejo que é natural a todos os homens..."[11] Da mesma forma, os termos clássicos somente podem ser introduzidos em francês com especial cuidado:

> É necessário respeitar o uso e tomar cuidado para nunca chocar a delicadeza de sua linguagem com o emprego de termos bárbaros e estrangeiros[12].

Qualquer falha lógica é esclarecida. Por que Alexandre teve tanta confiança em seu médico? Porque "sempre acompanhara Alexandre desde sua juventude"[13]. D'Ablancourt deve nos fornecer a razão. O comportamento dos personagens também deve ser coerente com sua posição social. D'Ablancourt suprime a raiva de Germânico quando este morre, porque tal comportamento contrastaria com seu comportamento nobre.

Assim, d'Ablancourt tenta evitar ambiguidade e impedir qualquer confusão por parte do leitor. Nas palavras de Roger Zuber:

> Tácito emaranha-se na geografia? D'Ablancourt vem em seu socorro e retifica os fatos. Ariano confunde a Síria com a Assíria? O francês não se esquece de restabelecer o texto. As contradições, as lendas, os problemas históricos são sempre, por sua própria natureza vigilante, uma ocasião em que d'Ablancourt afirma seu domínio e sua mestria[14].

E d'Ablancourt geralmente teve recepção positiva na França:

> Os eruditos consideraram as traduções livres de d'Ablancourt não como uma traição, mas como um serviço que ele lhes prestava[15].

De fato, para os críticos contemporâneos, não havia separação entre a forma e o conteúdo. A expressão, que tinha de ser clara e elegante, era parte integrante da significação de uma obra.

D'Ablancourt parece muito orgulhoso das "melhorias" que faz. No seu Prefácio ao *Tucídides*, comenta:

> Aqui não se vê o retrato de Tucídides, mas o próprio Tucídides, que passou para outro corpo através de um tipo de metempsicose, tornando-se francês depois de ter sido grego, sem se poder alegar um defeito na semelhança, já que ele pareceu menos defeituoso, da mesma maneira como um doente não faria com seu médico, que, por força dos seus remédios, lhe tivesse dado saúde e vigor[16].

Para mostrar que essa ideia da tradução era geral, podemos ver os comentários de La Menardière sobre sua tradução de Plínio (1643):

Estudei nosso autor, seus sentimentos e seu gênio. E quando acreditei que os conhecia, peguei todo o material no qual ele constrói seu discurso e, sempre seguindo sua ordem, lhe dei a forma que eu acreditava conveniente às qualidades de Trajano e às do orador que celebra seus elogios[17].

Finalmente, os tradutores franceses demonstram desaprovação por traduções feitas palavra por palavra. Em uma carta ao seu amigo Conrart, d'Ablancourt menciona sua reprovação "dessa tradição judaica, que segue a letra e que suprime o espírito". Traduzir um autor dessa maneira apenas mostrará a metade de sua eloquência traindo-o e desonrando-o: "é privar um homem de boa casa a quem fingimos hospedar em nossa casa"[18].

Examinaremos agora uma carta de Descartes para um tradutor bem conhecido da época, Guez de Balzac:

> ... antes da civilização, com sua avareza, sua ambição e sua hipocrisia, existia uma eloquência natural, que tinha "algo de divino", "que vinha da abundância de bom senso, de zelo e de verdade". Guiada por homens ilustres, levou as sociedades a se civilizarem. Essa eloquência foi corrompida pela advocacia e pelo exagero dos discursos enfadonhos: da boca dos sábios, passou ao serviço da gente comum, sob a forma de sofisma. No lugar da generosidade militante dos oradores, há, para servi-la, somente homens ruins[19].

A clareza e a beleza de traduções como as de d'Ablancourt adquirem, assim, uma qualidade quase divina. Através dessa transparência quase completa de linguagem, a civilização poderia voltar a uma pureza natural.

2. A tradução alemã – a estrela da manhã

Desde a tradução da Bíblia de Martinho Lutero (1530), que forneceu um padrão escrito para os vários dialetos da língua alemã, estabelecendo, assim, as bases para a futura literatura nacional, a tradução tem desempenhado um papel vital na literatura alemã. De fato, as traduções de Wieland e Eschenburg de Shakespeare, e as de A. W. Schlegel e Ludwig e Dorothea Tieck (1797-1833) e as traduções de Voss da *Odisséia* (1781) e da *Ilíada* (1793) em hexâmetros são consideradas obras que ajudaram a fundar a moderna literatura alemã.

O contato com literaturas estrangeiras foi considerado necessário para o desenvolvimento da literatura alemã. Do "contato de muitas faces com o estranho"[20], no começo obras clássicas, e depois obras inglesas, espanholas, francesas e italianas, a literatura alemã desenvolveria suas próprias qualidades. Segundo August Wilhelm Schlegel, tomaria o melhor de outras literaturas e, ao mesmo tempo, confirmaria sua própria independência. George Steiner descreve a situação peculiar da literatura e da língua alemãs:

> Pouco a pouco a língua alemã criou esses modelos de sensibilidade compartilhada a partir dos quais uma nação-estado pôde evoluir. No momento em que esse estado veio fazer parte da história moderna, chegando atrasado, repleto de mitos e cercado por uma Europa alienada e parcialmente hostil, ele levou junto consigo um sentido definido e agudo de perspectiva única. Para o temperamento alemão, sua própria *Weltanssicht* parecia uma visão especial, cujos fundamentos e cujo gênio expressivo estavam na língua. Refletindo sobre os extremos drásticos da história alemã, as tentativas aparentemente fatais da nação alemã de escapar do círculo de culturas mais sofisticadas, ou sobre as culturas mais primitivas, no leste, os filósofos alemães consideraram sua língua como um fator particularizante mas quase divino[21].

O desejo e a vontade de traduzir as literaturas de culturas estrangeiras para o alemão apresenta mais uma vantagem: o alemão torna-se "um tipo de língua universal e um armazém para a literatura do mundo". Friedrich Schleiermacher (1768-1834) escreve:

> Nossa nação pode ser destinada, devido ao seu respeito pelo que é estranho e à sua natureza, que é de meditação, a levar todos os tesouros de artes e erudição estrangeiras juntamente com os seus, na sua língua, para uni-los numa grande totalidade histórica, que seria conservada no centro e no coração da Europa, a fim de que, com a ajuda de nossa língua, qualquer beleza que as várias épocas produziram possa ser apreciada por todo o mundo, tão pura e tão perfeitamente quanto possível para um estrangeiro[22].

Os escritores alemães também consideram a tradução como sendo de grande valor para o desenvolvimento do indivíduo. Para Johann Breitinger (1701-1776), é a melhor maneira de aprender a pensar. Quando se traduz se adquire, quase irrefletidamente, a capacidade de pensar corretamente e de expressar os pensamentos com ênfase e em benefício da própria pessoa[23]. Wilhelm von Humboldt (1767-1835) considera a tradução como uma maneira de proporcionar ao indivíduo experiências com as quais ele nunca teria tido contato. Tanto o indivíduo como a nação passam por algo mais nobre e mais complexo. O tradutor também é descrito de uma maneira muito distinta. Não encontramos a degradação do tradutor, tão comum em outros lugares. Friedrich Schlegel (1772-1829) vê o tradutor como o introdutor de novas formas. Para Herder é a "estrela da manhã" de uma nova era na literatura[24]. Goethe considera-o "o mediador nesse comércio espiritual geral" que

> escolheu como profissão o desenvolvimento dessa troca. Independentemente do que possamos falar acerca das deficiên-

cias de tradução, ela é, e permanece, um dos empreendimentos mais dignos no comércio geral do mundo. O Corão diz, "Deus deu a cada nação um profeta em sua própria língua". Pois cada tradutor é um profeta entre seu povo[25].

A própria tradução é, segundo A. W. Schlegel, "a verdadeira escritura... a criação artística mais elevada", cujo

> objetivo é combinar os méritos de todas as diferentes nações, de pensar e sentir com elas, e assim criar um centro cosmopolita para a humanidade[26].

O tradutor é o profeta, o mensageiro, o escolhido. Não admira que Novalis (1772-1801) até mesmo exalte a tradução acima da escrita original:

> Traduz-se por verdadeiro amor ao belo e pela literatura da nação. Traduzir é produzir literatura, assim como escrever a própria obra de alguém – e é mais difícil, mais raro[27].

Muitas vezes os elementos nacionalistas que encontramos nas ideias alemãs sobre tradução têm algo antifrancês: os tradutores franceses fazem com que tudo soe francês, mostrando completa falta de sensibilidade em relação ao original. Novalis classifica o *Homero* de Bürger em pentâmetros jâmbicos, o *Homero* de Pope e todas as traduções francesas como "travestis"[28]. A. W. Schlegel diz que o tradutor deveria conservar a "ferrugem nobre" do original, mas

> só um ex-francês poderia, indiferentemente, polir a moeda a ponto de fazer desaparecer, em descrições ou traduções, a ferrugem nobre, para que ele simplesmente pudesse mostrar ao mundo uma moeda brilhante com maior gratificação pessoal[29].

Humboldt diz que os franceses não se beneficiaram de suas traduções das obras clássicas:

> ... nem a mínima partícula do espírito da antiguidade entrou na nação junto com eles; de fato, nem mesmo a compreensão dos antigos tem melhorado[30].

Há um consenso geral em relação às características especiais da língua alemã. Mme de Stäel (1766-1817) menciona as semelhanças entre a língua alemã e o povo alemão em *De l'Allemagne* [*Sobre a Alemanha*] (1810)[31]. Faz uma tentativa de relacionar o elemento metafísico do caráter alemão, seu instinto poético e as divisões nacionais com a complicada sintaxe alemã. Por outro lado, a clareza francesa expressa-se na estrutura menos complicada da língua francesa[32]. Essa correlação entre língua e pensamento é uma ideia central na obra de Humboldt: cada língua tem sua própria *Weltanschauung*. Essa ideia sobre a linguagem pode ser vista em uma forma muito mais extrema numa obra anterior. Em *Sprachphilosophie* (1772)[33], Johann Gottfried Herder (1744-1803) afirma que a pureza de cada língua reflete sua identidade nacional. A fim de manter sua pureza, uma língua não deveria ter contato com formas estrangeiras bastardas ou corruptas. Caso contrário, tanto a língua como o povo entrarão em declínio. O ponto de vista de Herder é mais conservador do que o dos outros escritores citados neste capítulo: a tradução somente deveria introduzir formas linguísticas mais puras, tais como as encontradas nas línguas clássicas.

3. Os diferentes tipos de tradução

A divisão tríplice da tradução feita por Johann Wolfgang von Goethe (1749-1832) mostra a tradução como um processo evolutivo em uma nação. Primeiro, haverá uma tradução simples e prosaica de uma obra a fim de familiarizar o público leitor com a obra estrangeira. A Bíblia de Martinho Lutero é um exemplo desse tipo de tradução. Depois, o tradutor irá se apropriar da obra estrangeira e escrever uma obra própria baseada nessas ideias importadas. Imitações e paródias entram nessa categoria, bem como muitas traduções francesas. Como exemplo, Goethe cita as obras de Abbé Jacques Delille e o tradutor alemão, Wieland.

O terceiro tipo é a forma mais elevada de tradução. O objetivo do tradutor é fazer uma versão interlinear, buscando deixar o original idêntico à tradução, mas ao mesmo tempo conservando-lhe a estranheza aparente. Esse tipo é a tradução sublime:

> Uma tradução que tenta identificar-se com o original acaba se aproximando de uma versão interlinear e aprimorando nossa compreensão do original; isso, por sua vez, nos conduz, nos força ao texto-fonte, e assim o círculo finalmente se fecha. Dentro dele, o encontro do estrangeiro com o nativo, a aproximação do desconhecido e o conhecido, continuam movendo-se uns em direção aos outros[34].

Entre tais traduções, encontram-se as de Homero, feitas por Voss, que introduziram o hexâmetro em alemão, bem como suas traduções de Ariosto, Tasso, Shakespeare e Calderón. Goethe também elogia as traduções do orientalista de Viena, Joseph von Hammer, feitas dos poemas persas de Firdausi e outros poetas.

O terceiro tipo de tradução pode ser o ideal, mas não é sempre o tipo apropriado.

> Se quer influenciar o povo, uma tradução simples é sempre a melhor. Traduções críticas desafiando o original só têm uso em conversas de eruditos entre eles mesmos[35].

Um jovem aluno poderia troçar de uma tradução que pareça estranha e se sentir sem estímulo para examinar a obra mais de perto. Schleiermacher comenta que uma tradução simples poderia ser a mais apropriada para o grande número de pessoas que só pretendem conhecer obras estrangeiras[36]. Goethe menciona o grande sucesso das traduções de Shakespeare feitas por Wieland e diz que essas traduções foram melhoradas por Johann Eschenburg. Recomenda uma abordagem cumulativa começando com uma tradução simples e prosaica mas, eventualmente, chegando à tradução crítica, o ideal. A. W. Schlegel desenvolve essa ideia:

> O desejo segue a satisfação das necessidades básicas; agora o melhor na área não é mais suficientemente bom para nós[36]...

Como Goethe, A. W. Schlegel usa metáforas sublimes para descrever o objetivo eventual:

> Se fosse possível recriar a obra de Shakespeare fielmente, mas ao mesmo tempo poeticamente, seguir minuciosamente seu significado passo a passo, mas também conseguir alcançar parte das maravilhas incontáveis e indescritíveis que jazem não nas palavras, mas que pairam acima delas como a respiração do espírito! Vale a pena tentar[37].

Humboldt e Schleiermacher também enfatizam o valor de uma abordagem cumulativa, mas de um ângulo um pouco diferente. Humboldt diz que, considerando que o tradutor é capaz de capturar uma parte do espírito do original, o leitor que não pode ler o original deveria ler várias traduções: todas as "imagens possíveis do espírito original"[38]. Schleiermacher prevê "a transplantação de literaturas inteiras para uma língua"[39]. E somente através da comparação de várias traduções o leitor pode distinguir entre o que é bom e o que é ruim.

As bases do ensaio de Schleiermacher, "Über die verschiedenen Methoden des Übersetzens" (1813) [Sobre as maneiras diferentes de se traduzir], são mencionadas por Goethe no mesmo ano. Goethe diz que há sempre duas alternativas quando se traduz. Uma delas exige que

> o autor de uma obra estrangeira seja trazido para nós de maneira tal que o consideremos nosso; a outra requer que nos aprofundemos até o que é estranho, e que nos adaptemos às suas condições; seu uso de linguagem, suas peculiaridades[40].

Schleiermacher desenvolve essas duas maneiras de traduzir. Na primeira, o tradutor deixa o leitor em paz e leva o autor até o leitor; em outras palavras, a tradução deveria parecer fluente na língua-alvo, nesse caso, o alemão. No segundo, o tradutor deixa o autor em paz e leva o leitor até ele; isto é, as formas estrangeiras do original serão transferidas para o alemão. Para Schleiermacher não há meio-termo: ou o tradutor faz do autor latino um alemão para o público alemão, ou ele leva os leitores alemães ao mundo do poeta latino:

> A primeira tradução será perfeita quando for possível dizer que, tivesse o autor aprendido o alemão tão bem quanto o tradutor aprendeu o latim, aquele não teria escrito a obra que originariamente escreveu de maneira diferente da maneira por meio da qual o tradutor escreveu. Mas a segunda tradução, que não mostra o autor como ele mesmo teria traduzido, mas como um alemão teria originariamente escrito em alemão, não pode ter outro tipo de plenitude a não ser que seja possível certificar-se de que, se todos os leitores alemães pudessem virar especialistas, o original em latim teria significado exatamente o mesmo que a tradução significa para eles agora – que o autor se tornou um alemão[41].

Embora no começo do ensaio Schleiermacher não pareça dar preferência a nenhum dos dois tipos, posteriormente demonstra uma preferência definitiva pelo segundo tipo. Isto pode ser visto na terminologia que utiliza. Ao primeiro tipo chama *dolmetschen*, simples interpretação, e ao segundo, *übersetzen*, recriação na língua-mãe. Antes Herder fizera uma distinção semelhante: *Über*setzung – o que visa adaptar-se ao original – e Über*setzung* – o que tenta acomodar a obra estrangeira na língua nativa[42].

Dolmetschen, o tipo de tradução mais à maneira de interpretação, é mais fácil e traz em si um apelo mais amplo; assim, parece mais atraente.

> Quem não prefere gerar crianças que são a semelhança perfeita de seus pais, e não bastardos? Quem vai obrigar-se a si mesmo a se apresentar fazendo uso de movimentos menos leves e elegantes de que se é capaz, para parecer bruto e tenso, pelo menos às vezes, para chocar o leitor tanto quanto é necessário para mantê-lo consciente do que faz?[43]

A tarefa de fazer o leitor sentir que tem algo estranho à sua frente é difícil, mas, se tiver sucesso, o tradutor deixará "a maior leveza e naturalidade do original penetrar brilhando em todas as partes", e nas imagens alquimistas típicas de Schleiermacher, o tradutor

> distilará a fala até alcançar o próprio coração, separará o papel desempenhado pela linguagem e deixará esse coração, como se por meio de um processo novo e quase químico, prosseguir com a essência e a potência de uma nova linguagem[44].

4. A influência de Schleiermacher

A descrição esquemática de Schleiermacher é de grande importância na história da teoria da tradução literária. Sua preferência pela tradução "difícil", a que tenta reproduzir a forma do original, influenciou gerações posteriores de tradutores e críticos de tradução. No Capítulo VI, veremos que o tipo de tradução que Walter Benjamin aconselha está muito próximo ao que Schleiermacher apoia. Outro seguidor interessante de Schleiermacher é o filósofo espanhol José Ortega y Gasset (1883-1955).

Embora seu ensaio "Misterio y esplendor de la traducción"[45] tenha sido escrito mais de cem anos depois da morte dos escritores alemães, demonstra ter recebido grande influência dessa escola. A tradução é tão atraente por causa da impossibilidade de jamais alcançar uma versão perfeita. Tais projetos impossíveis são típicos do ser humano.

> A história universal nos faz ver a incessante e inesgotável capacidade do homem para inventar projetos impossíveis de se realizar.
> O único que o homem nunca consegue é, precisamente, o que ele propõe a si mesmo[46].

Agora isso dá sentido à impossibilidade de tradução:

> ... não é uma objeção contra o possível esplendor da tarefa tradutória declarar sua impossibilidade. Ao contrário, esta característica lhe confere a mais sublime filiação e nos faz ver que tem sentido[47].

Semelhante a Goethe e a Humboldt, Ortega y Gasset acredita que traduções da mesma obra são úteis se desejamos claramente ver as qualidades formais de uma obra. Também amplia a ideia de Schleiermacher de que o tradutor deve traduzir as qualidades formais do autor original, resultando em uma tradução que pareça estranha e diferente.

> Um fator decisivo é que, ao traduzirmos, tentemos sair de nossa língua para as outras línguas, e não o contrário, que é o que costuma acontecer[48].

O leitor tem de ter consciência disto, de que estará lendo uma tradução "feia", mas esse tipo de tradução

> faz com que ele transmigre para dentro do pobre Platão, que há vinte e quatro séculos esforçou-se a seu modo para expor as suas ideias sobre o porquê da vida[49].

Podemos e devemos aprender com os escritores antigos. Precisamos deles por causa de suas diferenças em relação a nós:

> A tradução deve sublinhar seu caráter exótico e distante, dessa forma tornando-se inteligível[50].

E, parecido com os escritores alemães, Ortega y Gasset sublinha a importância da tradução para o escritor. Não deveria "menosprezar a profissão de traduzir" e deveria

> complementar sua obra pessoal com alguma versão de obras antigas, não muito antigas ou contemporâneas[51].

Somente dessa maneira, valorizando a arte da tradução e fazendo dela um campo especializado de estudo, será possível aumentar "fabulosamente nossa rede de vias inteligentes"[52].

O Capítulo II nos forneceu um eixo para uma classificação de traduções: a divisão de Dryden entre *metáfrase, paráfrase* e *imitação*. O Capítulo III nos deu outro eixo: o do estilo de tradução francesa dos séculos XVII e XVIII, o primeiro tipo de Schleiermacher – uma tradução facilitada, que parece totalmente natural na própria língua-alvo, como se fosse uma obra original escrita na própria língua-alvo – contrastando com o estilo do segundo tipo de Schleiermacher – a tradução que retém elementos sintáticos e morfológicos da língua-fonte e que pode parecer estranha e soar de modo dissonante na sua tentativa de trazer elementos da língua estrangeira para a literatura-alvo.

Podemos ligar os eixos. O segundo tipo de tradução de Schleiermacher, a tradução que retém os elementos estrangeiros, será uma tradução palavra por palavra, pertencendo à categoria de Dryden de *metáfrase*. Esse elemento dissonante é o mesmo que Dryden criticou ao fazer comentários sobre tais traduções[53]. De maneira semelhante, o tradutor de uma tradução facilitada será obrigado a tomar várias liberdades com relação ao texto original, a fim de fazer com que sua tradução agrade. Esse tipo de tradução se enquadra no tipo *paráfrase* de Dryden.

Não obstante, Dryden e Schleiermacher descrevem os tipos de tradução de maneiras muito diferentes. Dryden, os *Augustans* e os tradutores franceses consideram que as traduções literais sejam o trabalho de serviçais; tal tradutor não tem habilidade poética; uma tradução *deve* parecer natural na língua-alvo. Por outro lado, Schleiermacher e os alemães acreditam que esse tipo de tradução seja o verdadeiro: esse tipo, contendo a forma do original, aumentará a potência e as possibilidades da língua alemã, harmonizará as línguas distintas e será a sublime obra do tradutor. Em contraste, a tradução comum é a que parece natural na língua-alvo.

Porém, os dois tipos de tradução não precisam ser incompatíveis. Goethe pensou que uma obra poderia ser introduzida em uma língua primeiramente em uma tradução facilitada, e depois, quando já fosse familiar, uma outra tradução ou outras traduções poderiam tentar introduzir seus elementos formais na língua-alvo.

REFERÊNCIAS

A citação na abertura do capítulo é de Johann Wolfgang von Goethe. Para referências completas, ver Nota 25.

1. *Les belles infidèles et la formation du goût classique*, Roger Zuber. Armand Colin, Paris, 1968, p. 338: "L'essential de leur oeuvre est, pour la posterité, leur désir de beauté."

2. *Ibid.*, p. 338.

3. *Ibid.*, p. 411: "... l'âme éprise de beauté, l'apaisement et le repos".

4. *Ibid.*, p. 151: "Il faut tâcher de rendre beauté pour beauté et figure pour figure; d'imiter le style de l'auteur, et d'en approcher le plus près qu'on pourra: varier les figures et les locutions, et enfin rendre notre traduction un tableau et une représentation au vif de la pièce que l'on traduit: en sorte que l'on puisse dire que le françois est aussi beau que le latin, et citer avec assurance le françois au lieu du latin."

5. *Ibid.*, p. 354: "... cette dignité sans tension, qui garantit la douceur du style".

6. *Ibid.*, p. 284: "... les licences qu'il a prises ne sont-elles pas une forme plus haute de fidelité?".

7. *Ibid.*, p. 356: "J'ay adjousté ces deux lignes, non seulement pour faire l'opposition entière dont l'Autheur a oublié un membre, mais pour lier ce qui precède avec ce qui suit, car cela fait un hiatus."

8. *Ibid.*, p. 357: "Ces mots sont tirez du reste de l'histoire pour éclaircir le sujet.

Ce sont les deux choses... que j'ay adjoustées pour servir de quelque éclarcissement à la matière.

J'ay éclarcy cette Histoire par trois ou quatre mots de Seneque que j'ay mis en marge."

9. *Ibid.*, p. 294: "Néron avait abusé plusieurs fois... de Brittanicus."

10. Por Boileau em *ibid.*, p. 192: "Un tradcorreteur."

11. *Ibid.*, p. 293: "Pardonnez-leur ce désir qui est naturel à tous les hommes..."

12. *Ibid.*, p. 296: "... il fallait respecter l'usage, et prenoit bien garde à ne point choquer la délicatesse de (sa) langue par des termes barbares et étrangers".

13. *Ibid.*, p. 309: "... l'avait toujours accompagné dès sa jeunesse."

14. *Ibid.*, p. 189: "Tacite s'embrouille-t-il dans la géographie? D'Ablancourt vient à son secours et rectifie les faits. Arrien confond-t-il la Syrie el l'Assyrie? Le Français n'oublie pas de rétablir le texte. Les contradictions, les légendes, les problèmes historiques sont pour son esprit toujours en éveil, l'ocassion d'affirmer sa maîtrise."

15. *Ibid.*, p. 192: "Les erudits... considéraient les traductions libres d'Ablancourt non comme un trahison commise envers les anciens, mais comme un service qu'il leur rendit."

16. *Ibid.*, p. 382: "Car ce n'est pas tant icy le portrait de Thucydide, que Thucydide luy mesme, qui est passé dans un autre corps comme par une espèce de Metempsycose, est de Grec est devenu François, sans se pouivoir plaindre comme un défaut de resemblance, quand il paroistroit moins défectueux, non plus qu'un malade feroit de son Medecin, qui par la force de ses remèdes luy auroit donné de la santé et da la vigeur."

17. *Ibid.*, p. 82: "J'ay etudié nôtre Auteur, ses sentiments et son génie. Et lors que j'ay cru les connoître, j'ay pris toute la matière dont il a fait sa harangue, et suivant toujours son ordre, je luy ai donné la forme que j'ay estimé convenable aux qualitez de Trajan et à celles de l'Orateur qui celebre ses loüanges."

18. *Ibid.*, p. 380: "... c'est dépouiller un homme de bonne maison que nous avons fait semblant de faire loger dans la nôtre".

19. Carta sem data em *ibid.*, p. 393: "... avant la civilisation, avec son avarice, son ambition et son hypocrisie, il existait une éloquence naturelle, ayant 'qualque chose de divin', 'provenant de l'abondance du bon sens, et du zele de la vérité. Porté par de grands hommes, elle a amené les sociétés a se civiliser. Elle s'est corrompue par le barreau et l'exagération des harangues: de la bouche des sages, elle est passé au service des gens, du comun, sous la forme du sophisme. Au lieu de la générosité militante des orateurs, on n'eut plus, pour la server, que de méchants hommes".

20. "Über die verschiedenen Methoden des Übersetzens" (1813), Friedrich Schleiermacher, em *Sämtliche Werke*, Dritte Abteilung (Zur Philosophie), Tomo II. Reimar, Berlim, 1938. Republicado em *Das Problem des Übersetzens*, Hans Joachim Störig. Wissenschaftliche Buchgesellschaft, Darmstadt, 1969, p. 69: "... nur

durch die vielseitigste Berührung mit dem fremdem recht frisch gedeihen und ihre Kraft volkommen entwikeln kann".

21. *After Babel*, George Steiner. Oxford University Press, 1975, p. 85-6: "Gradually the German language created those models of shared sensibility from which the nation-state could evolve. When that state entered modern history, a late arrival burdened with myths and surrounded by an alien, partially hostile Europe, it carried with it a sharpened, defensive sense of unique perspective. To the German temper, its own Weltansicht seemed a special vision, whose foundations and expressive genius lay in the language. Reflecting on the drastic extremes of German history, on the apparently fatal attempts of the German nation to break out of the ring or more urbane, or, in the east, more primitive cultures, German philosophers of history thought of their language as a peculiarly isolating yet numinous factor."

22. "Über die verschiedenen Methoden des Übersetzens", *op. cit.* Em *Das Problem des Übersetzens, op. cit.*, p. 69: "Und damit scheint zusammenzutreffen, dass wegen seiner Achtung für das fremde und seiner vermittelnden Natur unser Volk bestimmt sein mag, alle Schäze fremder Wissenschaft und Kunst mit seinen eigenen zugleich in seiner Sprache gleichsam zu einem grossen geschichtlichen Ganzen zu vereinigen, das im Mittelpunkt und Herzen von Europa verwahrt werde, damit nun durch Hülfe unserer Sprache, was die verschiedensten Zeiten schönes gebracht haben, jeder so rein und vollkommen geniessen könne, als es dem Fremdling nur möglich ist."

23. Em *Kritische Dichtkunst*, Johann Jacob Breitinger. Mekler, Stuttgart, 1966.

24. *Fragmente* (1766-1767), Johann Gottfried Herder, em *Sämtliche Werke*. Weidmannsche Buchhandlung, Berlim, 1877.

25. *German Romance*, Johann Wolfgang von Goethe, em *Schriften zur Literatur*. Em *Sämtliche Werke*, Tomo 14. Artemis-Verlags-AG, Zurique, 1977, p. 933: "... und so ist jeder Übersetzer anzusehen, dass er sich als Vermittler dieses allgemein geistigen Handels bemüht und den Wechseltausch zu beförden sich zum Geschäft macht. Denn was mann auch von der Unzulänglichkeit des Übersetzens sagen mag, so ist und bleibt es doch eines der wichtigsten und würdigsten Geschäfte in dem allgemeinen Weltwerkehr.

Der Koran sagt: "Gott hat jedem Volke einen Propheten gegeben in seiner eigenen Sprache. So ist jeder Übersetzer ein Prophet in seinem Volk."

26. *Geschichte der romantischen Literatur*, A. W. Schlegel, em *Kritische Schriften und Briefe I*, ed. Edgar Lohner. Kohlhammer, Stuttgart, 1962-1967. Vol. IV, 1965, p. 36: "Er ist auf nichts Geringeres, als die Vorzüge der verschiedensten Nationalitäten zu vereinigen, sich in alle hineinzudenken und hineinzufühlen, und so einen Kosmopolitischen Mittelpunkt für den menschlichen Geist zu stiften."

27. De uma carta a A. W. Schlegel, em *Novalis, Werke und Briefe*, ed. Alfred Kelletat. Winkler, Munique, 1968, p. 632: "Man übersetzt aus echter Liebe zum Schören und zur vaterländischen Literatur. Übersetzen ist so gut dichten, als eigne Werke zustande bringen – und schwerer, seltener."

28. *Blüthenstaub*, Novalis, em *Athenäum*, p. 88-9. Republicado em *Das Problem des Übersetzens*, *op. cit.*, p. 33: "Sie fallen leicht ins Travestiren, wie Bürgers Homer in Jamben, Popens Homer, die französischen Übersetzungen insgesamt."

29. *Dante – über die Göttliche Komödie*, A. W. Schlegel, em *Sprache und Poetik*, em *Kritische Schriften und Briefe I*, ed. Edgar Lohner, p. 86: "Nur etwa ehemaliger Franzose konnte das in Darstellungen oder Übersetzungen gefühllos wegpolieren, um den nunmehr blanken Schaupfennig der Welt desto selbstgefälliger anzubieten." Não é difícil ver as raízes do nacionalismo extremo, que teria resultados desastrosos para a Alemanha no século XX.

30. Humboldt, *op. cit.* Em *Das Problem des Übersetzens*, *op. cit.*, pp. 83-88: "dennoch auch noch nicht das Mindeste des antiken Geistes mit ihnen auf die Nation übergegangen ist, ja nicht einmal das nationelle Verstehen derstelben... dadurch im geringsten gewonnen hat?".

31. *De l'Allemagne* (1810), Mme de Staël. Hachette, Paris, 1958-1960.

32. Este parágrafo segue George Steiner em *After Babel*, *op. cit.*, p. 78-9.

33. *Sprachphilosophie* (1772), Johann Gottfried Herder.

34. *West-östlicher Divan* (1819), Johann Wolfgang von Goethe, reproduzido em *Sämtliche Werke*, Tomo 3, p. 557: "Eine Überset-

zung, die sich mit dem Original zu identifizieren strebt, nähert sich zuletzt der Interlinearversion und erleichtert höchlich das Verständnis des Originals, hierdurch werden wir an den Grundtext hinangeführt, ja getrieben, und so ist denn zuletzt der ganze Zirkel abgeschlossen, in welchem sich die Annäherung des Fremden und Einheimischen, des Bekannten und Unbekannten bewegt."

35. *Dichtung und Wahrheit* (1811-1814), Johann Wolfgang von Goethe, como foi reproduzido em *Sämtliche Werke*, Tomo 10, p. 541: "Für die Mange, auf die gewirkt werden soll, bleibt eine schlichte Übertragung immer die beste. Jene kritischen Übersetzungen, die mit dem Original wetteifern, dienen eigentlich nur zur Unterhaltung der Gelehrten untereinander."

36. "Über die verschiedenen Methoden des Übersetzens", *op. cit.* Em *Das Problem des Übersetzens*, p. 67: "Das Übersetzen aus dem ersten Gesichtspunkt ist eine Sache des Bedürfnisses für ein Volk, von dem nur ein kleiner Theil sich eine hinreichende Kenntniss fremder Sprachen verschaffen kann, ein grösserer aber Sinn hat für gen Genuss fremder Werke."

37. *Etwas über Wilhelm Shakespeare bei Gelegenheit Wilhelm Meistens* (1796), A. W. Schlegel, em *Sprache und Poetik*. Em *Kritische Schriften und Briefe I*, ed. Edgar Lohner, 1962, p. 101: "Nach der Befriedigung der Bedürfnisse tut sich der Hang zum Wohlleben hervor; jetzt ist das Beste in diesem Fache nicht mehr zu gut für uns. Wenn es nun möglich wäre, ihn treu und zugleich poetisch nachzubilden, Schritt vor Schritt dem Buchstaben des Sinnes zu folgen, und doch einen Teil der unzähligen, unbesschreiblichen Schönheiten, die nicht in Buchstaben liegen, die wie ein geistiger Hauch über ihm schweben, zu erhaschern! Es gilt einen Versuch."

38. Humboldt, *op. cit.* Em *Das Problem des Übersetzens*, *op. cit.*, p. 87: "Es sind eben so viel Bilder desselben Geistes."

39. "Über die verschiedenen Methoden des Übersetzens", *op. cit.* Em *Das Problem des Übersetzens*, *op. cit.*, p. 87: "ein verpflanzen ganzer Litteraturen in eine Sprache...".

40. *Zum bruderliche Andeken Wielands*, Johann Wolfgang von Goethe, em *Sämtliche Werke*. Em *Das Problem des Übersetzens*, *op. cit.*, p. 35: "Es gibt zwei Übersetzungmaximen: die einer verlangt, dass der Autor einer fremder Nation zu uns herüber

gebracht werde, dergestalt, dass wir ihn als den Unsrigen ansehen können; die andere hingegen macht an uns die Forderung, dass wir uns zu dem Fremdem hinüber begeben und uns in seine Zustände, seine Sprachweise, seine Eigenheiten finden sollen."

41. "Über die verschiedenen Methoden des Übersetzens", *op. cit.* Em *Das Problem des Übersetzens*, p. 48: "Die erste Übersezung wird vollkommen sein in ihrer Art, wenn man sagen kann, hätte der Autor eben so gut deutsch gelernt, wie der Übersetzer römisch, so würde er sein ursprünglich römisch abgefasstes Werk nicht anders übersezt haben, als der Übersetzer wirklich getan. Die andere aber, indem sie den Verfasser nicht zeigt, wie er selbst wurde übersetzt, sondern wie er ursprünglich als Deutscher deutsch würde geschrieben haben, hat wohl schwerlich einen andern Masstab der Vollendung, als wenn man versichern könnte, wenn die deutschen Leser insgesammt sich in Kenner und Zeitgenossen des Verfassers verwandeln liessen, so würde ihnen das Werk selbst ganz dasselbe geworden sein, was ihnen jetzt, da der verfasser sich in einen Deutschen verwandelt hat, die Übersetzung ist. Diese Methode haben offenbar alle die jenigen im Auge, welche sich der Formel bedienen, man soll einen Autor so übersetzen, wie er selbst würde in deutsch geschrieben haben."

42. Em *After Babel, op. cit.*, p. 265.

43. "Über die verschiedenen Methoden des Übersetzens", *op. cit.* Em *Das Problem des Übersetzens*, p. 55: "Wie möchte nicht lieber Kinder erzeugen, die das väterliche Geschlecht rein darstellen, als Blendlinge? Wer wird sich gern auflegen, in minder leichten und anmuthigenen Bewegungen sich zu zeigen als er wohl könnte, und bisweilen wenigstens schroff und steif zu erscheinen, um dem Leser so anstössig zu werden als nöthig ist damit er das Bewusstsein der Sache nicht verliere?"

44. *Ibid.* Em *Das Problem des Übersetzens, op. cit.*, p. 60: "kann er sich anmassen die Rede bis in ihr innerstes aufzulösen, den Antheil der Sprache daran auszuscheiden, und durch einen neuen gleichsam chemischen Prozess sich das innerste derselben verbinden zu lassen mit dem Wesen und der Kraft einer anderen Sprache?".

45. "Misterio y esplendor de la traducción", José Ortega y Gasset, em *Obras completas de José Ortega y Gasset*, vol. 5. Revista de Occidente, Madri, 1947.

46. *Ibid.*, p. 439: "La historia universal nos hace ver la incesante y inagotable capacidad del hombre para inventar proyectos irrealizables...
Lo único que no logra nunca el hombre es, precisamente, lo que se propone."
47. *Ibid.*, p. 439: "... no es una objección contra el posible esplendor de la faena traductora declarar su imposibilidad. Al contrario este carácter le presta la más sublime filiación y nos hace entrever que tiene sentido".
48. *Ibid.*, p. 439: "Lo decisivo es que, al traducir, procuremos salir de nuestra lengua a las ajenas y no al revés, que es lo que suele hacerse."
49. *Ibid.*, p. 451: "... le va a hacer de verdad transmigrar dentro del pobre hombre Platón que hace veinticuatro siglos se esforzó a su modo por sostenerse sobre el haz de la vida".
50. *Ibid.*, p. 451: "... y la traducción debe subrayar su carácter exótico y distante, haciéndolo con tal inteligible".
51. *Ibid.*, p. 451: "... menospreciar la ocupación de traducir y complementar su obra personal con alguna versión de lo antiguo, medio o contemporáneo".
52. *Ibid.*, p. 451: "... aumentar fabulosamente nuestra red de vías inteligentes".
53. "Dançando em uma corda com as pernas agrilhoadas."

新
日
日
新

IV. Ezra Pound – Renovar!

> Eu, também, sou um homem traduzido, transportado. Geralmente, acredita-se que algo sempre se perca na tradução; apego-me à noção (e uso, em evidência, o sucesso de Fitzgerald – Khayam) de que algo pode ser alcançado.
>
> Salman Rushdie, *Shame*

1. As ideias de Pound sobre tradução

Sem dúvida, a figura mais importante no campo da tradução de poesia no mundo de língua inglesa, possivelmente no mundo inteiro, no século XX, é Ezra Pound (1885-1972). Este capítulo examinará os comentários de Pound sobre a tradução, analisando os vários tipos de tradução que ele pôs em prática, contrastará a visão de Pound sobre a tradução com a do poeta romântico inglês Percy Bysshe Shelley (1792-1822) e examinará a influência de Pound sobre a tradução de poesia no século XX.

Para Pound, a tradução é uma força motriz no ato de escrever poesia e de entender literatura. É treinamento excelente para o futuro poeta:

> A tradução é também bom treinamento. Quando você acha que seu original "vacila" quando tenta reescrevê-lo. O significado não pode "vacilar"[1].

Pound acredita que a qualidade da tradução reflete a qualidade da poesia em uma época literária:

> Uma grande época de literatura é talvez sempre uma grande época de traduções; ou a sucede[2].

Pound acha que a época mais importante da tradução na poesia inglesa foi o período entre Chaucer e Shakespeare, quando a poesia inglesa brilhou com adaptações de línguas europeias.

> Depois desse período [de Chaucer] a literatura inglesa vive de tradução, é alimentada por tradução; cada exuberância nova, cada novo avanço é fomentado por tradução; cada época chamada de grande é uma época de traduções, começando com Geoffrey Chaucer, tradutor de *Romaunt of the Rose*, parafraseador de Virgílio e Ovídio, condensador dos contos antigos que achara em latim, francês e italiano[3].

Traduções são uma maneira excelente para estudar o desenvolvimento de uma língua:

> Ele [o leitor] pode estudar o desenvolvimento de uma língua, ou melhor, a sequência de modas locais na poesia britânica, estudando as traduções da raça... desde 1650[4].

O conhecimento de línguas estrangeiras é necessário para o ensino. Todos os homens cultos devem conhecer pelo menos uma língua estrangeira. Em *How to Read* [Como ler], Pound faz a comparação com a ciência:

> A ciência moderna sempre foi multilíngue, e o bom cientista não se daria o trabalho de se limitar a uma só língua[5].

Vivemos em um mundo onde as línguas e as culturas estão sempre se influenciando umas às outras:

Um mestre pode estar sempre ampliando a própria língua, fazendo com que ela possa comportar alguma mudança até agora promovida somente por uma língua estrangeira... Enquanto Proust aprende Henry James, antes de quebrar umas divisórias de cartolina, a inteira fala norte-americana fica se revolvendo e sacudindo, e toda língua faz a mesma coisa[6].

Que é que pode e não pode ser traduzido? A definição famosa de Pound dos três elementos na poesia nos fornece uma pista. O primeiro elemento refere-se à *melopeia*,

... na qual as palavras estão carregadas, além de seu significado simples, de alguma qualidade musical, que dirige a maneira ou a finalidade daquele significado... É quase impossível transferi-la ou traduzi-la de uma língua para a outra.

O segundo elemento é a *fanopeia*,

... que é a projeção de imagens na imaginação.

Finalmente, o terceiro elemento é chamado de *logopeia*,

... a dança do intelecto entre palavras... hábitos especiais de uso, do contexto em que *esperamos* encontrar a palavra, do que habitualmente acompanha seus concomitantes costumeiros, suas posições conhecidas e seu jogo irônico[7].

A *logopeia* não pode ser traduzida, embora possa ser parafraseada. Às vezes, um equivalente pode ser encontrado, às vezes não.

Pound ataca o poeta inglês do século XIX Robert Browning, por ter ele tentado transferir as formas do grego, sua *logopeia*, para o inglês, na sua tradução de Ésquilo. Em *Early Translations of Homer* [Traduções antigas de Homero], Pound comenta:

Inversões na ordem da sentença em uma língua que não tem flexões como o inglês, clara e definitivamente, *não são nenhum tipo* de equivalente para inversões e perturbações de ordem em uma língua com flexões como o grego e o latim[8].

Pound acha a ordem invertida de palavras da tradução de Browning impossível de ler.

... this man is Agamemnon,
My husband, dead, the work of this right hand, here,
Age, of a just artificer: so things are[9].

(... este homem é Agamemnon,
Meu marido, morto, o trabalho desta mão direita, aqui,
A idade, de um artífice justo: assim são as coisas.)

Pound generaliza suas críticas a tradutores ingleses da língua grega:

Parece-me que os tradutores ingleses erram em dois aspectos, primeiro porque tentaram conservar cada adjetivo, quando obviamente muitos adjetivos no original só têm valor melódico; segundo, ficaram obcecados pela sintaxe; desperdiçaram tempo, complicaram seu inglês, tentando desenvolver em primeiro lugar uma estrutura lógica e definitiva para o grego e, em segundo, para conservá-lo, e a *todas as suas relações gramaticais* em inglês[10].

Pound é mais virulento em relação a Milton:

A qualidade das traduções baixou na medida em que os tradutores deixaram de estar absorvidos na matéria do seu original. Acabaram no lugar-comum de Milton, nas frases comuns e artificiais da poesia inglesa comum do modo como ela chegou aos nossos dias[11].

Na concepção de tradução de Pound, não se pode manter tudo no original, e a sintaxe da língua-alvo não deve ser influenciada pela sintaxe da língua original. Um dos elementos mais importantes consiste em acrescentar a própria voz do tradutor à voz do poeta. Hugh Kenner descreve o conceito de Pound de recriação:

> Pressupõe-se a mesma absorção clarividente de um outro mundo; o poeta inglês tem de absorver o ambiente do texto no seu sangue antes que ele possa traduzi-lo com autoridade; a partir daí, então, o que escreve é seu próprio poema seguindo os contornos do poema diante dele[12].

De fato, a tradução é central ao trabalho de Pound. George Steiner escreve:

> A totalidade da obra de Pound pode ser vista como um ato de tradução, como a apropriação para um idioma que é radicalmente seu, de uma mistura fantástica de línguas, legados culturais, ecos históricos, modelos estilísticos. "Considerar a obra original e sua tradução separadamente", escreveu T. S. Eliot, "seria um erro, que implicaria outro erro maior sobre a natureza de tradução." Pound tem sido o mestre colecionador do museu e da sucata da civilização, o mensageiro entre lugares distantes da mente, o organizador de uma miscelânea caótica de valores que, em ocasiões decisivas, e por algum grande dom de amor irascível, entram em fusão em uma coerência estranha[13].

2. A tradução e *Os cantos*

A utilização de fragmentos de outros escritores tem sido uma tendência importante na literatura do século XX. De fato, duas das obras mais importantes desse século, *Ulisses* e *The Waste Land*, estão baseadas até certo ponto em referências diretas ou indiretas a outras obras. *Os cantos* de Pound mostram esse elemento de colecionador no processo criativo de Pound. Trechos de escritores de muitas épocas e culturas, às vezes poemas inteiros em tradução, em forma de paráfrase ou no original, ocorrem no decorrer dos *Cantos*. Para dar alguns exemplos: o *Canto XX* começa com trechos de poesia no provençal de Bernard de Ventadour e com o latim de Catulo. A maior parte do *Canto XXXVI* é uma tradução de *Donna mi Prega* de Guido Cavalcanti. Citações de Homero, Dante e Ovídio aparecem frequentemente. O *Canto XXXIX* utiliza a *Odisséia*, *O paraíso* de Dante e *As metamorfoses* de Ovídio. O *Canto LII* traz uma tradução de uma parte de *The Chinese Book of Rites* [*O livro chinês de ritos*]. Os cantos que vão de LIII a LXI traduzem a *Histoire générale de la Chine ou Annales de cet empire* [*A história geral da China ou Anais desse Império*] do erudito jesuíta do século XVIII, Père Joseph Anne-Marie de Moyriac de Mailla. O *Canto LVI* lança mão de dois poemas de Li Po. O *Canto LIX* cita o latim de outro sinólogo jesuíta, Père Lacharne[14].

As línguas são frequentemente justapostas:

Canto LXXVIII

Odysseus is the man who
"saw many cities of men and learnt their minds":
many men's manners videt et urbes
    πολυμητις
ce rusé personnage, Otis[15].

[Ulisses é o homem que
"viu muitas cidades de homens e aprendeu suas mentes":
os modos de muitos homens videt et urbes
    πολυμητις
ce rusé personnage, Otis.]

Também os *Cantos LII* a *LXXI* e os *Pisan Cantos*, de LXXIV até LXXXIV, contêm muitos hieroglíficos não traduzidos. Quais são as conclusões que podemos tirar desse tipo de tradução? Primeiro, é pouco convencional. Estamos acostumados a ver uma tradução como uma unidade individual, com a etiqueta de uma "tradução" e com referências ao autor e ao tradutor. O fato de Pound incluir traduções sem referências como parte de uma totalidade maior quebra essas convenções que isolam as línguas em compartimentos herméticos. Uma língua, e, assim, uma cultura, mescla-se a outra. A utilização de tantas línguas, referências e citações desse modo confere aos *Cantos* uma grande parte de sua universalidade, embora, ironicamente, eles se tornem menos compreensíveis. A forma dos *Cantos* mostra-nos que as opiniões de Pound não se limitam a uma cultura, mas podem ser aplicadas à raça humana inteira. Suas referências vão de Confúcio a Homero; da política econômica dos bancos norte-americanos ao amor dos trovadores; através de várias línguas: inglês, francês, italiano, provençal, grego, latim, chinês etc.

Outra conclusão que podemos tirar desse tipo de tradução é que Pound está voltando à época de Chaucer, que tanto admira. Semelhante a Chaucer e a seus contemporâneos, toma de empréstimo, copia, traduz e adapta sem se preocupar com as fontes e sem fornecer referências dos originais.

Mas que podemos dizer sobre o próprio ato de traduzir nos *Cantos*? Às vezes, obras estrangeiras são citadas no original, às vezes na tradução; tem isso alguma importância? Encontramos duas opiniões a respeito. No seu ensaio "A Man of No Fortune", Forrest Read sugere que tradução é uma luz, um clarear.

A mensagem de Tirésias vem para Ulisses-Pound no *Canto XLVII*. Já percebemos que Circe falou no *Canto XXXIX*, dizendo para Ulisses que ele devia buscar o conselho de Tirésias antes de voltar para casa. Também percebemos que Circe falou em grego e que foi ininteligível. Agora, no *Canto XLVII*, o grego é traduzido, significando que o conselho foi ouvido[16].

Donald W. Evans, em *Ezra Pound as Prison Poet* [Ezra Pound como o poeta do cárcere], defende o ponto de vista de que deixar algo não traduzido é uma maneira de ofuscar ou esconder, e que traduzir é um ato de esclarecimento. Escrevendo sobre os *Pisan Cantos*, diz:

> O processo inclui uma busca da alma durante a qual Pound habitualmente usa francês para disfarçar o que de outra maneira poderia parecer demonstração de piedade por si mesmo ou de emoção não devida[17].

Mas podemos dizer que a tradução necessariamente esclarece? Não será possível que disfarce e impeça nossa compreensão ainda mais? Não pode um tradutor nos transmitir somente a ilusão de que entendemos o original por tê-lo traduzido para uma língua que entendemos? O tradutor sempre enfatiza o original da maneira como quer e, se não entendemos a língua do original, estamos à sua mercê. E, claro, duas traduções da mesma obra podem ser completamente diferentes. Nos *Cantos* Pound traduz *Donna mi Prega* de Cavalcanti no *Canto XXXVI*. Já traduzira o poema em *Personae*. George Dekker comenta a diferença entre as duas versões. A versão dos *Cantos* é mais solene e mais literal do que a versão anterior. Ao mesmo tempo, a versão dos *Cantos* é de mais difícil compreensão:

> A tradução para o inglês é mais obscura que o original em qualquer uma das versões, e a "Explicação parcial" (o ensaio de Pound sobre Cavalcanti) não contribui com nenhuma luz para o significado[18]...

Para Dekker, a qualidade central que a tradução comunica é a "impenetrabilidade" do poema de Cavalcanti para o leitor moderno. Não é essa "impenetrabilidade" um dos temas centrais dos *Cantos*? Quantos leitores, inclusive após muita pesquisa, lograrão entender a massa de referências e citações? O próprio Pound aponta uma obscuridade deliberada:

> Se nunca escrevermos nada além do que já está entendido, o campo de conhecimento nunca será ampliado. Exige-se o direito, de vez em quando, de escrever para algumas poucas pessoas com interesses especiais, cuja curiosidade consegue mais detalhes[19].

Dekker concentra seu argumento sobre a "impenetrabilidade" da tradução de *Donna mi Prega* no *Canto XXXVI*, porém, não poderíamos estender seu argumento e dizer que a tradução em geral nos *Cantos* enfatiza essa ideia de "impenetrabilidade" e dificuldade de compreensão? Precisamos de traduções para entender muitas partes dos *Cantos*. Mas quando essas traduções aparecem, em vez de nos levar ao coração do original, acrescentam outra nuvem de indefinição, de mistério, dado que não podemos estar seguros da proximidade da tradução ao original. De fato, no decorrer dos *Cantos*, a tradução abre caminho para a citação direta, enfatizando os problemas de se encontrar uma tradução adequada.

3. Quebrando o pentâmetro

Vamos agora passar das sutilezas da tradução nos *Cantos* para as traduções mais óbvias de Pound, lembrando o comentário de George Steiner de que não há nenhuma fronteira clara entre a tradução e a obra original na poesia de Pound.

Em uma carta a William Carlos Williams, Pound escreveu:

Às vezes, usei as regras da métrica espanhola, anglo-saxã e grega, que não são comuns nas épocas de Milton ou da Senhorita Austen[20].

Pound sentiu que a poesia inglesa dependia demasiadamente do pentâmetro iâmbico e, para "quebrar o pentâmetro", procurou esquemas métricos e de rima do anglo-saxão e da poesia de outras línguas. Em *The Seafarer* [*O navegante*], traduz o poema anônimo anglo-saxão para o inglês moderno, mas tenta reter a aliteração anglo-saxã original. Sua tradução começa:

> May I for own self song's truth reckon
> Journey's jargon, how I in harsh days
> Hardship endured oft.
> Bitter breast-cares have I abided,
> Known on my keel many a care's hold,
> And dire sea-surge, and there I oft spent
> Narrow nightwatch nigh the ship's head
> While she tossed close to cliffs...[21]

Como a maioria das traduções de Pound, *The Seafarer* foi criticado por seu elevado número de erros. Donald Davie cita uma carta ao *Times Literary Supplement* de 25 de junho de 1954 na qual Kenneth Sisam diz que Pound traduz erradamente *stearn* (que possivelmente significa gaivota) por *stern* (popa) de um navio; *byrig* (cidades) por *berries* (amoras); e, entre outras, *thurh* (através, dentro) por *tomb* (túmulo)[22].

Porém, contar os erros de Pound pode ser uma estratégia demasiado simples. O professor de inglês arcaico, Michael Alexander, sugere uma abordagem mais complexa. Admite que, como uma tradução no "exame da palavra", *The Seafarer* de Pound é um fracasso[23], e também tem consciência do número grande de erros fundamentais. Mas uma tradução literal não é o objetivo de Pound. Alexander examina pela segunda vez alguns dos "erros" de Pound. Traduz

wuniath tha wacran and thas woruld healdath,
brucath thurh bisgo. Blaed is gehnaeged...

por

Waneth the watch, but the world holdeth.
Tomb hideth trouble. The blade is layed low.

Mas o significado real desse trecho é "os homens mais fracos possuem este mundo; eles desfrutam dele através de seu trabalho; a honra é rebaixada..."[24]. Como já foi mencionado, *thurh* (através) foi traduzido por *tomb* (túmulo). Outros erros são *wacran* (mais fraco) vertido para uma forma de *wacu* (vigília) e *blaede* (honra) por *blade* (lâmina). Mas em termos poéticos a tradução é um sucesso. *Watch, tomb* e *blade* são palavras curtas, ásperas e anglo-saxãs. *Blade* pode ser vista também como uma metáfora da glória heroica. Pound tem muito mais interesse em reproduzir o efeito de ser um navegante do que o significado de cada palavra.

Para defender a distância que a tradução de Pound tem do "original", podemos dizer que o "original" em si é uma versão ampliada de um poema anglo-saxão, ao qual monges acrescentaram elementos cristãos. Pound retira esses elementos e devolve ao poema seu estado pagão original. E o sentimento que o poema nos transmite reflete o caráter do poeta/tradutor. Podemos ver *The Seafarer* como uma das muitas *personae* para o jovem Pound, mostrando-nos sua "falta de sossego, isolação, desprezo pelo confortável, orgulho na sua autossuficiência, crença na sua estrela, sonhos de uma companhia ideal"[25], o equivalente no começo do século XX do aventureiro anglo-saxão sem lorde feudal.

Pound vale-se do original para expressar os próprios sentimentos, fazendo com que o navegante original esteja mais próximo de nós e, ao mesmo tempo, distante. Para consegui-lo, a linguagem do poema tem de ficar o mais próximo possível do anglo-saxão, mas ao mesmo tempo tem de ser compreensível ao leitor contemporâneo. Pound tenta

> a modernização mínima do inglês arcaico para adaptá-lo à compreensão moderna... Quebra o molde, penetra a defesa do leitor por seu deslocamento de respostas convencionais... se tem de considerar o inglês arcaico não como notação mas como discurso real, sendo suas formas tão refratárias. O sentido do passado, a diferença clara do passado aparece; mas o que diz é inteligível, dinâmico, até compulsivo[26].

Isso é conseguido por meio da tentativa de Pound de manter os ritmos anglo-saxões e o valor do vocabulário:

> Pound escreveu *wrecan*, *blead* e *monath* em frases modernas, fazendo jogos de palavras com seus significados, com uma esperteza que subverte a relação linear com o texto original que se espera de uma tradução. O motivo é talvez um motivo mágico, que a virtude original da palavra deve resgatar. Isso desafia a ideia comum de que um tradutor deveria escrever o que o autor original teria escrito se ele estivesse vivo hoje[27].

Com certeza, o *Seafarer* de Pound ajudou a reviver o interesse pela poesia aliterativa em inglês. T. S. Eliot comentou que *The Seafarer* é

> talvez... a única obra de poesia aliterativa bem-sucedida já escrita em inglês moderno[28].

Hoje em dia, a poesia aliterativa é a base da obra de vários poetas contemporâneos escrevendo em inglês, tais como Ted Hughes, George Macbeth, Thom Gunn e Seamus Heaney.

Pound encontrou outra influência no *haikai* japonês: um poema curto de dezessete sílabas no qual uma ideia inicial é qualificada por uma metáfora da natureza. Um dos poemas mais famosos de Pound, *In a Station of the Metro* [*Em uma estação do metrô*], segue essa forma, embora o número de sílabas seja aumentado.

> The apparition of the faces in a crowd;
> Petals on a wet black bough[29].

> [A aparição das caras na multidão;
> Pétalas em negro galho molhado.]

Em *The Japanese Tradition in British and American Poetry* [*A tradição japonesa na poesia inglesa e americana*], Earl Miner constata que essa forma sobreposta foi a base de um grande número de poemas durante seu período imagista ou vorticista[30]. *April, Gentildonna*, o poema "chinês" *Liu Ch'e, Alba* e o poema cômico *The Bath-Tub* são exemplos de *Lustra* (1916). Nos *Cantos* essa forma sobreposta é usada frequentemente: imagens que vêm da natureza qualificam ideias anteriores no meio e no fim do *Canto XVII*, e no meio dos *Cantos III, XXI* e *CXX*. O *Canto XVII* termina:

> Thither Borso, when they shot the barbed arrow at him,
> And Carmagnola, between the two columns,
> Sigismundo, after a wreck in Dalmatia.
> Sunset like a grasshopper flying[31].

Um uso mais comum dessa técnica nos *Cantos* é, conforme Miner, "enfocar o significado de um número de versos em uma só imagem"[32]. Dá exemplos dos *Cantos XI, XXXVI* e *XXIX*:

> Drift of weed in the bay:
> She seeking a guide, a mentor,
> He aspires to a career with honour
> To step in the tracks of his elders;
> a greater comprehension[33].

Miner admira a habilidade de Pound de adaptar a técnica do *haikai* para o inglês:

> O descobrimento desta técnica em uma forma poética escrita em uma língua que ele não conheceu é um dos *insights* do gênio de Pound[34].

Em suas traduções do poeta provençal Arnaut Daniel [*Canzoni of Ezra Pound* (1911)], cujos poemas foram originalmente escritos para serem cantados, Pound introduz novas formas de rima para o inglês. Augusto de Campos, na Introdução a suas traduções de Arnaut Daniel e de Raimbaur d'Aurenga, descreve as rimas diferentes[35]. A técnica mais comum é a de *coblas dissolutas* – o primeiro verso de uma estrofe rima com o primeiro verso da estrofe seguinte; o segundo verso rima com o segundo verso, e assim por diante. Por exemplo, no *Poema XI*, *En Brun Brisant Temps Braas*, a forma da rima é ABCDEFGH, ABCDEFGH, ABCDEFGH etc.

Cinco poemas têm rimas que Augusto de Campos chama de *semidissolutas*. Esses rimam dentro da estrofe e de uma estrofe para a seguinte, por exemplo, o *Poema VII* é ABCDEEFGH, ABCDEEFGH etc. No *Poema XVIII*, a *Sextina*, as *rimas dissolutas* mudam de posição em cada estrofe, *intra, ongla, arma, verga, oncle, cambra*, avançam uma posição em cada estrofe – ABCDEF, BCDEFA, CDEFAB, etc. Três poemas, *I, III* e *XVIII*, são *coblas singulares*. Cada verso de uma estrofe termina com a mesma rima. Assim, *Poema I* é AAAAAAAA, BBBBBBBB etc. No *Poema II* há *coblas doblas*: a posição das rimas fica igual para duas estrofes e depois muda de posição – AABBCDDC nas duas estrofes iniciais e BBDDCAAC nas estrofes 3 e 4 e finalmente DDAACBBC nas estrofes 5 e 6.

Agora vamos examinar uma das traduções de Pound para ver de que modo ele adapta a rima de Arnaut Daniel para o inglês e como ele tenta seguir o som do provençal. Escolhi as primeiras três estrofes do *Poema VII*, que segue a forma *semidissoluta*, com rimas de uma estrofe para outra e dentro da mesma estrofe.

    Autet
Autet e bas entrels prims fuoills
Son nou de flors li ram eil renc
E noi ten mut bec ni gola
Nuills auzels, anz braia e chanta
Cadahus
En son us;
per joi qu'ai d'els e del tems
Chant, mas amors mi asauta
Quils motz ab lo son acorda

Lieu o grazisc e a mos huoills,
Que per lor conoissensam venc.
Jois, qu'adreich auci e fola
L'ira qu'ieu n'agui e l'anta,
Er vitoriana sus
Qui qu'en mus,
D'Amor don sui fis e frems;
C'ab lieis c'al cor m'azauta
Sui liatz ab ferma corda.

Merces, Amores, c'aras m'acuoills!
Tart fi mo, mas en grat m'o prenc,
Car si m'art dinz la meola
Lo fuocs non vuoill que s'escanta;
Mas pel us
Estauc clus
Que d'autrui joi fant greus gems
E pustell ai'en sa gauta
Cel c'ab lieie si desacorda.

Autet e bas entrels prims fuoills
Now high and low, where leaves renew,
Come buds on bough and spalliard pleach
And no beak nor throat is muted;
Auzel each in tune contrasted
Letteth loose
Wriblis spruce.
Joy for them and spring would set
Song on me, but Love assaileth
me and sets my words t'his dancing.

I thank my god and my eyes too,
since through them the perceptions reach,
Porters of joys that have refuted
Every ache and shame that I've tasted;
They reduce
Pains, and noose
Me in Amor's corded net.
Her beauty in me prevaileth
Till bonds seem but joys advancing.

My thanks, Amor, that I win through;
The long delays I naught impeach;
Though flame's in my marrow rooted
I'd not quench it, well't hath lasted,
Burns profuse
Held recluse
Lest knaves know our hearts are met,
Murrain on the mouth that aileth,
So he finds her not entrancing[36].

(Alto e baixo por entre as folhas
Alto e baixo por entre as folhas
flores novas tremem nos ramos
e não há bico nem gola
que cale. Em toda garganta
um sol luz

e traduz
cada matiz que me faz
cantar. E o Amor que me assalta
a palavra e o som acorda.

A Deus sou grato e aos meus olhos
pelo prazer que desfrutamos.
Alegria que degola
a ira de outrora e é tanta
que me induz,
rindo, a sus-
pirar de amor e de paz,
a uma afeição tão alta
atado com firme corda.

Amor, não temo – se me acolhes –
que no teu fogo lento ardamos,
pois, se à medula de cola,
teu calor já não me espanta.
Mas me impus
troblar clos
que eu temo a falar falaz
e um cancro não sobressalta
como a língua que desborda.

Tradução de Augusto de Campos, em *Mais provençais*)

O sentido do inglês é difícil de seguir, e arcaísmos como *wriblis* e *spalliard pleach* não ajudam o leitor. Porém, Pound deliberadamente se concentrou no elemento melódico em detrimento do elemento semântico:

> O triunfo [dos trovadores] está, como eu já disse, em uma arte que se encontra em algum lugar entre a literatura e a música; se consegui indicar algumas das qualidades desta, também abri mão daquela[37].

4. Traduzindo os clássicos

Esta seção se concentrará em *Homage to Sextus Propertius* e *The Women of Trachis*. Nessas traduções, Pound não se ocupa do som ou da métrica do original, mas altera o ponto de vista do autor até quase termos um poema novo. No seu ensaio *Date Line*[38], Pound classifica a tradução como uma das formas de crítica. Infelizmente, nunca estende essa afirmação, e assim temos de consultar o crítico norte-americano, R. P. Blackmur, para estendê-la. Falando do *Homage to Sextus Propertius* de Pound, diz:

> o que a tradução enfatiza, o que exclui e no que difere em relação ao latim – é tão necessário para ser apreciado quanto a artesania[39].

No seu *Homage to Sextus Propertius*, Pound traduz, ou muitas vezes parafraseia, trechos dos *Livros II* e *III* das elegias de Sexto Propércio. Esses trechos não seguem a ordem latina. Diz Blackmur:

> Arranja, omite, condensa e, ocasionalmente, acrescenta coisas ao latim para seus próprios propósitos: de homenagem, de uma versão nova e de crítica[40].

Aqui Pound põe uma máscara nova, como fizera em *A Lume Spento* (1908) e *Personae* (1909), nos quais escreveu poemas no estilo de vários poetas contemporâneos e outros do século XIX. *Le Fraisne* foi escrito no estilo de Yeats; *Anima Sola* e *Ballad for Gloom*, Swinburne; *Oltre la Torre: Rolando* e *Ballad Rosalind*, William Morris; *Fair Helena*, de *Rackham* e *Camaraderie*, Dante Gabriel Rossetti e Robert Browning.

Pound aproveita a máscara de Propércio para expor sua visão do mundo em 1917. Escreveu que:

sua *Homage to Sextus Propertius* apresenta certas emoções como sendo vitais para homens em face da imbecilidade inefável do Império Britânico, da mesma maneira que fora para Propércio, alguns séculos antes, quando em frente da imbecilidade infinita e inefável do Império Romano. Essas emoções são transmitidas em grande parte, mas não totalmente, nos próprios termos de Propércio[41].

Semelhante a Propércio, Pound enfatiza o relacionamento entre o artista e a sociedade ingrata, contrastando o mundo particular de beleza do autor com as exigências da sociedade, embora talvez Pound dê muito menos ênfase do que Propércio ao seu relacionamento com sua amante, e mais ao papel do artista responsável na sociedade, como pode ser visto em *Hugh Selwyn Mauberley* (1920).

J. P. Sullivan enfatiza esse elemento na *Homage to Sextus Propertius* de Pound:

> A ênfase no relacionamento do artista com a sociedade, a justificativa da moralidade poética particular contra as obrigações públicas, sejam essas exigências do governo ou promessas de fama e fortuna, é o que Pound viu como o elemento importante em Propércio, e esse é o peso crítico da *Homenagem*[42].

Vários críticos enfatizaram a linguagem da *Homenagem* de Pound. R. P. Blackmur compara o início no original, na tradução em prosa da versão de H. E. Butler, e na versão de Pound.

Propertius:

a valeat Phoebum quicumque moratur in armis!
exactus tenur pumice versus est –
quo me Fama levat terra sublimis et a me
mata coronatis Musa triumphat equis,

et mecum curru parvi vecantur Amores
scriptorumque meas turba secuta rotas.
quid frustra missis in me certatis habendis?
non data ad Masas Currere lata via.

Butler:

... Away with the man who keeps Phoebus tarrying among the weapons of war! Let verse run smoothly, polished with fine pumice. 'Tis by such verse as this that fame lifts me aloft from earth, and the Muse, my daughter, triumphs with garlanded steeds, and tiny loves ride with me in my chariot, and a throng of writers follow my wheels. Why strive ye against me vainly with loosened reins? Narrow is the path that leadeth to the Muses.

Pound:

Out-weariers of Apollo will, as we know, continue their
                                        [Martian generalities.
We have kept our erasers in order,
A new-fangled chariot follows the flower-hung horses;
A young muse with young loves clustered about her ascends
                                        [with me into the ether...
And there is no high road to the Muses[43].

A versão de Pound é claramente mais moderna e coloquial, com termos como *new-fangled* (hipermoderno) e frases como *We have kept our erasers in order* [Mantivemos nossos apagadores em boa ordem]; também não segue o original palavra por palavra. A versão de Butler é mais literal. *Narrow is the path that leads to the Muses* [Estreito é o caminho que nos guia até as Musas] é muito mais próximo a *non data ad musas currere lata via* do que *And there is no high road to the Muse* [Não há estrada alta à Musa]. Blackmur acha a versão de Butler forçada e pouco fluente, uma mistura de vários estilos arcaicos para tentar conseguir certo clima latino. Elogia a integridade da versão de Pound; diz que sua *Homenagem* tem "uma elegância dura", que é suficientemente grande para "ultrapassar o que podia ter sido as dificuldades insuperáveis de uma forma métrica solta e um tema altamente convencional"[44]. Para Blackmur, isso é o ato crítico de Pound na *Homenagem*, não uma mudança de ênfase no conteúdo, mas um fortalecimento na linguagem para dar-lhe uma economia e dureza típicas do século XX, e para torná-la mais atraente ao leitor moderno.

No seu segundo livro sobre Pound, *Pound*, na série Fontana Modern Masters, Donald Davie examina a *Homenagem* de outro ângulo. A linguagem usada não é particularmente moderna nem poderosa. Em vez de ser modelo de como traduzir,

> é deliberadamente de como não traduzir!... deliberadamente e consistentemente traduções errôneas...[45]

As traduções errôneas são aquelas do *babu*, o colonizado, sobretudo na Índia, que tenta copiar, quase sempre sem sucesso, a cultura colonial. Davie fornece vários exemplos tanto de vocabulário como de sintaxe:

> – Death why tardily come? [Morte, por que vens atrasada?]
> – Have you contemplated Juno's Pelasgian temples? [Já contemplaste os templos pelasgianos de Juno?]
> – Sailor, of winds; a plowman, concerning his oxen; [Marinheiro, de ventos; um arador, relativo a seus bois]
> – Soldier, the ennumeration of wounds, the sheep-feeder, of ewes [Soldado, a enumeração de feridas, que dá comida para ovelhas fêmeas][46]

Da mesma forma que o *babu* indiano adapta anglicismos à sua fala nativa, assim os *babus* ingleses, que foram treinados para comandar o império nas suas *Public Schools* (escolas particulares para a elite inglesa), onde o latim e o grego foram as disciplinas mais importantes e onde os valores clássicos foram os mais respeitados, adaptaram latinismos, como os que Pound usa, para sua própria linguagem falada e escrita. A força da ligação entre a Grã-Bretanha de 1917 e a Roma antiga parece ainda mais forte no tipo de linguagem que Pound usa:

> Assim parece que através da transposição de "imperialismo" em linguagem, na textura do estilo... Pound conseguiu fazer uma crítica bem mais profunda e dolorosa do imperialismo em geral do que ele poderia ter feito através da construção consciente de uma correspondência esquemática entre ele mesmo e Propércio, o Império Romano e o Império Britânico[47].

Homage to Sextus Propertius recebeu muitas críticas de professores de latim que a julgaram muito pouco apurada "como uma tradução". Contestando ataque semelhante por parte de um professor de latim da Universidade de Chicago, W. G. Hale, Pound constatou que ele não estava tentando uma tradução, "muito menos uma tradução literal. Meu trabalho foi o de trazer um homem morto de volta à vida". Acusa Hale de ser "um exemplo do porquê de os poetas latinos não serem lidos, envolvendo (Propércio) em verbosidade, negligenciando o inglês e censurando expressões como *virgo tacta*, colocando *my lady touched my words*, enquanto Pound escreve *devirginated young ladies*"[48]. Em contraste com as traduções tradicionais de autores latinos, as traduções de Pound são cheias de vitalidade e energia. Escreve Blackmur:

> Leitores que só consultaram os clássicos em traduções métricas deviam ter pensado várias vezes como os grandes poetas são muitas vezes ordinários. A maior parte da poesia é escrita sobre temas comuns, e o elemento novo, o que o poeta fornece, é a linguagem... é a novidade da linguagem

do Sr. Pound... que faz com que suas traduções sejam excelente poesia[49].

The Women de Trachis de Pound contém esse mesmo elemento crítico. A ênfase da adaptação da tragédia de Sófocles é sobre a unidade do mundo grego. O grito de Héracles:

SPLENDOUR,
EVERYTHING COHERES.

[ESPLENDOR,
TUDO COERE.]

é escrito em maiúsculas com uma nota de rodapé: "Essa é a frase-chave para a qual a peça existe"[50]. Também menos importância é dada ao papel de Deianeira. O classicista inglês H. A. Mason acredita que Pound "enfatiza o princípio masculino no céu e na terra, mas não enfatiza o princípio feminino na Esposa e na Deusa de Amor"[51].

O mesmo crítico elabora um argumento forte para defender os valores positivos da tradução de Pound. Pound traduziu *Women of Trachis* por "algo", dando uma visão coerente do mundo da Grécia antiga através de olhos modernos. Isso é infinitamente melhor do que as traduções "literais" e insossas, do que paráfrases acuradas em prosa que nada arriscam, mas que perdem a tensão dramática e as qualidades poéticas: "Quando o tradutor oferece esse tipo de tradução sem se desculpar, presume-se que ele achou o original tão aborrecido quanto nós achamos a sua tradução"[52]. A única maneira de traduzir é criativamente: "Será que estou certo ao contestar que, para conferir qualquer sentido ao original, é preciso tomar decisões criativas, e quando se recusa a tomá-las, mostra-se uma incapacidade de encarar a poesia grega ou a falta de imaginação necessária?"[53] Se o tradutor não traz o seu próprio ser, seu relacionamento com sua sociedade, "seu próprio sentido da tragédia na vida moderna"[54] para o original, o resultado será artificial, frágil e flácido[55].

5. Os poemas chineses

Um método contemporâneo bastante divulgado de se traduzir poesia é a tradução com uma colaboração. Um poeta traduz junto com um especialista na língua da qual ele está traduzindo, ou faz um poema da tradução literal feita pelo especialista na língua. *The Oxford Book of Verse in English Translation*[56] contém um número de traduções do século XX feitas em colaboração, sendo a maior parte de línguas menos conhecidas: persa, húngaro, polonês, islandês e russo. No Brasil, Augusto e Haroldo de Campos colaboram com o professor de russo Boris Schnaiderman para escrever *Maiakovski: poemas*[57] e *Poesia russa moderna*[58]. Entre as traduções de Pound, há retraduções de traduções de poemas indianos já traduzidos para o inglês e poemas egípcios já traduzidos para o italiano. Mas suas retraduções mais famosas são seus poemas chineses. Em 1912, a viúva do sinólogo Ernest Fenellosa deu a Pound os livros de anotações do seu marido. Esses continham traduções de peças do teatro Nô, poemas de Confúcio e os poemas *Cathay*, uma coleção de poemas chineses do século II até o século XII, a maior parte dos quais foram escritos pelo poeta do século V, Li Po. Os poemas que Pound fez dos manuscritos de Fenellosa, alguns dos quais aparecem como extratos dos *Cantos*, têm sido elogiados por muitos críticos. Um dos mais famosos dos poemas de *Cathay* (1915) é *The Beautiful Toilet*.

> Blue, blue, is the grass about the river
> And the willows have overflowed the close garden.
> And within, the mistess, in the midmost of her youth
> White, white of face, hesitates, passing the door.

Slender, she puts forth a slender hand.
And she was a courtesan in the old days
And she has married a sot,
Who now goes drunkenly out
And leaves her too much alone[59].

Para Hugh Kenner, Pound é "incrivelmente convincente em fazer do mundo do poeta chinês o seu próprio"[60]. Charles Tomlinson elogia o extrato do *Livro chinês de ritos* que aparece em *Canto LII*, no qual Pound "nos dá em procissões maravilhosas ritmos um pouco ingleses e algo irreduzivelmente estranhos e distantes"[61]. Ford Madox Ford compartilha essa opinião: "Os poemas em *Cathay* são obras de uma beleza suprema. O que a poesia deve ser eles são. E se certo fôlego capaz de produzir novas imagens e um novo tratamento podem fazer alguma coisa para os nossos poetas, esse novo fôlego é o que esses poemas trazem..."[62]

Como Tomlinson comenta, os poemas de *Cathay* trazem em si uma distância e estranheza, e, ao mesmo tempo, parecem familiares e próximos. Poemas sobre despedidas, isolamento, separação, saudade da juventude, beleza e inocência perdidas são temas muito apropriados para a época da Primeira Guerra Mundial. Semelhante à *Homage to Sextus Propertius*, a experiência da guerra encontra uma reflexão em uma literatura distante do passado.

Mas não podemos desconfiar um pouco dos elogios quase universais de *Cathay*? Não podemos perguntar se os críticos têm direito de julgar uma tradução de uma língua que não entendem? Todos os críticos mencionados acima elogiam a transferência de uma cultura estranha e exótica para o inglês. George Steiner discorda, acreditando que as traduções de Pound do chinês, tanto quanto as de Arthur Waley e as de Judith Gautier para o francês, compartilham uma mesma visão simplificada e convencional:

quanto mais remota a fonte linguístico-cultural, mais fácil é conseguir uma penetração sumária e uma transferência de características estilizadas e codificadas⁶³.

O fato de que não havia nenhum cânon de poesia chinesa em inglês e nenhuma ideia preconcebida de como a poesia chinesa em inglês deveria ser favorece Pound em sua "invenção" da poesia chinesa em inglês, para tomar de empréstimo a frase bem conhecida de T. S. Eliot⁶⁴. Steiner argumenta que quando as línguas em contato em uma tradução já tiveram muito mais contato, quando as características das línguas são propriedade comum, quando as normas da outra cultura são conhecidas, traduções que fazem sucesso são muito mais difíceis de ser feitas. "Translucências são muito mais difíceis de perto."⁶⁵ Um *Cathay* feito do francês poderia aparecer repleto de lugares-comuns e de clichês.

Talvez o melhor juiz seja o professor de chinês, Wai-lim Yip:

> Poder-se-ia facilmente excomungar Pound da cidade proibida de Estudos Chineses, mas parece claro que nos seus tratos com *Cathay*, inclusive quando tem somente alguns poucos detalhes, é capaz de penetrar as preocupações centrais do autor pelo que podemos chamar um tipo de clarividência... [nenhuma outra tradução] tem uma posição tão interessante e única como *Cathay* na história da tradução inglesa de poesia chinesa⁶⁶.

Pound voltou à poesia chinesa uns quarenta anos mais tarde quando, depois de aprender um pouco de chinês, traduziu *The Classic Anthology as Defined by Confucius*. Aqui o encontramos utilizando técnicas diferentes para cada poema que traduz. O número 145 parece que vem da época elisabetana:

Marsh bank, lotus rank
              and a ladye;
Heart ache and to lie awake
              and a-fevered.
Marsh edge, valerian in sedge
              and a ladye;
Hard head she hath.
I lie a-bed
              afflicted.
Marsh bank, lotus rank
              a ladye,
Straight as an altar stone her
              loveliness,
I lie in restlessness
              all the night
              comfortless[67].

O número 187 parece "caipira":

Yaller bird, yaller bird, let my corn
              alone,
Yaller bird, let my crawps alone,
These folks here won't let me eat,
I wanna go back whaar I can meet
the folks I used to know at home,
I got a home an' I wanna git
              goin'[68].

O número 117 me lembra uma música espiritual negra:

Oh, the pods keep a sproutin'
              upon the pepper tree,
The sprouts keep a risin'
and the big pods hangin' down,
the pods keep a growin'
              For a strong man on his own[69].

O número 246 tem ecos distantes do poeta escocês Robert Burns:

> Tough grow the rushes, oh!
> No passing kine breaks down
> their clumsy wads, and blades so glossy growin'.
> Our brothers all be here at call
> assembled as to rule
> wherefore lay down the mat, the mat
> and bring the old man his stool[70]

Ao comparar as traduções que Pound fez do chinês com as de Arthur Waley, Donald Davie diz que aceita como fato consumado que o tradutor é um modernizador – deve sempre usar um idioma moderno quando traduz de um idioma arcaico ou quando traduz de um idioma moderno. Em contraste, ao traduzir Cavalcanti, Pound busca o idioma inglês mais apropriado. Faz a pergunta:

> Em qual período da sensibilidade inglesa, como a que temos arquivada e datada em monumentos literários existentes do passado, estiveram os ingleses mais próximos dessas percepções...?[71]

Para traduzir Cavalcanti, Pound utiliza "um pastiche sintético baseado em um período semelhante do passado inglês"[72]. Assim, podemos ver *The Classic Anthology as Defined by Confucius* como um tipo de paradigma para o resto das traduções de Pound. Com cada tradução Pound tem de escolher não só o idioma inglês mais apropriado, mas também o tom. Não usa um só idioma ou tom para servir a tudo. As traduções do provençal de Arnaut Daniel se concentram exclusivamente nas qualidades musicais da linguagem; o *babu* que Davie considera característico de *Homage to Sextus Propertius* é muito irônico; *The Women of Trachis* é moderno e contém muitas gírias; o idioma moderno de *Cathay* traz suas referências distantes para mais próximo de nós; e o anglo-saxão "adaptado" de *The Seafarer* leva o leitor de volta para o mundo anglo-saxão. Davie acredita que a tentativa de Pound de encontrar um idioma conveniente, e eu gostaria de acrescentar "tom conveniente" para cada obra traduzida, está em evidente conflito com a opinião de Dryden que "cada geração deve traduzir os clássicos de novo" (ver p. 24, anterior), que o idioma contemporâneo é o mais apropriado para qualquer tradução.

6. Pound e Shelley

O papel central da tradução na obra de Pound pode ser visto de uma maneira ainda mais clara quando comparamos essa centralidade com as traduções e comentários sobre a tradução do poeta romântico inglês Percy Bysshe Shelley. Em contraste total com os românticos alemães, os românticos ingleses não deram grande importância à tradução; entre os poetas românticos ingleses principais, apenas Shelley dedicou-se à tradução. Mas, apesar de sua grande variedade de traduções do latim, grego, italiano, espanhol, alemão e francês, Shelley sempre considerou a tradução como uma atividade secundária. Em *A Defence of Poetry* (1821), Shelley descreve o dom criativo, a força da imaginação, que é a poesia. Porém, a tradução jamais pode capturar essa essência. É algo de segunda mão, longe da plena força da vida criativa:

> ... seria tão sábio jogar uma violeta em um caldeirão para que se pudesse descobrir o princípio formal de sua cor e seu perfume, como fazer uma transfusão das criações de um poeta de uma língua para outra. A planta tem de brotar de novo de sua semente, ou não dará frutos – e isso é o ônus da maldição de Babel[73].

Timothy Webb, no seu estudo das traduções de Shelley, *The Violet in the Crucible*, parafraseia este trecho:

> A tentativa de transmutar poesia de uma língua para outra está inevitavelmente destinada a fracassar. A noção de que a poesia não pode ser transferida de uma língua para outra está intimamente ligada à crença de Shelley de que a poesia era essencialmente tão orgânica e natural como uma flor. A beleza particular de uma dada flor não pode ser recriada – só pode ser imitada[74].

Shelley sempre sentiu que uma tradução, por bem feita que fosse, sempre seria uma cópia inadequada do original. Escreveu de sua própria versão de cenas do *Fausto* de Goethe:

> Sinto como é pouco perfeita a representação, inclusive com toda a licença que tomo para configurar como Goethe teria escrito em inglês, que minhas palavras fazem transmitir[75].

Somente uma tradução para um meio diferente poderia alcançar o sentimento do original. Das gravuras de Moritz Retzsch de uma versão inglesa de *Fausto*, Shelley comentou:

> Que gravuras, aquelas! Nunca posso me cansar de olhá-las. Sinto que é o único tipo de tradução da qual o *Fausto* é suscetível[76].

Em contraste com isso, quando se traduz *Fausto* para outra língua, coloca-se um "véu cinza" sobre ele; a tradução produz somente "uma sombra imperfeita" do original[77].

Assim, a tradução é relegada a um papel de apoio no processo criativo, porém um papel que tem grande validade. A tradução disciplina a mente de Shelley, dá-lhe ideias, que posteriormente poderiam ser desenvolvidas, e é uma maneira de manter suas capacidades criativas aquecidas enquanto espera um momento de inspiração poética. Impede que o poeta sem inspiração fique desesperado. Em 1818, escreve:

> Não tendo nada melhor para fazer, em meus períodos improdutivos e de desânimo, estou empenhado agora em traduzir a eloquência divina do *Simpósio* de Platão[78].

Pouco tempo depois escreve:

> Ultimamente, encontro-me totalmente incapaz de composição original. Assim, utilizei minhas manhãs para traduzir o *Simpósio*[79].

Webb faz um paralelo com William Cowper, cujas traduções foram o resultado de "uma mente que odiava o vácuo, considerando-o seu maior mal"[80]. O primo de Cowper, J. Johnson, comentou que o progresso da tradução da *Ilíada* de Cowper foi "extraordinariamente medicinal ao seu pensamento"[81].

Webb dedica grandes partes de seu livro à análise da influência das traduções na sua obra original. Resume as influências na seguinte maneira:

> A tradução oral de Shelley de *Prometheus Bound* foi provavelmente um grande estímulo para a criação de *Prometheus Unbound*; o *Hymn to Mercury* inspirou *The Witch of Atlas* e partes grandes de *With a Guitar, to Jane*; o *Convito* de Dante inspirou trechos de *Epipsychidion*, tanto como a tradução para o italiano de partes de seu próprio *Prometheus*; o epigrama de Asher de Platão foi importante para *Adonais* e *The Triumph of Life*; o *Lament for Adonais* de Bion foi a base de *Adonais*; a leitura e tradução de Dante de Shelley influenciou a versificação e as ideias de *The Triumph of Life*[82].

Preso à estrutura mais formal de tradução, Shelley conseguiu domar sua volatilidade. Na sua biografia de Shelley, Thomas Jefferson Hogg escreveu:

tem de ser amarrado fortemente a alguma coisa de uma natureza mais firme... sempre precisava de um apoio[83].

Finalmente, a tradução é um exercício de depuração e detalhe. Citando Hogg, Webb refuta a crença tradicional de que Shelley não tomou cuidado com suas composições:

> [Shelley] poucas vezes tinha se aplicado com tanta energia para vencer todas as outras dificuldades de sua arte, como pacientemente labutou para penetrar os mistérios da métrica no estado em que ela existe inteira, e pode ser alcançada – em uma das línguas clássicas[84].

Depois de examinar os manuscritos de Shelley, Webb constata que ele muitas vezes fazia revisões de suas traduções. Webb acredita que a maior clareza da obra posterior de Shelley deve-se muito à influência disciplinadora da tradução.

Assim, Pound e Shelley se encontram nos dois extremos de nosso espectro de tradutores. Para Shelley, o romântico, esperando e desejando o momento de criação extática quando o poeta domina o mundo, a tradução sempre mantém certa distância da fonte criativa. Pode ser uma atividade útil ou um passatempo, mas nada mais do que isso. Porém, para Pound, o artesão, ou, para usar o título com que Pound se referiu a Cavalcanti – "il miglior fabbro"[85] –, a tradução é central. Parecido com o escultor ou com o entalhador, Pound talha, apara e molda, aproveitando seus longos anos de familiaridade com formas e ideias estrangeiras para construir um poema.

7. Pound, Arnold e os vitorianos, e a tradução depois de Pound

Outra comparação interessante com as ideias de Pound sobre a tradução é a atitude em relação à época vitoriana, período que precedeu Pound, com relação à tradução. Também podemos ver a influência que Pound exerce sobre tradutores contemporâneos. Traduções típicas vitorianas seguiram a moda do medieval nas artes, usando arcaísmos numa tentativa de criar um ambiente distante e antiquado. Dois dos tradutores vitorianos mais conhecidos são Thomas Carlyle (1795-1881), cujas traduções do alemão utilizaram estruturas germânicas complicadas, e Dante Gabriel Rossetti (1828-1882), que traduziu poetas italianos medievais para um inglês que parecia arcaico. Hugh Kenner explica que o século XIX na Inglaterra quis

> ... saborear o romance da época. Tais sentimentos não foram reservados para alguns poucos conhecedores. Pessoas com pouco dinheiro puderam comprar a *Morte d'Arthur* quando seus fascículos saíram, com desenhos de Aubrey Beardsley modelados nos de Morris para tornar repleta de uma distância neurastênica, considerada "medieval". E Homero? Muito distante, para representar o tom de seu texto... seus tradutores vitorianos utilizaram uma ofuscação bíblica... E o sentido abre caminho para o *glamour*[86].

Tal linguagem artificial e remota foi chamada "Wardour Street" por causa da rua em Londres onde se encontraram lojas de aluguel de roupa teatral, especializadas em trajes históricos. A obra mais interessante sobre a teoria da tradução no século XIX na Inglaterra é *On Translating Homer*, do crítico inglês Matthew Arnold. Arnold ataca essa tradição arcaizante e critica especialmente a tradução da *Ilíada* de Homero por F. H. Newman. Arnold diz que Newman tentou

> reter cada peculiaridade do original, tanto quanto possível, e, quanto mais estranha a peculiaridade, mais cuidado teve em retê-la[87].

Acusa Newman de tentar fazer seu vocabulário o mais "saxão-normando" possível e "o menos possível" próximo aos "elementos dispersos em nossa língua pela aprendizagem clássica"[88].

Newman, em sua tentativa de ficar muito próximo ao original, reproduzindo tudo, não conseguiu reproduzir o efeito geral que a *Ilíada* teve no seu público grego. A tradução de Newman transmite a Homero muito mais uma atmosfera de antiquário do que da franqueza e da nobreza provavelmente percebidas por leitores contemporâneos. Em vez de usar o original como base para uma tradução palavra por palavra, o tradutor deve usar o original como uma

> base para criar um poema que vai afetar nossos patrícios da mesma maneira que se acredita que o original afetou seus ouvintes naturais[89].

Essa constatação parece muito próxima às intenções de Pound na sua *Homage to Sextus Propertius*. Não obstante, Pound esteve consciente de que via a Roma antiga com os olhos de 1914. Arnold, na sua receita para os ingredientes que o tradutor deve incluir na tradução dos anos de 1850, parece não ter muita consciência de estar vendo Homero através de uma lente do século XIX. Recomenda que o tradutor de Homero reproduza sua "rapidez", sua "simplicidade" e sua "nobreza de expressão e pensamento"[90]. De certo ponto de vista, uns 150 anos mais tarde, essas qualidades parecem ser exatamente as qualidades básicas da educação da *Public School* inglesa, na qual Homero e a língua grega tiveram um papel muito importante e em cuja filosofia o próprio Arnold exerceu enorme influência.

Esse aspecto pode ser sustentado pela métrica que Arnold propõe. Newman utiliza uma métrica semelhante à métrica da balada tradicional inglesa – cada verso consiste num tetrâmetro e num trímetro separados por uma cesura. Arnold considera que essa métrica é muito folclórica e argumenta persuasivamente em favor de uma métrica inglesa pouco comum, o hexâmetro. O trecho curto que traduz sublinha a opinião dada antes – Homero torna-se um pomposo *grand seigneur* vitoriano.

> So shone forth, in front of Troy, by the bed of Xanthus,
> Between that and the ships, the Trojans numerous fires.
> In the plain there were kindled a thousand fires: by each one
> There sat fifty men, in the muddy light of the fire:
> By their chariots stood the steeds, and champed the
> [white barley
> While their masters sat by the fire, and waited for morning[91].

Em *Digging for Treasure: Translation after Pound*, Ronnie Apter faz um estudo profundo de traduções de poesia pré-Pound e pós-Pound, e tenta mostrar que as traduções de Pound resultaram em uma maior flexibilidade, energia, e em maiores recursos verbais. Compara traduções de Marcial feitas pelo tradutor contemporâneo americano Dudley Fitts e pelo tradutor vitoriano James Cranstoun. Fitts procura analogias para os epigramas de Marcial. Diz:

> Nada é mais sem graça do que uma piada que tem de ser explicada. A topicalidade, a referência rebuscada, o jargão especial – esses são assuntos que não podem ser tratados... em uma nota de rodapé sem acenar para o abraço da morte[92].

Fitts atualiza. Moderniza meios de transporte: *carros* substituem *mulas*.

> Pete, I admit I was late. It took me 10 hours to cover a mile.
> It was not my fault, but yours:
> Why did you lend me your car?

> [Pete, admito que cheguei atrasado. Levei 10 horas para
> [percorrer uma milha.
> Não foi culpa minha, foi sua:
> Por que me emprestou seu carro?]

Equivalentes contemporâneos são encontrados para as referências romanas:

> Local Products Preferred
> Abigail, you don't hail from La Ville
> Lumière, or Martinique, or even Quebec, P.
> Q., but from plain old Essex County;
> Cape Ann, believe me, for ten
> generations[93].

> [Produtos Locais Preferidos
> Abigail, você não é de La Ville
> Lumière, ou Martinique, ou até Quebec, Pensilvânia.
> Q., mas do velho e simples Essex County;
> Cape Ann, acredite, durante dez
> gerações.]

Cidades de língua francesa substituem cidades de língua grega, Abigail substitui a romana Laelia, e todas as outras referências são totalmente norte-americanas.

O tradutor vitoriano Cranstoun diligentemente reproduz todos os nomes próprios de Marcial. Observemos o começo de uma tradução:

> To boast, Charmenian, is your practice
> That you're from Corinth – now, the fact is
> Disputed not by one or other –
> But why, for heaven's sake, call me Brother –
> Me born in Celteberia's (sic) land,
> A citizen from Tagus' strand[94].

> [Gabar-se, Charmenian, é sua prática
> Que é de Corinto – bem, o fato não é
> Disputado nem por um nem por outro –
> Mas por que, pelo amor de Deus, me chama de Irmão –
> Eu nascido na terra de Celteberia [sic],
> Cidadão das areias de Tago.]

Apter comenta:

> Cranstoun esclarece que Corinto não ficava longe de Celteberia, mas não que Celteberia fosse na Espanha; tampouco dá qualquer ideia dos estereótipos romanos do grego e do espanhol que estão por trás da pergunta de Marcial. Os gregos tinham a fama de ser demasiado civilizados e pouco eficazes; os espanhóis, administradores agressivamente masculinos e enérgicos[95].

Seguindo o exemplo de Pound, Fitts procura analogias contemporâneas, enquanto a fidelidade ao original é imprescindível para a tradução vitoriana.

Da mesma maneira, traduções contemporâneas buscam analogias para trocadilhos. Na sua tradução de *A per pauc de chantar nom lais*, um poema do poeta provençal Peire Vidal, Paul Blackburn tenta introduzir um efeito análogo em:

> Dels reis d'Espanha m tenh a fais
> Quar tan volon guerra mest lor...
>
> [Isso do Rei de Espanha me preocupa
> porque desejam tanto fazer guerra entre eles.]

Vidal reclama que os reis espanhóis lutam entre si em vez de lutar contra os mouros. *Fais* significa *fardo, peso, problema*; *a fais* significa *juntos, como um*; *faire fais* significa *preocupar, deixar doente*; e *tener a fais* significa *tomar por, entender como*. Vários desses significados estão contidos na versão de Blackburn:

> The kings of Spain
> give me a general pain[96].
>
> [Os reis de Espanha
> me dão uma dor generalizada.]

Apter também acredita que os tradutores contemporâneos têm muito mais sensibilidade para as figuras de linguagem do latim do que os tradutores vitorianos. Apter compara duas traduções da *Ode 1.4* de Horácio: a tradução contemporânea de James Clancy e a tradução do século XIX de Thomas Charles Baring.

> Solvitur acris liems grata vice veris et Favoni
> trahuntque siccas machinae carinas...
>
> (At the pleasing return of spring and the west winds, harsh winter thaws and cranes
> draw forth the dried-out keels[97].)
>
> (Na volta agradável da primavera e dos ventos do oeste, o duro inverno degela e os guindastes tiram os barcos secos.)

Baring traduziu:

> Sharp winter melts with spring's delicious birth;
> The ships glide down on rollers to the sea...

Clancy traduz:

> Winter's fists unclench at the touch of spring and western
> [breezes,
> dried-out keels are drawn to the waves[98]...

Enquanto Baring "segue a prática vitoriana normal de escolher os significados primários e mais gerais", "a tradução de Clancy exemplifica a nova tendência de distilar o significado mais particular da metáfora". Seu "winter's fists unclench" dá um equivalente do significado múltiplo de *solvere*, "derreter", mas também é usado no sentido naútico de "soltar as velas" e "relaxar os nervos"[99].

Assim, podemos ver que Pound liberou a tradução de várias maneiras. O tradutor moderno tem uma liberdade grande de formas à sua disposição. Louis Kelly menciona que "a forma orgânica", uma forma desenvolvida a partir das próprias características da obra a ser traduzida, e não uma forma que siga um padrão tradicional, foi muito rara até o século XX[100]. Antes, tradutores utilizaram ou formas analógicas ou formas miméticas. Dessa maneira, os *Augustans* traduziram Homero em rimas paralelas, e Matthew Arnold propôs a forma mimética do hexâmetro inglês. Em "The Lively Conventions of Translation"[101] [As convenções vivas da tradução], o tradutor contemporâneo dos clássicos William Arrowsmith comenta as várias formas que utiliza dentro da mesma tradução. Partes diferentes das comédias de Aristófanes são traduzidas por tipos diferentes de métrica. Ele também enfatiza a variedade da tradução contemporânea quando comprara sua versão mais formal com a versão informal e livre de Dudley Fitts.

O tradutor contemporâneo também pode escolher a posição na qual ele vai se colocar na escala de "fidelidade ao original", que vai do literalismo total de Nabokov até as *Imitations* de Robert Lowell (ver p. 134). E, semelhante a Pound, o tradutor pode se concentrar nas qualidades musicais, ou ironia, ou ver o texto a ser traduzido através do outro texto. Porém, apesar de muitas traduções boas para a linguagem contemporânea, temos visto poucas tentativas de procurar uma linguagem que não seja contemporânea. Essa é, infelizmente, uma área na qual Pound não tem sido imitado. Muitas vezes encontramos uma mistura híbrida. O seguinte extrato da tradução de Paul Blackburn do poema provençal *Per fin' amor m'esjauzira*, atribuído a Cercamon, apresenta uma "salada" infeliz de linguagem moderna e idiomas medievais falsos:

true love
warms my heart
no matter if he run hot or cold.
My thoughts attract on her always,
but can't know yet
if I can finish the job, stay
firm with joy, that is
if she wants to keep me hers
Which my heart most desires[102]...

[o amor verdadeiro
esquenta meu coração
nem importa se corre quente ou frio.
Meus pensamentos se ligam sempre a ela,
mas não podem saber ainda
se posso terminar o trabalho, ficar
cheio de alegria, isto é
se ela quer manter-me seu
O que meu coração mais deseja...]

Para concluir, podemos tentar integrar as traduções de Pound nas categorias de Dryden de *metáfrase, paráfrase* e *imitação*, descritas no Capítulo II, e a *oposição* alemã-francesa, descrita no Capítulo III. Muitas das traduções de Pound correspondem à categoria de Dryden de *imitação*. De fato, Pound é conhecido por esse tipo de tradução, *Make It New* (Renovar). E Pound acrescenta seu elemento especial a esse tipo de tradução – a importância do tradutor. O tradutor não segue os passos do original, aspirando a ser seu amigo; em vez disso, ele domina a tradução, colocando seu próprio ser dentro dela.

Mas nem todas as traduções de Pound veem o original com uma nova perspectiva. Suas traduções de Arnaut Daniel introduzem novas formas na língua inglesa; *The Seafarer* reintroduz a poesia aliterativa na língua; e também traz para a língua o *haikai* japonês. Essas traduções têm muito em comum com o segundo tipo de tradução de Schleiermacher. Mas há uma diferença importante entre Pound e Schleiermacher. Este acredita que a morfologia, sintaxe e rima alemãs deveriam adaptar formas estrangeiras através de tradução. Pound acredita que só formas de rimas de outras línguas deveriam ser introduzidas no inglês. Critica Browning por ter copiado a sintaxe grega (ver p. 81, anterior).

Também importante para Pound é o lugar que a tradução ocupa na literatura e a ideia de tradução como um processo criativo. Diferente dos românticos ingleses, que não consideravam a tradução um processo criador, Pound vê a tradução como a força motriz no processo criativo e como elemento central ao desenvolvimento das literaturas. A criatividade não é um dom que vem de Deus, mas o resultado de prática rigorosa. E a melhor maneira de o poeta praticar e dominar a sua profissão é traduzir. A tradução está também no centro de mudanças e desenvolvimentos em literaturas. É impossível separar uma literatura de outra. As traduções sempre asseguram que estilos novos e ideias sejam transferidos de uma literatura para outra.

Assim, Pound trouxe a tradução para o centro do palco literário do século XX. Como o Capítulo V demonstrará, suas ideias têm sido seguidas e imitadas por muitos tradutores contemporâneos. No Capítulo VII, encontraremos várias das ideias de Pound desenvolvidas com mais detalhes por estudiosos contemporâneos de tradução. E, no Capítulo IX, veremos que aqui no Brasil os irmãos Campos adotaram Pound como um dos seus mentores principais.

REFERÊNCIAS

A citação na abertura do capítulo é de *Shame*, Salman Rushdie. Picador, Londres, 1984, p. 29.

O hieróglifo e o título, *Make It New* (*Renovar*), o *slogan* de Pound, são de *Canto LIII*:

Tching prayed on the mountain and
wrote MAKE IT NEW
on his bath tub
Day by day make it new

1. "A Retrospect", em *Literary Essays of Ezra Pound*. Faber & Faber, Londres, 1960, p. 7: "Translation is likewise good training. If you find that your original 'wobbles' when you try to rewrite it. The meaning of the poem can not 'wobble'."
2. "Notes on Elizabethan Classicists", em *Literary Essays of Ezra Pound*, *op. cit.*, p. 232: "A great age of literature is perhaps always a great age of translations; or follows it."
3. "How to Read", em *Literary Essays of Ezra Pound*, *op. cit.*, p. 34: "After this period (Chaucer) English literature lives on translation, it is fed by translation; every new exuberance, every new heave is stimulated by translation, every allegedly great age is an age of translations, beginning with Geoffrey Chaucer, translator of the *Romaunt of the Rose*, paraphraser of Virgil and Ovid, condenser of the old stories he had found in Latin, French and Italian."
4. *Ibid.*, p. 35: "He (the reader) can study the whole local development, or, we had better say, the sequence of local fashions in British verse by studying the translations of the race... since 1650."
5. *Ibid.*, p. 36: "... would never limit himself to one language".
6. *Ibid.*, p. 36: "A master may be continually expanding his own tongue, rendering it fit to bear some change hitherto borne only by some other alien tongue... While Proust is learning Henry James, preparatory to breaking through certain paste-board partitions, the whole American speech is churning and chugging, and every tongue is doing likewise."
7. *Ibid.*, p. 37: "... wherein the words are charged, over and above their plain meaning, with some musical quality, which directs the bearing or end of that meaning... It is practically impossible to transfer or translate it from one language to another...

... which is the casting of images upon the imagination...

... the dance of the intellect among words... special habits of usage, of the context we *expect* to find with the word, its usual concomitants of its known acceptances, and its ironical play...".

8. "Early Translations of Greek", em *Literary Essays of Ezra Pound*, *op. cit.*, p. 268: "... inversions of sentence order in an uninflected language like English are not, simply and utterly *are not* any sort of equivalent for inversions and perturbations of order in a language inflected as Greek and Latin are inflected".

9. *Ibid.*, p. 270.

"... this man is Agamemnon,
My husband, dead, the work of this right hand, here,
Age, of a just artificer: so things are."

10. *Ibid.*, p. 273: "It seems to me that English translators have gone wide in two ways, first in trying to keep every adjective, when obviously many adjectives in the original have only melodic value; secondly they have been deaved with syntax; have wasted time, involved their English, trying to evolve first a definite logical structure for the Greek and secondly to preserve it, *and all its grammatical relations* in English."

11. "Notes on Elizabethan Classicists", *op. cit.*, p. 247: "The quality of translations declined in measure as the translators ceased to be absorbed in the subject matter of their original. They ended in the 'Miltonian' cliché; in the stock and stilted phraseology of the usual English verse as it has come down to us."

12. *Ezra Pound, Translations*, Introdução de Hugh Kenner. Faber & Faber, Londres, 1953, p. 11: "The same clairvoyant absorption of another world is presupposed; the English poet must absorb the ambience of the text into his blood before he can render it with authority; and when he has done that, what he writes is a poem of his own following the contours of the poem before him."

13. *Penguin Book of Modern Verse Translation*, Introdução de George Steiner. Penguin, Harmondsworth, 1966, p. 32: "The whole of Pound's work may be seen as an act of translation, as the appropriation to an idiom radically his own of a fantastic ragbag of languages, cultural legacies, historical echoes, stylistic models. 'To consider Pound's original work and his translation separately,' notes Eliot, 'would be a mistake, a mistake which implies a

greater mistake about the nature of translation.' Pound has been the master jackdaw in the museum and scrap heap of civilisation, the courier between far places of the mind, the contriver of a chaotic patchwork of values which, on decisive occasion, and by some great gift of irascible love, fuse into strange coherence."

14. Este parágrafo segue *Ezra Pound, the Poet as Sculptor*, Donald Davie. Oxford University Press, Nova York, 1964, p. 133, p. 160.

15. *The Cantos of Ezra Pound*. Faber & Faber, Londres, 1964, p. 512.

16. "A Man of No Fortune", Forrest Read, em *Twentieth Century Views: Ezra Pound*, ed. Walter Sutton, Prentice Hall, Nova Jersey, 1963, p. 72.

17. "Ezra Pound as a Prison Poet", Donald W. Evans, em *Twentieth Century Views: Ezra Pound, op. cit.*: "The process includes a searching of the soul in which Pound habitually lapses into French to disguise what might otherwise seem like self-pity or unseemly emotion." Uma outra possibilidade mais mundana é que devido ao fato comum de Pound ter morado muito tempo na França e na Itália, falava muitas palavras mais naturalmente em francês ou em italiano.

18. *Sailing After Knowledge*, George Dekker. Routledge & Kegan Paul, Londres, 1963, p. 111. Dekker cita J. E. Shaw, *Cavalcanti's Theory of Love*. Toronto, 1940, p. 213. "The translation into English is more obscure than the original in any version, and the 'Partial Explanation' (in Pound's essay on Cavalcanti) contributes no light on the meaning..."

19. *Canto XCVI*. Em *The Cantos of Ezra Pound*, p. 691: "If we never write anything save what is already understood, the field of understanding will never be extended. One demands the right, now and again, to write for a few people with special interests and whose curiosity reaches into greater detail."

20. *Ezra Pound, Translations, op. cit.*, p. 207: "Sometimes I use the use of Spanish, Anglo-Saxon and Greek metric that are not common in the English of Milton's or Miss Austen's day."

21. "To break the pentameter, that was the first heave". *Canto LXXXI. The Cantos of Ezra Pound, op. cit.*, p. 518.

22. *Ezra Pound, the Poet as Sculptor*, *op. cit.*, p. 26.

23. *The Poetic Achievement of Ezra Pound*, Michael Alexander. Faber & Faber, Londres, 1979, p. 72.

24. *Ibid.*, p. 87-8.

25. *Ibid.*, p. 77.

26. *Ibid.*, p. 74: "... the minimum modernisation of the Old English to accomodate it to modern understanding... He breaks the mould, gets beneath the reader's guard by his dislocation of conventional responses... one is forced to consider the Old English not as notation but as actual speech, so refractory are its patterns. The pastness, the uncomprimising difference of the past appears; and yet what it says is intelligible, dynamic, even compelling".

27. *Ibid.*, p. 75: "Pound has written *wrecan*, *blead*, and *monath* into modern sentences, punning on their meanings with a cunning that subverts the steady one-to-one relationship with the original text that is expected of translation. The motive is perhaps a magical one, that the original virtue of the word should survive. This challenges the common idea that a translator should write what the original author would have written had he been alive today."

28. De "Ezra Pound: His Metric and Poetry" (1917), T. S. Eliot. Em *Penguin Critical Anthologies: Ezra Pound*, ed. J. P. Sullivan. Penguin, Harmondsworth, 1970, p. 67: "... perhaps... the only successful piece of alliterative verse ever written in modern English".

29. Em *Personae*, Ezra Pound. Faber & Faber, Londres, 1952.

30. *The Japanese Tradition in British and American Poetry*, Earl Miner. Princeton, 1958, p. 116.

31. *The Cantos of Ezra Pound*, *op. cit.*, p. 83.

32. *The Japanese Tradition in British and American Poetry*, *op. cit.*, p. 121.

33. *The Cantos of Ezra Pound*, *op. cit.*, p. 149.

34. *The Japanese Tradition in British and American Poetry*, *op. cit.*, p. 115: "The discovery of this technique in a poetic form written in a language he did not know is one of the insights of Pound's genius."

35. *Mais provençais*, Augusto de Campos. Companhia das Letras, São Paulo, 1987, p. 32-3.

36. *Ezra Pound, Translations*, *op. cit.*, p. 156-9.

37. De "Arnaut Daniel", em *Literary Essays of Ezra Pound*, *op. cit.*, p. 116: "('The troubadors') triumph is, as I have said, in an art somewhere between literature and music; if I have succeeded in indicating some of the properties of the latter, I have also let the former go by the board".

38. "Date Line", em *Literary Essays of Ezra Pound*, *op. cit.*, p. 74.

39. "Masks of Ezra Pound", R. P. Blackmur. Em *Penguin Critical Anthologies: Ezra Pound, op. cit.*, p. 154: "... what the translation emphasizes, what it excludes, and in what it differs in relation to the Latin – is as necessary to appreciate as the craftsmanship".

40. *Ibid.*, p. 141: "He arranges, omits, condenses and occasionally adds to the Latin for his own purposes: of homage, of new rendering and of criticism."

41. De *The Collected Letters of Ezra Pound*, ed. D. D. Paige, 1951, p. 310-1. Citado em "Pound's Homage to Propertius: The Structure of a Mask", J. P. Sullivan, em *Twentieth Century Views: Ezra Pound, op. cit.*, p. 144: "... presents certain emotions as vital to men faced with the infinite and ineffable imbecility of the British Empire as they were to Propertius some centuries earlier, when, faced with the infinite and ineffable imbecility of the Roman Empire. These emotions are given largely, but not entirely, in Propertius' own terms".

42. *Ibid.*, p. 146: "The stress on the relation of the artist to society, the vindication of the private poetic morality against public compulsions, whether these be the demands of government or promises of fame and fortune, is what Pound saw as the important element in Propertius and this is the critical burden of the Homage."

43. "Masks of Ezra Pound", *op. cit.*, p. 150-2.

44. *Ibid.*, p. 153.

45. *Pound*, Fontana Modern Masters, Donald Davie. Fontona, Londres, 1975, p. 59: "... it is a deliberate model of how not to translate!... it deliberately and consistently incorporates mistranslations...".

46. *Ibid.*, p. 59.

47. *Ibid.*, p. 61: "Thus it appears that by wholly transposing 'imperialism' into language, into the texture of style... Pound has effected a far more wounding and penetrating critique of imperialism in general than he could have done by fabricating consciously a schematic correspondence between himself and Propertius, the Roman Empire and the British."

48. De uma carta a A. R. Orage (?), abril de 1919, em *Penguin Critical Anthologies, Ezra Pound, op. cit.*, p. 88-9.

49. "Masks of Ezra Pound", *op. cit.*, p. 150 (nota de rodapé): "Readers who have consulted the classics only in metrical translation, must have often been struck by the commonplaces of great poets. Most poetry is on commonplace themes, and the freshness, what the poet supplies, is in the language... it is the freshness of Mr. Pound's language... that makes his translations excellent poetry."

50. *The Women of Trachis* (1956). Faber & Faber, Londres, 1969, p. 66.

51. "*The Women of Trachis* and Creative Translation", H. A. Mason. Em *Penguin Critical Anthologies: Ezra Pound, op. cit.*, p. 296.

52. *Ibid.*, p. 298: "When such translations are offered without apology, there is a presumption that the translator found the original as dull as we find his translation."

53. *Ibid.*, p. 297: "Am I right in contending that to make any sense of the original is to take creative decisions, and to refuse to take them is to betray incapacity to face Greek poetry or the want of necessary imagination?"

54. *Ibid.*, p. 307.

55. Em 1987 uma tradução de Pound de *Elektra* de Sófocles foi descoberta na Beinecke Rare Book and Manuscript Library na Universidade de Yale. *A Chronicle of Higher Education*, Estados Unidos, 16 de dezembro, 1987, tem um artigo sobre a primeira apresentação da *Elektra* em Nova York e comentários sobre a peça por vários "experts". O artigo faz um paralelo interessante entre Electra, presa na sua casa em Mecenas, considerada louca por ainda acreditar que Orestes vivia, e Pound, confinado em St. Elizabeth's Mental Hospital, Washington, onde escreveu *Elektra* em colaboração com o estudioso da história da literatura, Rudd Fleming, em meados dos anos cinqüenta. São interessantes os comen-

tários dos "experts": Hugh Kenner: "Há uma tendência para certo tipo de poeta de primeira linha, se tiver problemas pessoais profundos, de voltar para a tragédia grega." O pesquisador da obra de Pound, Richard Reid, sugere que *Elektra* podia ter sido um ensaio para *Women of Trachis*. Opiniões semelhantes às de H. A. Mason foram feitas em relação à linguagem de *Elektra*. Tony Harrison, poeta inglês e tradutor da *Oresteia* de Ésquilo: "Pound teve uma maneira maravilhosa de destravar a franqueza do drama grego." Hugh Kenner de novo: "trechos de Sófocles são lá como pontos de referência e assumem uma qualidade ritualística". A Sra. Carey Perloff, diretora da produção, disse que, em contraste à tragédia grega, "na versão de Pound, os personagens não falam a mesma língua; falam várias e a poesia fica para Electra... ela expressa algum tipo de visão na parte de Pound – da desintegração da civilização ocidental, com Electra representando o nível mais alto, incapaz de comunicar-se com outros níveis".

56. *The Oxford Book of Verse in English Translation*, ed. Charles Tomlinson. Oxford University Press, 1980.

57. *Maiakovski: poemas*, Boris Schnaiderman, Augusto & Haroldo de Campos. Perspectiva, São Paulo, 1985.

58. *Poesia russa moderna*, Augusto & Haroldo de Campos e Boris Schnaiderman. Brasiliense, São Paulo, 1985.

59. *The Beautiful Toilet*, de *Cathay*. Em *Personae, op. cit.*

60. *Ezra Pound, Translations, op. cit.*, p. 13: "... amazingly convincing at making the Chinese poet's world his own".

61. *The Oxford Book of Verse in English Translation, op. cit.*, p. xiii: "... gives us in magnificent processions rhythms something English and something irreducibly foreign and distant".

62. Citado por T. S. Eliot em "Ezra Pound: His Metric and Poetry" (1917). Em *Penguin Critical Anthologies: Ezra Pound, op. cit.*, p. 79: "The poems in *Cathay* are things of a supreme beauty. What poetry should be, that they are. And if a new breath of imagery and handling can do anything for our poets, that new breath these poems bring..."

63. *After Babel*, George Steiner. Oxford University Press, 1975: "... the more remote the linguistic-cultural source, the easier it is to achieve a summary penetration and transfer of stylized, codified markers".

64. Feita pela primeira vez por T. S. Eliot na sua *Introduction to Ezra Pound: Selected Poems*. Reproduzido em *Penguin Critical Anthologies: Ezra Pound, op. cit.*, p. 105: "As for *Cathay*, it must be pointed out that P is the inventor of Chinese poetry for our time."

65. *After Babel, op. cit.*, p. 361: "Translucencies are much more difficult at close quarters."

66. *Ezra Pound's Cathay*, Wai-lim Yip. Princeton Univ. Press, 1969, p. 88. Também citado em *Digging for Treasure: Translation After Pound*, Ronnie Apter. Peter Lang, Nova York, 1984, p. 110: "One can easily excommunicate Pound from the forbidden city of Chinese Studies but it seems clear that in his dealings with *Cathay*, even when he is given only the barest details, he is able to get into the central concerns of the original author by what we may perhaps call a kind of clairvoyance... (no other translation) has assumed so interesting and unique a position as *Cathay* in the history of English translation of Chinese poetry."

67. Em *The Classic Anthology as Defined by Confucius*, Ezra Pound. Faber & Faber, 1955, p. 69-70.

68. *Ibid.*, p. 100.

69. *Ibid.*, p. 63.

70. *Ibid.*, p. 163.

71. De um relatório sobre uma palestra de Donald Davie sobre a tradução de poesia. Em *Modern Language Studies*, 1967, p. 64: "In what period of English sensibility, as we have it recorded and dated for us in extant literary monuments from our past, were Englishmen nearest to entertaining these perceptions...?"

72. *Ibid.*, p. 64.

73. Em *The Prose Works of Percy Bysshe Shelley*, vol. 2. Chatto & Windus, Londres, 1912, p. 7: "... it were as wise to cast a violet into a crucible that you might discover the formal principle of its colour and odour, as seek to transfuse from one language into another the creations of a poet. The plant must spring again from its seed, or it will bear no flower – and this is the burthen of the curse of Babel".

74. *The Violet in the Crucible*, Timothy Webb. Oxford University Press, 1976, p. 24: "The attempt to transmute poetry from one language to another is inevitably doomed to failure. This

notion that poetry cannot be transferred from one language to another is closely linked to Shelley's belief that poetry was essentially as organic and natural as a flower. The particular beauty of a given flower cannot be recreated – it can only be imitated."

75. *Ibid.*, p. 24: "I feel how imperfect a representation, even with all the licence I assume to figure to myself how Göthe (sic) wd. (sic) have written in English, my words convey."

76. *Ibid.*, p. 25: "What etchings those are! I am never satisfied with looking at them. I feel it is the only sort of translation of which *Faust* is susceptible."

77. *Ibid.*, p. 28.

78. *Ibid.*, p. 35: "I am employed just now having little better to do, in translating into my fainting & inefficent periods the divine eloquence of Plato's *Symposium*."

79. *Ibid.*, p. 36: "I have lately found myself totally incapable of original composition. I employed my mornings, therefore, in translating the *Symposium*."

80. *Ibid.*, p. 41: "... a mind that abhorred a vacuum as its chief bane".

81. *Ibid.*, p. 42.

82. *Ibid.*, p. 44: "Shelley's oral translation of *Prometheus Bound* was probably a major stimulus towards the conception of *Prometheus Unbound*; the *Hymn to Mercury* inspired *The Witch of Atlas* and considerable portions of *With a Guitar, to Jane*; Dante's *Convito* inspired portions of *Epipsychidion*, as did Shelley's Italian translation of parts of his own *Prometheus*; Plato's Asher epigram was important both for *Adonais* and for *The Triumph of Life*; Bion's *Lament for Adonais* was the basis of *Adonais*; Shelley's reading and translation of Dante influenced the versification and ideas of *The Triumph of Life*."

83. *Ibid.*, p. 46, de T. J. Hogg, *The Life of Shelley*, citado de *The Life of P. Bysshe Shelley as Comprised in the Life of Shelley by Thomas Jefferson Hogg, The Recollections of Shelley and Byron by Edward John Trelawny, Memoirs of Shelley by Thomas Love Peacock*, ed. Humbert Wolfe, 2 vols., 1933. vol. I, p. 301: "He must be tied up fast to something of a firmer nature... he always required a prop."

84. *The Violet in the Crucible, op. cit.*, p. 45. Em *The Life of P. Bysshe Shelley as Comprised...*, *op. cit.*, vol. I, p. 134: "He had rarely applied himself as strenuously to conquer all the other difficulties of his art, as he patiently laboured to penetrate the mysteries of metre in the state wherein it exists entire and can alone be attained – in one of the classical languages."

85. "Il miglior fabbro" originalmente vem do *Purgatório* de Dante, xxvi, 117. Dante usou essa expressão para elogiar a superioridade de Arnaut Daniel sobre todos seus rivais. Em 1938, respondendo a uma crítica de Pound, T. S. Eliot estendeu esse tributo: "a frase, não somente como foi usada por Dante, mas também como eu a citei, tinha um significado exato. Não quis implicar que o Pound era só isso; mas desejava naquele momento conhecer a supremacia técnica e habilidade crítica manifestas na sua própria obra, que também ajudaram muito a fazer com que *The Waste Land* passasse de uma salada de trechos bons e ruins para um poema"; ("the phrase, not only as used by Dante, but as quoted by myself, had a precise meaning. I did not mean to imply that Pound was only that; but I wished at that moment to know the technical mastery and critical ability manifest in his own work, which had also done so much to turn *The Waste Land* from a jumble of good and bad passages into a poem"). Os dois trocaram cartas em 1921-1922, quando Pound deu conselhos detalhados e sugeriu cortes grandes para *The Waste Land*. Eliot lembrou em 1946 que o poema "esparramado e caótico" ("sprawling, chaotic poem") deixou as mãos de Pound com seu tamanho "reduzido pela metade" ("reduced to about half its size"). *The Waste Land* foi publicado sem a dedicatória para Pound. Eliot acrescentou essas palavras em janeiro de 1922, que entraram antes do poema quando este foi reimpresso em 1925. Essa informação vem de *A Student's Guide to the Selected Poems of T. S. Eliot*, B. B. Southam. Faber & Faber, Londres, 1968, p. 73.

86. *The Pound Era*, Hugh Kenner. Faber & Faber, Londres, 1972, p. 24: "... to savor the romance of time. (Whatever) antiquarian passions... admired was set at a great distance... Such sentiments were not reserved for a few connoisseurs. People with 2/6 a month to spend could buy the *Morte d'Arthur* as the installments appeared, with Aubrey Beardsley designs modelled on Morris's to encumber it with a neurasthenic remoteness, thought 'medieval'. And Homer? Very remote, to represent the feel of his

text..., his Victorian translators addressed Biblical ofuscations... And meaning gives way to glamour".

87. *On Translating Homer* (1861), Matthew Arnold. George Routledge, Londres, sem data, p. 2: "... to retain every peculiarity of the original, so far as he is able, with greater care the more foreign it may be". Esse volume contém o ensaio original de Arnold, a réplica de Newman, "Homeric Translation in Theory and Practice", e a tréplica de Arnold, "Last Words on Translating Homer".

88. *Ibid.*, p. 6.

89. *Ibid.*, p. 2: "... basis on which to rear a poem that shall affect our countrymen as the original may be coinceived to have affected its natural hearers".

90. *Ibid.*, p. 10.

91. *Ibid.*, p. 99.

92. *Digging for Treasure: Translation after Pound, op. cit.*, p. 111-2: "Nothing is more inert than a witticism that has to be explained. Topicality, the recondite allusion, special jargon – these are matters that can not be handled... in a... footnote without inviting the embrace of death."

93. *Ibid.*, p. 112.

94. *Ibid.*, p. 112-3.

95. *Ibid.*, p. 112: "Cranstoun makes it clear that Corinth was not far from Celteberia, but not that Celteberia was in Spain; nor does he give any hint of the Roman stereotypes of the Greek and Spaniard underlying Martial's question. Greeks were suppoesed to be overcivilized and ineffective; Spaniards, aggressively masculine and energetic administrators."

96. *Ibid.*, p. 114.

97. *Ibid.*, p. 114.

98. *Ibid.*, p. 121.

99. *Ibid.*, p. 121.

100. *The True Interpreter*, Louis Kelly. Blackwell, Oxford, 1979, p. 191.

101. "The Lively Conventions of Translations", William Arrowsmith, em *The Craft and Context of Translation*, ed. William Arrowsmith and Roger Shattuck. Univ. Texas, Austin, 1961.

102. *Digging for Treasure: Translation after Pound, op. cit.*, p. 51.

V. Outros tradutores do século XX sobre a tradução

Com a poesia para abrir a poesia.

George Chapman

A poesia é o que se perde na tradução.

Robert Frost

Este capítulo examinará entrevistas, artigos e comentários sobre a tradução de outros tradutores deste século e mostrará que a grande maioria das ideias propostas é uma repetição das ideias de Dryden e dos poetas *Augustans* e de Pound. Pouco de original ou de novo tem sido dito por este grupo.

1. A voz do tradutor

As traduções de Pound são, sem dúvida, o próprio Pound. A voz do tradutor ecoa através de sua obra. O velho é tornado novo – *Make It New*. Seria isso o ideal da tradução de poesia ou deveria o tradutor permanecer tanto mais anônimo quanto possível? Renato Poggioli expõe o problema:

> Deveria ele passar para o lado da anonímia esplêndida, o lado dos lugares-comuns do gosto clássico, ou para o lado

da ênfase pitoresca, do senso da cor local, da predileção pelo característico e o único, que distingue a visão romântica?[1]

Edwin Honig nos dá uma resposta:

> Parecia não haver nenhum mérito em traduzir se eu não fosse criar uma obra nova. Poderia haver outras traduções, mas nenhuma semelhante à minha[2].

Para Honig, ser fiel é o contrário de fazer uma tradução literal:

> E talvez já seja a hora de a polêmica e o argumento estéreis induzidos pelo problema da fieldade ao original serem questionados, mostrando que uma forma de fieldade é criar uma obra nova[3].

Como exemplos deste tipo de tradutor, menciona Rossetti, Longfellow e Fitzgerald. Todos tinham "mais tarimba" do que a maioria dos tradutores ingleses e norte-americanos do século XX[4].

Ben Belitt também insiste que a voz do tradutor seja ouvida:

> Eu mesmo não sei como separar minha própria voz das vozes precursoras porque as vozes precursoras fornecem uma motivação contínua para a minha. Há duas vozes, duas presenças[5].

Dudley Fitts apresenta o problema de uma maneira muito simples:

> Simplesmente expressar de novo em meu próprio idioma o que as estrofes gregas significavam para mim[6].

O ponto de vista oposto é relatado de uma maneira igualmente franca, que é, às vezes, antagonística. Michael Hamburger escreve sobre as traduções que fez de Hölderlin:

> Inclusive, nas minhas últimas traduções, não abandonei meu hábito ultrapassado de tentar aparecer sob a pele do autor, mais do que exibir os resultados da minha pele exposta à sua obra. Acredito que isso faça de mim aproximadamente o que o Sr. Lowell chamou um tradutor taxidermista; isto é, não me aproprio do meu texto para transpô-lo ao meu próprio idioma, nas minhas formas poéticas prediletas e nas minhas imagens preferidas, mas, sim, para tratá-lo como um fenômeno diferente de qualquer coisa que eu jamais poderia produzir... minha proposta geral é a de reproduzir até aquelas peculiaridades de dicção, forma e maneira de pensar e sentir que são estranhas não só a mim como também às convenções inglesas, tanto da época de Hölderlin quanto da nossa época[7].

Richard Wilbur também tenta se anular diante do texto:

> Acredito que realmente tento evitar colocar no poema de outro autor, quando o traduzo para o inglês, minhas próprias idiossincrasias, e com certeza me esforço para me "anular" tanto quanto possível... Coloco quaisquer habilidades que possuo a serviço do poema que estou traduzindo[8].

Em "Cantiques Spirituels", Paul Valéry elogia a proximidade das traduções de Père Cyprien dos poemas espirituais de São João da Cruz:

> ... não tentou... como outros tentaram... impor ao francês o que o francês não impõe... ao ouvido francês. Isto é traduzir de verdade. Isto é realmente traduzir, é reconstituir o mais próximo possível o efeito de certa causa – no caso, um texto de língua espanhola para o meio de outra causa –, aqui um texto de língua francesa[9].

E o anonimato de Père Cyprien tem sua própria originalidade:

> Sua originalidade é a de não admitir nenhuma originalidade, e, contudo, ele faz ao seu modo um tipo de obra-prima criando poemas cuja substância não é dele, e dos quais cada palavra é proscrita por um texto dado. Não posso deixar de afirmar que o mérito de alcançar de modo tão feliz o alvo de tal tarefa é maior (e é mais raro) do que o mérito de um autor completamente livre. Este canta o que pode, enquanto nosso monge se limita a criar a partir do gênio[10].

Mais diante do original do que as traduções nas quais se ouve a voz do tradutor, encontramos as imitações. Conforme Dryden, "o tradutor (se é que já não perdeu esse nome) assume a liberdade não somente de variar as palavras e o sentido, mas de abandoná-las quando achar oportuno, retirando somente a ideia geral do original, atuando de maneira livre, a seu bel-prazer"[11]. Robert Lowell, o mais famoso "imitador" pós-poundiano, segue as instruções de Dryden:

> Minhas licenças foram muitas. Meus dois poemas de Safo são realmente poemas novos, baseados nos poemas dela. Villon enxuto. Hebel fora do dialeto; o *Gautier* de Hugo pela metade. Mallarmé desobstruído – para dar força; o mesmo com Ungaretti e Rimbaud; um terço do *Barco ébrio* omitido; duas estrofes acrescentadas ao *Sarcófago romano* de Rilke e uma estrofe ao *Pombas*; *Pombas* e *Heden* de Valéry mais informais. Versos do *Grande testamento* de Villon vêm do *Pequeno testamento*. E assim por diante. Omiti versos, mudei a posição de estrofes, mudei imagens e alterei métrica e intenção[12].

A imitação é a única forma de tradução de poesia que tem valor:

Acredito que a tradução poética – eu a chamaria de imitação – tem de ser perita e inspirada, e precisa de tanta técnica, sorte e habilidade quanto um poema original[13].

Do outro extremo do espectro, Vladimir Nabokov segue a ideia de Dryden de *metáfrase*, "tradução de um autor palavra por palavra, e linha por linha, de uma língua para outra"[14].

Na minha tradução [de *Eugênio Onegin*], sacrifiquei à exatidão completa e à totalidade de significado todos os elementos de forma, menos o ritmo iâmbico, cuja retenção ajudou mais do que impediu a fidelidade[15].

Yves Bonnefoy é igualmente exigente:

O tradutor deveria saber que ele não conhece o sentido destas obras nas quais a pergunta é maior do que as respostas; e ele deveria levar em conta seu detalhe mais minucioso[16].

Nabokov tem sido frequentemente criticado por ser "não poético". Max Hayward, também tradutor do russo, comenta:

O *Eugênio Onegin* de Nabokov não é uma tradução, acredito, que se pode ler por prazer. O que há de importante são suas anotações, mas não se pode considerá-la uma tradução facilitada[17].

Uma "cola" excelente mas não poesia. Ben Belitt e Octavio Paz acreditam que a poesia não pode ser traduzida literalmente. Belitt comenta:

... a tradução literal mostra como a poesia no seu estado literal pode ser inadequada – a poesia não é informação...[18]

E Paz:

Somente a matemática e a lógica podem ser traduzidas de uma maneira literal[19].

Há uma insatisfação igual para com a imitação. Octavio Paz acredita que haja uma clara diferença entre a imitação e a tradução:

> O ponto de partida na imitação é o mesmo da tradução literária; o ponto de chegada é diferente: outro poema[20].

Christopher Middleton nota que, uma vez que o imitador sempre leva o autor traduzido à sua maneira de pensar, não consegue se valer de uma das maiores vantagens da tradução: a do contato com outro modo de pensamento e de estilo de escrever:

> Uma das maneiras mais simples de considerar o ato de tradução é vê-lo como um encontro mínimo, talvez um vestígio, mas ainda feliz, com o "outro"; no outro lado, o tradutor que escreve uma imitação ignora a realidade "do outro" porque traduz aquele texto para os seus próprios termos preestabelecidos[21].

A maioria dos tradutores concorda com Dryden e adota o meio-termo, chamado por Dryden *paráfrase*, "tradução com latitude... em que o autor é mantido à nossa vista: porém suas palavras são seguidas tão estritamente quanto seu sentido, que também pode ser ampliado mas não alterado"[22]. Michael Hamburger, contradizendo, até certo ponto, seus próprios comentários feitos antes (p. 133), diz que segue muito de perto as instruções de Dryden:

> Todas as minhas sucessivas versões tiveram certa tendência a um tipo de tradução que nem é a imitação livre nem a metáfrase estrita – para usar o termo de Dryden que ainda é válido –, mas algo no meio[23].

Outros comentaristas ficam no meio-termo. Richard Wilbur adota uma posição conservadora:

> Acho que chega um momento para as traduções que têm a intenção de ser fiéis em que se tem de fazer uma escolha entre reproduzir o que é, aparentemente, no sentido estrito da palavra, o significado do original, e cair abaixo do nível estético do restante, ou providenciar o que parece, para você, um equivalente próximo. Acredito que sempre escolheria o equivalente próximo em tal caso[24].

Michael Grant, tradutor de Cícero e Tácito, chega à paráfrase através de um processo de eliminação:

> ... temos de rejeitar a constatação de Vladimir Nabokov de que "a tradução literal mais dissonante é mil vezes mais útil do que a paráfrase mais bonita" – e também rejeitar a doutrina de Edwin e Willa Muir de que até mesmo mudar a ordem das palavras, por inevitável que possa parecer, é "cometer uma injúria irrecuperável"[25].

É difícil encontrar algum tradutor que rejeite completamente as definições de Dryden. Ben Belitt chega até certo ponto:

> Eu não sei se se poderia usar qualquer destas palavras [paráfrase ou imitação]. Foi algo mais subjetivo do que imitação e mais visceral do que paráfrase. Enquanto isso, considerei-o uma providência quando podia traduzir para o inglês o que estava literalmente presente no francês. Eu não tinha nenhuma posição teórica que dizia "aqui vou parafrasear", ou "aqui é onde imito"[26].

2. O laço de afinidade

Christopher Middleton (ver p. 136) considera a tradução uma atividade na qual o tradutor é influenciado pelo "outro" – o texto que traduz e o autor com quem tem contato. Da mesma forma que os *Augustans* estudados no Capítulo II – Roscommon com seu laço de afinidade e Tytler com seu "gênio semelhante" –, muitos tradutores contemporâneos também enfatizam essa empatia pessoal entre o tradutor e o autor original. Escreve Kenneth Rexroth:

> ... o que importa é a simpatia... a habilidade de se projetar na experiência de Safo e de transmiti-la de volta ao seu próprio idioma com o máximo de viabilidade[27].

Casos de tradutores encontrando sua "alma gêmea" nos autores que traduzem não são raros:

> Quando Rainer Maria Rilke leu Valéry pela primeira vez, escreveu para um amigo que acabara de descobrir um *alter ego*[28].
>
> Justin O'Brien

> ... o estudante me mostrou um livro de Walser e imediatamente eu sentia que aqui havia um espírito irmão, um autor cuja linguagem não parecia com nenhum autor alemão que lera e cuja agilidade mental achava congenial e admirável. Era para mim ideal. E sentia que podia imitar sua agilidade em inglês[29].
>
> Christopher Middleton

> Depois de traduzir dois volumes e meio [de *A paixão de Al-Hallaj* por Louis Massington], comecei a me sentir dominado da mesma maneira que tinha sido por *Gilgamesh*, e assim tentei descobrir que era minha voz nesse material – não somente o papel do tradutor, mas *minha* voz. Queria escrever meu *Hallaj* porque identificava-me com ele[30].
>
> Herbert Mason

Jorge Luis Borges não é totalmente irônico quando sugere uma verdadeira transmigração de almas:

> Omar [Khayyam] professou [o sabemos] a doutrina platônica e pitagórica do trânsito da alma por muitos corpos. Após séculos, a sua própria alma por acaso reencarnou na Inglaterra para cumprir em uma distante língua germânica betada com latim o que em Nishpur a matemática reprimiu. Issac Luria el León ensinou que a alma de um morto pode entrar em uma alma desventurada para instruí-la ou para sustentá-la; talvez a alma de Omar tenha se hospedado, cerca de 1857, na de Edward Fitzgerald[31].

Certos tradutores fazem suas traduções através de recriação imaginativa da experiência do seu precursor. Boris Pasternak escreve de sua tradução de *Hamlet*:

> Para a tradução das palavras e das metáforas, recorri à tradução dos pensamentos e das cenas. É necessário pensar que o trabalho é uma obra dramática russa original, porque além da precisão, da diferença das linhas em relação ao original, encerra-se especialmente essa liberdade desejada, sem a qual não se pode aproximar das grandes coisas[32].

Belitt procura essa intimidade menos com o autor do que com o poema. A essência da tradução é a de

> ... imaginar ou reimaginar o processo da criação de um poema, o poema não como uma entidade, mas como um complexo – creio que Coleridge o chamou de *exemplástico* – de emoções imediatas que representam uma experiência viva[33].

Em "The Added Artificer" Renato Poggioli faz alguns comentários interessantes sobre a relação entre o tradutor e o original. O tradutor é um artista interpretativo que usa o mesmo material estético do seu modelo, mas que elabora material linguístico e literário diferente. Nenhum outro artista interpretativo trabalha dessa maneira: um artista de *performance* tal como um ator, um cantor ou um músico, um artista decorador como um cenógrafo, um compositor escrevendo músicas para um balé ou para um mímico, expressará o original de outro meio, não em outra língua. No caso do tradutor, o meio é o mesmo, mas a língua é diferente. O tradutor é um artista envolvido em uma busca. É

> um artista inibido – satisfeito somente quando pode deitar as cinzas quentes do seu coração na urna bem acabada que está fora de si próprio. Ou se pode dizer que supera suas repressões na sua conversa íntima com o poeta estrangeiro; e que acaba por elevar suas inibições através da catarse de uma forma desconhecida. A tradução é, até certo ponto, um exorcismo ou a conjuração através de outro espírito de si mesmo... o tradutor é uma "personagem em busca de um autor" – ao descobrir o autor por fora, descobre o autor dentro dele mesmo[34].

A grande atração do conteúdo é sua *Gelegenheitsdichtung*: o tradutor descobrirá que o poema que está traduzindo oferece uma solução ideal para seus próprios problemas criativos.

3. O tradutor e o poeta

Seria a tradução uma atividade diferente da poesia? Ou estariam as duas integradas? As opiniões variam. O dramaturgo Christopher Hampton acredita que suas traduções de Ibsen e Molière exerceram um grande efeito na sua obra original[35]. Através da tradução, o escritor pode encontrar uma nova inspiração. Escreve Ben Belitt:

Eu concordaria que a tradução é um tipo de treinamento na selva para o exercício de todos os músculos necessários para a prática de poesia, mesmo se não se começa dessa forma – que serve à função calistênica de utilizar na tradução todos os seus recursos e agudeza como poeta. Nesse sentido, a tradução leva os tradutores para longe do gênero dos seus próprios estilos e idiossincrasias como poetas. Uma dessas vantagens desintegrativas de tradução é que ela compele ou induz o tradutor a escrever poesia que não seja a sua própria[36].

Em contraste, Robert Fitzgerald, tradutor do latim e do grego, escreve:

Eu considero que as duas atividades [poesia e tradução] são distantes. Se você é um poeta ou pretende ser um, a inferência é que, ao traduzir, você incorpora esse tipo de esforço simplesmente de outra forma. Eu não sei. Eu não sinto que é tão simples, e eu não gostaria de aceitar o que me parece que se ouve como sendo a versão do que acontece – isto é, que um poeta está sempre fazendo a mesma coisa, ou uma forma disfarçada dela, quando traduz. Não acho que seja verdade. Eu acho que um poeta empresta seu próprio ser para outro, que a obrigação é para com o outro poeta, e que se aceita temporariamente o espírito, impulso e intenção do outro poeta; e, assim, o desejo é o de tornar claro tudo aquilo na sua própria língua mais do que expressar a si mesmo[37].

Fitzgerald vê a tradução como uma atividade específica: a transferência de um poema de uma língua para outra. Por outro lado, a tradução pode ser vista como uma atividade que inclui a transformação de palavras em gestos, gestos em ruídos, fala em signos e um registro em outro. E assim voltamos ao conceito de originalidade dos Românticos, que encontramos no último capítulo: a originalidade é um dom de Deus que é dado só a poucos escolhidos. A tradução diminui qualquer validade que tem. Essa visão da originalidade pode ser vista nas seguintes palavras de John Hollander:

Pound e Eliot são ambos poetas com problemas sérios de originalidade e problemas para enfrentar sua falta de originalidade. Parecia inevitável o que eles iriam propor. Como Longfellow, propõem um *corpus* de poesia largamente baseado em tradução[38].

Hollander obviamente acredita que a tradução é diferente da criação. A opinião contrária, de que a tradução está no centro de toda obra literária criativa, é apresentada por Octavio Paz. Edwin Honig resume suas ideias após uma entrevista com ele:

> Parece que você sente, pela intuição, que a tradução é uma atividade que, na sua proposta, está nas raízes de toda arte[39].

Toda atividade literária é tradução:

> Quando você está lendo um poema, você está traduzindo. Quando está lendo Shakespeare, você está traduzindo – traduzindo-o para a sensibilidade americana do século XX[40].

Paul Valéry concorda. No Prefácio à sua *Traduction en Vers des Bucoliques de Virgile*, ele diz que qualquer tipo de escritura que necessita de certo tempo de reflexão é tradução, e que não há nenhuma diferença entre esse tipo de tradução e aquele que envolve transformar um texto de uma língua para outra[41].

No seu ensaio "Traducción: literatura y literalidad", Octavio Paz examina um poema escrito pelo poeta espanhol do século XIX, Miguel de Unamuno. Uma lista de cidades espanholas de Ávila a Zamarramala são:

> El tuétano intraducible
> de nuestra lengua española.

[O tutano intraduzível
de nossa língua espanhola.]⁴²

Porém, quando se faz um exame mais próximo, se descobre que este "tutano intraduzível" consiste em uma lista de nomes romanos, árabes, vascos, celtas e catalães. Até os nomes próprios que consideramos como "puros" são muitas vezes traduções.

Paz considera a tradução como uma força motriz na história. A civilização progrediu e mudou por meio de ondas sucessivas de traduções: os chineses traduzindo o sânscrito; os judeus traduzindo o Testamento Grego em Alexandria; os romanos traduzindo os gregos. "A história das várias civilizações é a história de suas traduções."⁴³

4. A tradução da forma métrica

Como vimos no Capítulo IV, um dos grandes êxitos de Ezra Pound foi o de liberar a tradução de poesia da camisa de força de formas análogas e miméticas. Atualmente, não há nenhuma forma-padrão de traduzir certa língua ou certo tipo de poesia. E a grande maioria de tradutores contemporâneos está consciente da enorme importância da forma do poema a ser traduzido. George L. Kline está de acordo com o poeta que ele traduz, Joseph Brodsky, na importância de conservar os elementos técnicos na tradução:

> Brodsky e eu estamos de pleno acordo quanto ao princípio de que as traduções de poesia formal, tais como as do russo, devem transmitir o máximo possível de sua forma – sua métrica, assonância, aliteração etc. – e onde isto é possível, sem recurso a frases inúteis ou a outras artificialidades, suas rimas e meias rimas também⁴⁴.

Brodsky também criticou os tradutores ocidentais por terem eles traduzido a poesia russa em verso livre. Em geral, a poesia russa é rimada. Em 1974, criticou as traduções norte-americanas de Mandelshtam[45]. Para Brodsky, o verso livre é simbólico da decadência ocidental, com a qual os poetas russos nada têm que ver. Na sua réplica, Yves Bonnefoy argumenta que as métricas regulares são metáforas das sociedades que não admitem dissensões; o uso de tais métricas no Ocidente hoje em dia seria um anacronismo. Através de sua insistência na métrica regular, Brodsky se mostra paroquial e carente de um sentido da história europeia.

Paul Valéry defende o ponto de vista mais comum na atualidade quando diz que destruir a harmonia de um poema é destruir o próprio poema. Reduzidas à prosa, as obras poéticas tornam-se espécimes anatômicos, aves mortas. Uma vez que o fluxo musical é interrompido, a mais bela poesia do mundo se torna trivial e sem sentido. Um poema e a tradução de um poema deveriam criar a conjunção indissolúvel de "o som e o sentido"[46].

5. Outras ideias

Todos os comentários mencionados anteriormente estão baseados até certo ponto nas ideias de Dryden e de Pound. Outras ideias ecoam as de Schleiermacher e de Ortega y Gasset: uma tradução perfeita é impossível – mas o fato de que é impossível resulta em um maior esforço da parte do tradutor para consegui-la. Edwin Honig reforça este ponto:

> Nem adianta abafar a voz diminuta mas poderosa que eles escutam sussurrar: "O que vocês estão fazendo é ridículo, porque é completamente impossível." E sempre vão concordar com isso, mas com um toque de paradoxo kafkiano, como Willard Trask sugere quando afirma: "Impossível, claro – é por isso que faço."[47]

Michael Hamburger acrescenta:

> Todas as coisas que valem a pena são impossíveis. Somente as coisas impossíveis são dignas de ser feitas[48].

Nos prefácios, artigos e entrevistas que examinei, quase nenhum tradutor investiga a tradução de um ponto de vista social ou histórico, nem traz ideias originais. Em "Seven Agamemnons"[49], Reuben Brower examina a maneira pela qual sete traduções diferentes de *Agamemnon* feitas em períodos diferentes refletem os valores literários específicos desses períodos. Mas não parte para uma análise das forças sociais ou históricas que estão por trás dessas traduções. Belitt argumenta em favor de uma epistemologia da tradução, e Paz introduz as ideias da Cabala e tradução e a importância da tradução na vida[50], ideias que serão desenvolvidas no próximo capítulo, mas Dryden e Pound ainda fornecem as diretrizes para a grande maioria de tradutores do século XX.

REFERÊNCIAS

A primeira citação na página do título, "With poesie to open poesie", é de Charles Tomlinson na Introdução a *The Oxford Book of Verse in English Translation*, ed. Charles Tomlinson. Oxford University Press, 1980. A segunda citação é de "The Lot of the Translator", em *The World of Translation*, P. E. N. American Center, 1971, 169.

1. "The Added Artificer", Renato Poggioli. Em *On Translation*, ed. Reuben Brower. Oxford University Press, Harvard, 1959: "Should he lean toward the splendid anonymity, toward the glorious commonmplaces of classical taste, or toward that picturesque emphasis, that sense of local color, that pre-dilection for the characteristic and the unique, which distinguish the Romantic outlook?"

2. *The Poet's Other Voice*, Conversations on Literary Translation, Edwin Honig. Univ. Mass., Amherst, 1985, p. 3: "There seemed to be no use in doing a translation unless I were going to create a new work. There might be other translations, but there could not be another like my own."

3. *Ibid.*, p. 34: "And maybe now it's time the sterile polemics and argumentation induced by the question of being faithful to the original is countered by showing that one form of faithfulness is a matter of doing a new work."

4. *Ibid.*, p. 34: "... had a great deal more on the ball than most twentieth century English and American translators".

5. *Adam's Dream*, Ben Belitt. Grove Press, Nova York, 1978, p. 61: "I myself don't know how to separate my own voice from the initiating voices because the initiating voices furnish a continuing motive for my own. There are two voices, two presences."

6. D. S. Carne-Ross citando Dudley Fitts em "Translation and Transposition", em *The Craft and Context of Translation*, ed. William Arrowsmith and Roger Shattuck. Univ. Texas, Austin, 1961: "I have simply tried to restate in my own idiom what the Greek verses meant to me."

7. *Friedrich Hölderlin, Poems and Fragments*, traduzido por Michael Hamburger. Routledge & Kegan Paul, Londres, 1966, p. xii: "Even in my latest-and-last renderings I have stuck to my unfashionable habit of trying to get under the poet's skin, rather than exhibiting the effects on my own skin of exposure to his work. I believe that this makes me roughly what Mr. Robert Lowell has called a taxidermist translator; that is to say, I do not appropriate my text to the extent of transposing it into my own idiom, my own favourite verse forms and my own favourite imagery, but treat it as a phenomenon different in kind from anything I could ever produce... my overall purpose is to reproduce even those peculiarities of his diction, form and way of thinking and feeling which are alien both to myself and to English conventions obtaining either in his time or in ours."

8. *The Poet's Other Voice*, *op. cit.*, p. 85: "I think that I do try to avoid putting into anyone else's poem, as I bring it across into English, mannerisms of my own, and I certainly try to efface

myself as much as possible... I'm putting whatever abilities I have at the service of the poem I'm translating."

9. *Variété V*, Paul Valéry. Gallimard, Paris, 1945, p. 173: "... il n'a pas tenté... comme d'autres l'ont fait... d'imposer au français ce que le français n'impose ou ne propose pas de soi--même a l'oreille française. C'est là veritablement traduire, qui est de reconstituer au plus près l'effet d'une certaine cause – ici un texte de langue espagnole au moyen d'une autre cause – un texte de langue française".

10. *Ibid.*, p. 179: "Son originalité est de n'en admettre aucun, et toutefois, il fait une manière de chef d'oeuvre en produisant des poèmes dont la substance n'est pas de lui, et dont chaque mot est prescrit par un texte donné. Je me retiens à peine de pretendre que le mérite de venir si heureusement à bout d'une telle tâche est plus grand (et il est plus rare) que celui d'un auteur completement libre de tous ses moyens. Ce dernier chante ce qu'il peut, tandis que notre moine est réduit a créer de la gène."

11. *The Complete Works of John Dryden*, ed. James Kinsley. Oxford University Press, 1956, vol. I, p. 18: "... only some general hints from the original to run division on the ground work, as he pleases".

12. *Imitations*, Robert Lowell. Faber & Faber, Londres, 1958, p. xii: "My licenses have been many. My two Sappho poems are really new poems based on hers. Villon stripped; Hebel taken out of dialect; Hugo's *Gautier* is cut in half. Mallarmé unclotted – to give power; same with Ungaretti and Rimbaud; a third of the *Drunken Boat* left out; two stanzas added to Rilke's *Roman Sarcophagus* and one to *Pigeons*; Valéry *Heden* and *Pigeons* more informal. Lines from Villon's *Great Testament* come from *Little Testament*.

"And so forth. I have dropped lines, moved stanzas, changed images and altered metre and intent."

13. *Ibid.*, p. xi: "I believe that poetic translation – I would call it an imitation – must be expert and inspired, and needs as least as much technique, luck and rightness of hand as an original poem."

14. *The Complete Works of John Dryden*, *op. cit.*, vol. I, p. 182. Também anteriormente, p. 37: "... turning the author word for word and line for line, from one language to another".

15. "The Servile Path", Vladimir Nabokov, em *On Translation, op. cit.*, p. 97: "In my translation (of *Eugene Onegin*) I have sacrificed top total accuracy and completeness of meaning every element of form save the iambic rhythm, the retention of which assisted rather than impaired fidelity."

16. *Hamlet*, traduzido por Yves Bonnefoy. Mercure, Paris, 1962, p. 255: "... le traducteur doit savoir qu'il ne connait pas le sens de ces oeuvres où la question est plus vaste que les résponses; et il devra tenir compte de leur plus infime détail".

17. *The Poet's Other Voice, op. cit.*, p. 119: "Nabokov's *Eugene Onegin* – not a translation, I think, that one can read with pleasure. But the important things about it are its notes and explanations, but one can't regard it as a facilitating translation."

18. *Ibid.*, p. 59: "... literal rendering shows how inadequate poetry in its literal state can be – poetry is not information...".

19. *Ibid.*, p. 156: "Only mathematics and logic can be translated in a literal sense."

20. *Ibid.*, p. 156: "The point of departure in imitation is the same as that of literary translation; the point of arrival is different: another poem."

21. *Ibid.*, p. 192: "And one of the simplest and most creative ways of considering the act of translation is to regard it as a minimal, perhaps vestigal, but still happy encounter with the 'other'; on the other hand, the translator who writes an imitation is ignoring the autonomous reality of 'the other' because he's just rendering that text to this own pre-established terms."

22. *The Complete Works of John Dryden, op. cit.*, vol. I, p. 182: "... translation with latitude... where the original is kept in view by the translator... but his words are not so strictly followed as the sense; and that too is amplified, but not altered".

23. Friedrich Hölderlin, *Poems and Fragments, op. cit.*, p. xi: "All my successive versions then, have tended towards a kind of translation that is neither free imitation nor strict metaphrase – to use Dryden's still valid term – but something in between."

24. *The Poet's Other Voice, op. cit.*, p. 92: "I think that there must come moments in the most faithfully intended translations when you have a choice between reproducing what is apparently, in the dictionary sense of the term, the exact meaning of the origi-

nal, and falling below the aesthetic level of the rest, or providing to you what seems to you a close equivalent. I think I would always go for the close equivalent in such a case."

25. *The Translator's Art*, ed. William Radice and Barbara Reynolds. Penguin, Harmondsworth, 1987, p. 89: "... we must... reject Vladimir Nabokov's assertion that 'the clumsiest literal translation is a thousand times more useful than the prettiest paraphrase' – and reject also, the doctrine of Edwin and Willa Muir that even to change the word order, however unavoidable this may seem, is to 'commit an irremediable injury'".

26. *The Poet's Other Voice*, op. cit., p. 58: "I don't know whether either of these words (paraphrase or imitation) really applies. It was something more subjective than imitation and more visceral than paraphrase. Meanwhile I considered it a providence when I could render in English what was literally present in the French. I had no conceptual stance that would lead me to say: 'Here I'm going to paraphrase', or 'Here is where I imitate'."

27. "The Poet as Translator", Kenneth Rexroth, em *The Craft and Context of Translation*, op. cit., p. 29: "... what matters is sympathy – the ability to project into Sappho's experience and to transmit it back into one's own idiom with maximum viability".

28. "From French to English", Justin O'Brien. Em *On Translation*, op. cit., p. 85: "When Rainer Maria Rilke ... first read (Valéry) he wrote to a friend that he had discovered an alter ego."

29. *The Poet's Other Voice*, op. cit., p. 185: "... the student showed me a book of Walser's, and I immediately felt, here was a kindred spirit, someone whose language was utterly unlike any other German I had ever read and whose mental agility I found congenial and admirable. It *suited* me. And I felt I could mimic his agility in English".

30. *Ibid.*, p. 48: "After doing two and a half volumes (of *The Passion of Al-Hallaj* by Louis Massington) I began to be overwhelmed as I had been by *Gilgamesh*, and so I tried to find out what my voice was in this material – not just the translator's role, but *my* voice. I wanted to write my *Hallaj* because I identified personally with him."

31. "El enigma de Edward Fitzgerald", Jorge Luis Borges, em *Otras Inquisiciones*. Alianza, Madri, 1981, p. 79-82: "Umar

(Khayyami) profesó (lo sabemos) la doctrina platónica y pitagórica del tránsito del alma por muchos cuerpos; al cabo de los siglos, la suya acaso reencarnó en Inglaterra para cumplir en un lejano idioma germánico veteado de latin el destino literario que en Nishpur reprimieron las matemáticas. Issac Luria el León enseñó que el alma de un muerto puede entrar en un alma desventurada para sostener o instruirlo; quizá el alma de Umar se hospedó, hacia 1857, en lo de Edward Fitzgerald."

32. Em *The Nature of Translation: Essays on the Theory and Practice of Literary Translation*, ed. James S. Holmes. Mouton, Haia e Paris, 1970, p. 167: "Pour la traduction des mots et des metaphores, j'ai fait appel à la traduction des pensées et des scènes. Il faut estimer que l'ouvrage est un oeuvre dramatique russe originale, parce que, en plus de la précision, de la différence des lignes par rapport à l'original, il renferme surtout cette liberté voulue, sans laquelle on ne peut se rapprocher des grandes choses."

33. *The Poet's Other Voice*, *op. cit.*, p. 59: "... imagine or reimagine the process of a poem's embodiment, the poem not as an informative entity, but as a complex – I believe Coleridge called it esemplastic – of immediate excitements that stand for a live experience".

34. *On Translation*, *op. cit.*, p. 142: "... an inhibited artist – satisfied only when he is able to lay the burning ashes of his heart in the well-wrought urn outside of himself. Or one can say that he only overcomes his repressions in his tête-à tête with the foreign poet; and that he ends by sublimating his inhibitions through the catharsis of an alien form. Translation is up to a point an exorcism or the conjuration through another spirit of one's self... the translator is a 'character in search of an author' – in finding the author without, finds the author within himself".

35. De uma entrevista no programa de televisão, *The South Bank Show*, Londres, ITV, 5 de fevereiro de 1989.

36. *The Poet's Other Voice*, *op. cit.*, p. 57: "I would agree that translation is a kind of jungle gym for the exercise of all faculties and muscles required for the practice of poetry, even if it doesn't always begin that way – that it serves the calisthenic function of bringing to bear upon what one is translating one's total resources and cunning as a poet. In this sense translation takes translators far

from the genre of their own recognisable styles and idiosyncrasies as poets. One of these disintegrative benefits of translation is that it compels or seduces one into writing poetry other than one's own."

37. *Ibid.*, p. 103: "I guess the two activities (own poems and translations) are distant. If you are a poet or aspire to be one, the inference is that when you translate you embody that kind of effort simply in another form. I wonder. I don't think it's quite so simple, and I feel very hesitant to commit myself to what I think one does hear often as the version of what happens – that is, that a poet is always doing the same thing, or a disguised form of it, in translating. I don't think that's true. I think that one poet is lending himself to the other poet, that the obligation is to the other poet, and that one is taking on for the time being the spirit and impulse and intent of the other poet, and so the wish is to make all that clear in one's own language more than express oneself."

38. *Ibid.*, p. 28: "Pound and Eliot are both poets with grave problems of originality and grave problems about confronting their lack of originality. It seemed inevitable that they would propound. Like Longfellow they propound a corpus of poetry largely based on translation."

39. *Ibid.*, p. 153: "You... seem to know almost by feel, by intuition, that translation is an activity that in its purposes lies at the root of all art."

40. *Ibid.*, p. 162: "When you're reading a poem, you're translating. When you're reading Shakespeare, you're doing a translation – translating him into the American sensibility of the twentieth century."

41. "Variations sur *Les Bucoliques*", Prefácio à *Traduction en Vers des Bucoliques de Virgile* de Valéry. Gallimard, Paris, 1956.

42. "Traducción: literatura y literalidad", em *Traducción: literatura y literalidad*, Octavio Paz. Tusquets, Barcelona, 1981, p. 11.

43. *The Poet's Other Voice, op. cit.*, p. 159: "The history of the different civilisations is the history of their translations."

44. "Modern Poetry in Translation", 1983, p. 159: "Brodsky and I are in full agreement on the principle that translations of formal poetry, such as the Russian, must convey as much as possible

of its form – its meter, assonance, alliteration, etc., and, where this is possible without recourse to padding or other artificialities, its rhymes and slant rhymes as well."

45. "Fit Only for Barbarians", Keith Bosley, em "Encrages: Poésie/Traduction". Printemps-Été, 1980, p. 41: Este ponto pede outras perguntas e respostas: São as opiniões de Brodsky diferentes agora que mora nos EUA? O que vai acontecer à rima em russo com a *glasnost*? Se seguirmos a linha de pensamento de Bonnefoy, deveríamos ver mais poesia escrita em russo e em verso livre.

46. "Variations sur *Les Bucoliques*", *op. cit.*: "le son et le sens".

47. *The Poet's Other Voice*, *op. cit.*, p. 7: "Nor do matters help muffle the small crushing voice they hear whispering, 'What you're doing is ridiculous because it's absolutely impossible'. To which they will invariably agree, but with a touch of Kafkan paradoxicality, as Willard Trask suggests when asserting, 'Impossible, of course – that's why I do it'."

48. *Ibid.*, p. 178: "All the things that are worth doing are impossible. Only impossible things are worth trying to do."

49. "Seven Agamemnons", Reuben Brower, em *On Translation*, *op. cit.*, p. 173-95.

50. Octavio Paz, em *The Poet's Other Voice*, *op. cit.*, p. 157.

VI. Cabala, Babel e Bíblia

> Nada é mais sério do que uma tradução.
>
> Jacques Derrida

O último capítulo mostrou que as ideias de muitos tradutores do século XX sobre tradução são dominadas ainda pelo pensamento dos *Augustans* e de Pound. Este capítulo examinará as ideias mais originais deste século sobre a tradução. Concentrar-se-á nas ideias de Jorge Luis Borges, Walter Benjamin, Jacques Derrida, Paul de Man e Henri Meschonnic.

Não pretendo desenvolver uma linha contínua de pensamento através da obra destes autores, mas sim enfatizar a recorrência de certos temas, que são, na sua maioria, diferentes daqueles dos *Augustans* e de Pound. Essas ideias são: a presença da lenda bíblica da Torre de Babel e o mito cabalístico da *Ursprache*, a língua falada por toda a raça humana antes de Babel; a maneira pela qual uma tradução poderia mudar completamente o significado de uma obra; a importância de traduzir mais a forma do que o conteúdo, a influência das ideias da tradição alemã; e por último, mas não menos relevante, a importância da tradução como elemento central no pensamento e na experiência humana, uma crença compartilhada por Pound e seus seguidores.

1. Babel *heureuse*

Segundo a lenda bíblica, quando os homens ousaram construir a Torre de Babel e tentar alcançar Deus, ele os dispersou a fim de que eles falassem em línguas incompreensíveis entre si. O que teria sido a original *Ursprache*, a língua de Adão, a língua com a qual todos os homens se comunicavam antes que Deus os castigasse? E seria alguma vez possível recriar essa língua falada por todos antigamente e voltar à harmonia pré-babélica e à união com Deus? George Steiner acha que sim:

> Os tradutores são homens andando às cegas, tentando aproximar-se uns dos outros em uma neblina comum. Guerras sacras e a perseguição de supostas heresias são o resultado inevitável da *babel* de línguas: os homens equivocam-se e adulteram os significados uns aos outros. Mas há uma saída que leva para fora das trevas: o que Böhme chama de "linguagem sensual" – a linguagem imediata, instintiva, não ensinada, a linguagem da Natureza e do homem natural como foi outorgada nos Apostólicos, eles mesmos pessoas humildes, no Pentecostes[1].

Vários dos contos de Jorge Luis Borges, especialmente os de *El Aleph*[2] e *El libro de arena*[3], giram em torno de temas cabalísticos. O *zahir* de "El Zahir"[4] é um objeto, no conto uma moeda, que domina os pensamentos de uma pessoa a tal ponto que ela não pode pensar em nenhuma outra coisa e, eventualmente, torna-se louca. O prisioneiro de "La escritura de Dios"[5] vê o recado de Deus, uma fórmula de treze palavras que, se por ele fosse repetida, o tornaria todo-poderoso. Porém, ele se recusa a repetir a fórmula: depois da glória da revelação, ele não pode se desonrar pensando em seus problemas e em sua posição meramente humana. Em "Undr"[6] toda a poesia da raça é contida em uma única palavra – *Undr*. O "Libro de arena"[7] no livro de mesmo título é chamado assim por ter um número infinito de páginas, assim como há um número infinito de grãos de areia. Aqui Borges adapta a lenda medieval e renascentista que considera o mundo como um livro. E, em "El Aleph"[8], Borges vê no décimo nono degrau da escada, descendo ao porão de Carlos Argentino, o Aleph, que lhe mostra o mundo inteiro – "o inconcebível universo"[9].

Não obstante, se temas cabalísticos são centrais à obra de Borges, e se ele é fascinado pela possibilidade de que esteja o mundo inteiro contido em um livro, também se apraz na grande diferença entre línguas e culturas. Nos ensaios e contos nos quais menciona a tradução, encontramos essa ideia, mais do que uma crença na *Ursprache*. Muito tem sido escrito sobre "Pierre Menard, autor del Quijote"[10], no qual o autor imaginário francês consegue criar uma cópia exata de dois capítulos da obra original de Cervantes mediante um processo em que ele próprio imagina *ser* Cervantes. Porém, essa cópia da obra de Cervantes, escrita por um autor do século XX, parece arcaica e afetada tanto no seu estilo como no seu conteúdo. Borges assim aponta o absurdo de se tentar fazer uma reprodução exata, uma tradução que seguirá o original palavra por palavra. Parece que George Steiner perde completamente a ironia de Borges quando escreve:

> Embora o sentido de Borges da qualidade irredutível de cada língua particular seja forte, sua experiência é essencialmente simultânea... Rapidamente com intercâmbios e mutações, as várias línguas de Borges caminham para uma verdade unificada e oculta...[11]

De fato, quando Borges supervisionou as traduções de seus próprios contos para o inglês, exigiu que as versões inglesas refletissem as raízes anglo-saxãs da língua inglesa. Todas as palavras polissílabas teriam de ser substituídas por monossílabos, e o ritmo teria de estar sujeito à entoação anglo-saxã. Ben Belitt, um dos colaboradores, relata o teor das instruções de Borges:

> Simplifica-me. Modifica-me. Faz-me puro. Minha língua às vezes me embaraça. É muito jovem. É muito latinizada. Eu amo o anglo-saxão. Quero o som enxuto e minimalista. Quero monossílabos. Quero o poder de *Cynewulf, Beowulf, Bede*. Faz-me macho gaúcho e magro.

e

> As pessoas que se preocupam com a legitimidade do literal bem poderiam ficar escandalizadas com sua mania por desispanização[12].

Da mesma maneira que Borges pode ser anglo-saxonizado, Aristóteles pode ser islamizado. Em "La busca de Averroes"[13], o estudioso árabe Averróis, tradutor de Aristóteles, tem de traduzir as palavras "tragédia" e "comédia". Como está totalmente envolvido no Islã, uma cultura na qual o teatro não existe, fica confuso. O viajante Abulcasím conta-lhe o que acontece dentro do teatro, mas não consegue entender o conceito. Para Averróis, o Corão é o mundo inteiro: além de suas fronteiras não há poesia possível. Finalmente, tem a inspiração para escrever suas definições de tragédia e comédia:

> Arist [Aristóteles] dá o nome de tragédia aos panegíricos e de comédia às sátiras e anátemas. Admiráveis tragédias e comédias encontram-se nas páginas do Corão e nas *mohalacas* do santuário[14].

Em "Los traductores de las 1.001 noches"[15], Borges analisa várias traduções ocidentais de *1.001 noites*. A tradução alemã de Enno Littmann é a tradução mais apurada e fiel dentre as que foram analisadas. Mas Borges não gosta dela. É "lúcida, legível", mas "medíocre"[16]. É fria, clínica e chata. As descrições explícitas da tradução de Sir Richard Burton, com seus detalhes dos hábitos muçulmanos e suas inumeráveis referências, os acréscimos interessantes da versão francesa de Dr. Mardrus, e inclusive a versão açucarada de Antoine Galland, por meio da qual o Ocidente chegou a conhecer as *1.001 noites*, são mais interessantes do que a tradução de Littmann. Por quê? Essas versões

> somente podem ser concebidas *depois de uma literatura...* Essas obras características pressupõem um rico processo anterior. De alguma maneira, o quase inesgotável processo está adumbrado em Burton – a dura obscenidade de Donne, o gigantesco vocabulário de Shakespeare e de Cyril Tourneur, os arcaísmos de Swinburne, a erudição crassa dos tratadistas de mil e seiscentos, a energia e a vagueza, o amor das tempestades e da magia. Nos parágrafos sorridentes de Mardrus, convivem *Salammbô* e La Fontaine, o *Manequí de Mimbre* e o balé russo[17].

Comparada a essas versões, a da autoria de Littmann só contém "a probidade da Alemanha"[18], quando poderia aproveitar toda a tradição da literatura fantástica alemã. Assim, embora sempre tenhamos de tomar cuidado com a ironia de Borges, e seu interesse em testar a credibilidade do seu leitor, e devamos levar em conta seu desejo de voltar às suas raízes familiares anglo-saxãs, realmente parece que em sua obra ele acredita que uma tradução deveria refletir as características da língua e da cultura para as quais foi feita, e que o próprio Borges sente muito prazer nessas diferenças.

A alegria na diferença e na pluralidade. O fenômeno de Babel conduziu à felicidade (talvez à do pecado) e não ao arrependimento. Agora vamos examinar mais três textos que expressam esse prazer na multiplicidade de línguas, de influências e de textos. Primeiramente Octavio Paz, em um trecho que nos lembra muito Ezra Pound:

> Os grandes períodos criadores da poesia no Ocidente, desde sua origem na Provença até nossos dias, têm sido precedidos ou acompanhados por entrecruzamentos de diferentes tradições poéticas... Todos os estilos têm sido translinguísticos: Donne está mais próximo a Quevedo do que Wordsworth; entre Góngora e Marino há uma evidente afinidade, ao passo que nada, a não ser a língua, une Góngora com o Arcipreste de Hito, que, por sua vez, nos faz pensar em Chaucer. Os estilos são coletivos e passam de uma língua para outra; as obras, todas arraigadas no seu solo verbal, são únicas... Únicas, mas não isoladas: cada uma delas nasce e vive em relação a outras obras de línguas diferentes. Assim, nem a pluralidade das línguas nem a singularidade das obras significam a heterogeneidade irredutível ou a confusão, mas o contrário: um mundo de relações feito de contradições e correspondências, uniões e separações[19].

Haroldo de Campos é igualmente jubiloso:

> A civilização politópica polifônica planetária está, acredito, sob o signo devorador da tradução *latu sensu*[20].

Mas, com seu prazer na pluralidade, há uma consciência, uma necessidade até, de totalidade. Por trás desse prazer na diversidade, há um maior prazer na unidade. Para Octavio Paz, todas as línguas conduzem a um "todo unitário"[21] feito de diferentes estilos e tendências; Haroldo de Campos também volta a essa unidade:

> Repensando-a [a mimese aristotélica] não como uma teoria passivizante de cópia ou de reflexo, mas como um impulso usurpador no sentido de uma produção dialética de diferença a partir da mesma uniformidade[22].

Somente em nosso último texto encontramos um prazer sem inibições na quebra da unidade, da totalidade. O pré--babélico mundo monoteísta tem sido quebrado, o *logos* sumiu, o texto dança na pluralidade de interpretações que existem "lado a lado". Roland Barthes não se arrepende, não se refere à volta à unidade – o laço já foi cortado:

> Ficção de um indivíduo [algum Sr. Teste às avessas] que abolisse nele as barreiras, as classes, as exclusões, não por sincretismo, mas por simples remoção desse velho espectro: a contradição lógica, que misturasse todas as linguagens, ainda que fossem consideradas incompatíveis; que suportasse, mudo, todas as acusações de ilogismo, de infidelidade; que permanecesse impassível diante da ironia socrática (levar o outro ao supremo opróbrio: *contradizer-se*) e o terror legal (quantas provas penais baseadas numa psicologia da unidade!). Este homem seria a abjeção de nossa sociedade: os tribunais, a escola, o asilo, a conversação convertê-lo-iam em um estrangeiro: quem suporta sem nenhuma vergonha a contradição? Ora, este contra-herói existe: é o leitor de texto, no momento que se entrega a seu prazer. Então o velho mito bíblico se inverte, a confusão das línguas não é mais uma punição, o sujeito chega à fruição pela coabitação das linguagens, *que trabalham lado a lado*: o texto de prazer é Babel feliz[23].

Enquanto a confusão e o caos do mundo de Paz formam em si certa ordem e lógica, o prazer de Barthes está nessa própria falta de ordem e de lógica.

2. A tarefa do tradutor

Na seção anterior encontramos sentimentos ambivalentes a uma totalidade do texto, do mundo. Barthes se apraz na pluralidade. Os comentários de Borges sobre a tradução, em contraste com os temas de vários de seus contos, parecem surpreendentemente anticabalísticos. Para Octavio Paz e Haroldo de Campos[24], a variedade possibilita ver o mundo de uma maneira mais ordenada. Walter Benjamin, em "A tarefa do tradutor"[25], coloca a tradução dentro da tradição cabalística ao enfatizar a unidade que resulta da tradução. Seu ensaio, provavelmente o ensaio mais divulgado e publicado sobre a tradução do século XX, também forma parte da tradição alemã, repetindo muitas das ideias de Goethe e de Schleiermacher.

A ideia central de "A tarefa do tradutor" é que a tradução verdadeira traduz a forma da obra-fonte. A importância de uma obra poética está mais na forma do que no conteúdo. "Deriva das conotações carregadas na palavra escolhida para expressá-la."[26] Uma tradução deve, então, da mesma maneira que as traduções de Hölderlin de Sófocles, "com paixão e detalhadamente incorporar o modo de significação do original"[27]. Também,

> uma tradução verdadeira é transparente; não encobre o original, não bloqueia sua luz, mas deixa pura a linguagem, como se fosse revigorada por seu próprio meio, brilhar no original ainda mais plenamente[28].

Assim como de Schleiermacher (ver Capítulo III, p. 62), Benjamin também considera a tradução como um modo de aumentar as possibilidades da língua alemã. Cita as observações de Pannwitz em *Die Krisis der europaïschen Kultur*[29]:

> Nossas traduções, inclusive as melhores, partem de uma premissa errada. Querem tornar hindi em grego, inglês em alemão, em vez de tornar o alemão em hindi, grego em inglês...
> O erro básico do tradutor está em conservar o estado no qual sua própria língua está em vez de deixá-la ser poderosamente afetada pela língua estrangeira...
> Ele tem de estender e aprofundar sua língua por meio da língua estrangeira[30].

De grande interesse também é o elemento cabalístico que encontramos no ensaio de Benjamin: através de tradução podemos nos aproximar da *Ursprache*, a linguagem pura. A tradução expressa "o relacionamento central e recíproco entre línguas"[31]. Todas as línguas se acham interligadas no que elas querem expressar, e isto pode ser visto através da tradução. Superficialmente estas línguas são diferentes, mas formam uma totalidade através da "totalidade de suas intenções complementando-se"[32], e isto é a *Ursprache*, a "linguagem pura"[33]. Benjamin usa várias metáforas semelhantes. A tradução "se incendeia na vida eterna das obras e na renovação perpétua de línguas"[34]; a tradução "sempre testa o crescimento santificado das línguas: quão longe está o seu significado oculto da revelação, quão próximo pode ser trazido pelo conhecimento desta distância?"[35], "mostra o caminho à região, o reinado predestinado, até agora inacessível, de reconciliação e realização das línguas"[36].

3. Derrida e de Man sobre Benjamin

Em "Des Tours de Babel"[37], um ensaio baseado em sua leitura de "A tarefa do tradutor" de Benjamin, Jacques Derrida desenvolve as ideias de Benjamin quanto à lenda bíblica da Torre de Babel. Usando a tradução literal da Bíblia de André Chouraqui[38], reinterpreta a história. Quando os semitas tentam construir uma torre com seu topo no céu, onde eles "farão um nome para si", Yahweh dispersa-os, proclamando seu nome, "Bavel", "Confusão", que confunde o lábio de toda a terra"[39]. Ressentido com o fato de que os homens poderiam tentar se aproximar dele, Yahweh traz a confusão à terra. Então, "a tradução torna-se necessária e impossível"[40]. Para comunicar-se, as nações terão de traduzir, mas será impossível alcançar a unidade que existia antes da construção da torre. Derrida relaciona esta imagem com o ensaio de Benjamin: o homem lutará para alcançar a única língua, a *Ursprache*, o desejo de alcançar o alvo impossível, "um reinado prometido e perdoado, onde as línguas estarão reconciliadas e realizadas"[41]; ou, nas palavras de Derrida, o tradutor "quer tocar o intocável"[42]; mas esse estado de perfeição nunca será alcançado.

Derrida se concentra em várias das metáforas que Benjamin usa. Uma é que a tradução transmite uma pós-vida à obra original; "dá à luz" uma nova linguagem. Derrida expõe sua própria interpretação. Considera que "a tarefa do tradutor" é a de produzir um contrato de tradução:

> himeneu ou contrato de casamento com a promessa de gerar um filho cuja semente vai gerar a história e o crescimento[43].

Derrida também percebe as imagens da fruta e da roupa de Benjamin. Benjamin diz que no original o conteúdo e a forma têm uma certa unidade, "como a fruta e sua casca"; na tradução a linguagem envolverá seu conteúdo "como uma capa real com pregos grandes". É uma

> linguagem mais exaltada... esmagadora e estranha, que não pode transferir o núcleo, o coração, do original[44].

É esse coração que, segundo Derrida, prende a fruta à casca, e que é "intocável, além do alcance e invisível"[45]. A capa real, a tradução, "trabalha sua língua, faz pregos, molda formas, costura, faz a bainha, acolchoa e borda[46], mas está sempre a alguma distância do original.

Derrida enfatiza a mútua relação entre as línguas. Sempre há uma inter-relação. É impossível tratar de uma só língua isolada. Derrida faz sua análise do ensaio de Benjamin através da tradução de Maurice de Gandillac. O ensaio de Benjamin é, ao mesmo tempo, um prefácio à sua tradução dos

Tableaux Parisiens de Baudelaire[47]. Minha própria leitura do ensaio de Derrida parte da tradução para o inglês de Joseph F. Graham e do ensaio de Benjamin acerca da tradução de Harry Zohn. Estamos sempre cercados por uma regressão infinita de traduções. Para uma língua, existir isoladamente significa morrer: "cada língua está como se estivesse atrofiada em isolamento"[48]. E o termo tradução não compreende só tradução entre línguas. Derrida aponta a transmutação de tijolos e alcatrão em pedra e cimento que os semitas utilizaram para construir a Torre de Babel. Essa transformação de materiais de construção "já é parecida com uma tradução"[49]. E para Derrida a tradução é o centro da experiência humana. Qualquer interpretação é tradução, e assim estamos traduzindo todo o tempo. O nome de Deus, *Yahweh*, originalmente o "impronunciável", perdeu, através de sucessivas traduções, qualquer ligação com essa ideia. O termo hebraico *Babal* realmente quer dizer "confusão", talvez um sinônimo para tradução. O que consideramos uma tradução direta de uma língua para outra pode ser pouco representativa.

A dificuldade em traduzir pode ser vista quando Derrida analisa Platão no capítulo de *La dissémination*[50] intitulado "La Pharmacie de Plato". A sutileza do texto de Platão depende dos dois significados de *pharmakon* – veneno e re-*médio* ou *cura*. O que o tradutor pode fazer ao enfrentar tal problema? A tradução facilitada escolhe um dos significados, assim destruindo a ideia de *pharmakon*. Derrida diz:

> Todas as traduções que são herdeiras e armazéns da metafísica ocidental assim produzem no *pharmakon* um *efeito de análise* que o destrói violentamente, reduzindo-o a um de seus elementos mais simples, interpretando-o, paradoxalmente, à luz dos acontecimentos ulteriores que ele mesmo tem rendido possíveis[51].

Nossa tradução tradicional nos confere um falso sentido de segurança que Derrida tenta abalar.

Podemos encontrar uma solução derrideana para os problemas da tradução? Se examinarmos as traduções das próprias obras de Derrida, muitas das quais ele mesmo supervisionou, observamos que, onde há qualquer possibilidade de falta de compreensão, a palavra francesa é incluída após a tradução.

> On what conditions is a grammatology possible? Its fundamental condition is the undoing (*sollicitation*) of logocentrism[52].

De fato, atualmente, a grande maioria de textos acadêmicos são traduzidos dessa maneira.

A falta de transparência entre as línguas é o ponto principal que Paul de Man salienta ao questionar as traduções do ensaio de Benjamin. Em "Conclusions: Walter Benjamin's *The Task of the Translator*"[53], ele espia nas fissuras e rachaduras das metáforas de Benjamin e das suas traduções. De Man aponta a interpretação alternativa do título "Die Aufgabe der Übersetzers" – *Aufgabe*, além de significar *tarefa*, significa *desistir*. Assim, a tarefa do tradutor é impossível. Ele pode desistir antes mesmo de começar.

As versões inglesa e francesa do ensaio de Benjamin apontam para uma unidade essencial de línguas, vista através da tradução; porém, de Man vê a ideia central do ensaio como a impossibilidade da tradução. Encontra erros sérios de tradução tanto na tradução francesa de Maurice de Gandillac como na tradução inglesa de Harry Zohn[54]. Parece que, em vez de as traduções do ensaio de Benjamin unirem as línguas em uma *Ursprache* universal, promovem a desarmonia e a confusão. As traduções de "A tarefa do tradutor" contradizem o ponto central levantado por Borges. Zohn traduz *nachreife* como *maturing process* (processo de maturação) e de Man aponta a falta de exatidão da tradução: "é refletir sobre um processo de maturação que aconteceu, e que não está acontecendo mais"⁵⁵. Zohn também traduz *Wehen* como *birth pangs* (dores de parto), quando se refere à vida nova que o original confere à tradução. A tradução dá a impressão de que o original está ainda vivo depois do surgimento da tradução, quando

> o processo de tradução, se podemos chamá-lo de processo, é um processo de mudança, é movimento que tem a aparência de vida, mas de vida como uma vida depois da vida, porque a tradução também revela a morte do original⁵⁶.

De Man nota outro erro na tradução de Zohn. Quando Benjamin escreve sobre o fato de que as partes de uma tradução formam uma língua maior, usa a símile "als Bruchstück eines Gefässes"⁵⁷. Zohn o traduz, "just as fragments are part of a vessel" ["da mesma maneira que os fragmentos são parte de um recipiente"]⁵⁸, quando deveria ter traduzido "just as fragments are the broken parts of a vessel"⁵⁹ ["da mesma maneira que os fragmentos são as partes quebradas de um recipiente"]. Zohn dá a impressão de que os fragmentos constituem uma totalidade, de que eles podem ser facilmente juntados, enquanto o "fragments of the broken parts" ["fragmentos das partes quebradas"] de Benjamin transmite a ideia de que há muito mais dificuldades em reconstituir a totalidade.

Através dessas dificuldades e erros em tradução, de Man chega à sua conclusão:

> ... o texto sobre a tradução é uma tradução, e a falta de traduzibilidade que menciona em conexão consigo habita a própria textura e habitará qualquer pessoa que, por sua vez, tente traduzi-lo, como eu estou tentando, e não consiga fazê-lo. O texto é intraduzível: foi intraduzível para os tradutores que tentaram traduzi-lo, é intraduzível para os comentaristas que falam a respeito dele, é um exemplo do que consta, é uma *mise en abyme* no sentido técnico, uma história dentro da história do que é sua própria constatação⁶⁰.

Difference in Translation contém vários ensaios que examinam o papel da tradução em fixar uma opinião corrente. Em "On the History of a Mistranslation and the Psychoanalytic Movement" ["Sobre a história de um erro de tradução e o movimento psicanalítico"][61], Alan Bass examina a história do uso de Freud por um erro de tradução de sua leitura dos cadernos de Leonardo da Vinci. Freud sempre se refere à ave, *nubio*, como urubu, quando deveria referir-se a um milhafre. Apega-se à ideia do urubu no folclore egípcio como símbolo da maternidade e desenvolve essa ideia no decorrer de sua obra.

De fato, a tradução de Freud contém muitos problemas. Jean Laplanche foi responsável por um grupo que traduziu as obras completas de Freud para o francês. Esta tradução tenta transpor os termos originais, e.g., *desaide* para *Hilflosigkeit*; *desirance* para *Sehnsucht*; *refusement* para *Versagung*. Outras traduções francesas de Freud e a *Standard Edition* de James Strachey são todas traduções facilitadas. Nessas traduções há certas confusões. Laplanche menciona a ideia de *Zwang*, encontrado em *Zwangneuros* e classicamente traduzido como *neurose obsessiva*. A equipe de Laplanche traduziu-a como *neurose de constrainte* (*neurose de constrangimento*) para transmitir a ideia de que este tipo de neurose não contém necessariamente obsessões. Laplanche chega à conclusão de que uma tradução mais próxima, que transponha os termos originais, pode até "permitir uma alteração de clínica"[62].

Em "The Measure of Translation Effects"[63], Philip E. Lewis analisa as várias nuances que se tem de levar em conta ao traduzir do francês para o inglês e vice-versa. A ideia de Derrida de que a tradução é muito mais do que um relacionamento entre as línguas é desenvolvida por Richard Rand em "o'er brimmed"[64], no qual examina a ideia da tradução na obra do poeta romântico inglês John Keats:

as obras do outono são traduções, a transformação de coisas em outras coisas, como da fruta verde em fruta madura, de botões em flores, de néctar em mel...[65]

A ênfase derrideana em procurar uma lacuna, uma rachadura, a *différance* na tradução, em examinar a tradução através dessa abertura, lembra a Barbara Johnson, em "Taking Fidelity Philosophically"[66], no estilo dos *Novos críticos* norte-americanos:

> É como se acabássemos de lembrar, através de nossas excursões para o exótico, o que chamou a nossa atenção, e a que estávamos alheios[67].

4. Meschonnic *versus* Nida

Poderia a tradução apresentar um elemento político? Henri Meschonnic, crítico francês, acredita que sim. Para ele, a tradução facilitada, aquela que tenta parecer como se tivesse sido escrita na língua-alvo, é uma maneira de introduzir uma ideologia e um sistema de valores estranhos na cultura-alvo. Tais traduções nos dão a impressão de que as línguas são transparentes, de que pertencem todas a um sistema transcendental e de que o mesmo sistema de valores existe em todas as culturas. Esse tipo de tradução nos transmite uma

> ilusão do natural... como se um texto de partida se desse na língua de chegada[68].

Desse modo, as ideias logocêntricas ocidentais foram transmitidas e traduzidas das sociedades dominantes da Europa e da América do Norte para as sociedades "primitivas" de África, Ásia e América Latina. Essas ideias, ao aparecerem em traduções facilitadas, nos dão a impressão de já serem parte integrante da cultura. Não é necessário afirmar que há um trânsito quase total de um sentido só de culturas "dominantes" para culturas "dominadas".

Um aspecto interessante é que essa cultura dominante nem sempre foi uma cultura dominante: no passado, recebeu, através da tradução, muitos elementos de outras culturas:

> um imperialismo cultural tende a esquecer sua história, e assim a desconhecer que o papel da tradução tem trazido empréstimos para sua cultura[69].

A grande maioria das traduções seguem esse tipo; bem menos seguem o segundo tipo de Schleiermacher, aquele que tenta recriar a forma do original na língua-alvo. Meschonnic dá preferência a este segundo tipo de tradução. Apresenta "descentralização"[70]; não pretende infiltrar a cultura-alvo, mas tem uma "relação textual" com a língua-alvo[71]. Equipara este tipo de tradução mais com a escritura ou com a reescritura do que com a tradução em si. Os melhores tradutores foram escritores que integraram suas traduções com sua obra; de fato, na sua obra perde-se a distinção entre a tradução e a obra original. Isso leva a um paradoxo:

> um tradutor que é somente tradutor não é tradutor, é apresentador; somente um escritor é um tradutor, e quer que a tradução constitua toda a sua obra, quer que a tradução se integre na sua obra, ele é o criador que uma idealização da criação não podia enxergar[72].

O tradutor do conteúdo não vai além de introduzir as ideias estrangeiras na língua; o tradutor, cuja tradução leva em conta a forma original, que é um "escritor", é o verdadeiro criador. E, semelhante a Pound, Meschonnic dispersa a aura da idealização do processo criativo; o tradutor de uma forma estrangeira para uma língua é um criador de grandeza comparável à de um poeta romântico que foi "visitado pela Musa".

Existem poucos mas importantes exemplos de verdadeiros tradutores: São Jerônimo,

> em francês, o Abade Prévost, Diderot, Delille, Nadier, Nerval, Baudelaire... Mallarmé, Valéry e Larbaud, e Jouve; em russo, Lermontov, Pasternak; em inglês, Ezra Pound ou Robert Graves; em alemão, por exemplo, Brecht e Celan[73].

Suas traduções conseguiram o *status* e o reconhecimento como obras literárias duradouras.

Um ponto de vista muito diferente pode ser encontrado na obra de Eugene A. Nida, linguista norte-americano e especialista em traduções da Bíblia. Nida é o especialista do Summer Institute of Linguistics, o ramo acadêmico da Wycliffe Foundation, uma organização evangélica dedicada a traduzir a Bíblia para todas as línguas do mundo[74]. Nida enfatiza a possibilidade de traduzir a mensagem de Deus em cada canto do mundo. O conteúdo da mensagem é de muito maior importância do que a forma.

> A tradução consiste em reproduzir na língua receptora o mais próximo equivalente natural da mensagem da língua-fonte, primeiro em termos da significação e segundo em termos de estilo[75].

Nida sempre enfatiza a importância de transmitir a mensagem; tudo tem de ser totalmente claro na língua-alvo:

> O objetivo central da tradução tem de ser "reproduzir a mensagem". Fazer qualquer outra coisa é ser essencialmente falso à tarefa do tradutor... a melhor tradução não parece com tradução[76].

O público é sempre o fator essencial para Nida:

> A prioridade do público sobre as formas da língua significa essencialmente que é preciso dar muito mais importância às formas entendidas e aceitas pelo público para o qual uma tradução foi feita do que às formas que possam ter uma tradição linguística maior, ou ter maior prestígio literário[77].

O que Nida tem a dizer sobre a tradução de poesia, na qual a forma é uma parte integrante da mensagem? Ele reconhece que há um "enfoque maior de atenção nos elementos formais que sempre se encontram na prosa" e que há "problemas muito especiais", mas quando se tem de escolher entre forma e conteúdo, em geral "o significado tem prioridade sobre o estilo"[78]. Nida volta à sua preocupação com o fato de que o conteúdo tem de ser entendido pelos receptores da tradução.

> Mas toda tradução, ou de poesia ou de prosa, tem de estar interessada na resposta do receptor...[79]

Que deveríamos fazer quando traduzimos os salmos acrósticos ou o começo do Gênese? Nida tem sua resposta definitiva:

> De uma maneira semelhante não podemos reproduzir o ritmo da poesia hebraica, os elementos acrósticos de muitos poemas e a frequente aliteração intencional. Neste ponto, as línguas simplesmente não são semelhantes, e assim temos de sacrificar certos refinamentos pelo conteúdo[80].

Para Meschonnic, toda a teorização de Nida se dirige à evangelização dos povos subdesenvolvidos. Ao ver, ou mais provavelmente, ao escutar, a Bíblia, dirão:

Nunca soube que Deus fala a minha língua[81].

Através da tradução, o evangelismo norte-americano infiltra as culturas distantes da África, Ásia e América Latina. A crítica a Nida feita por Meschonnic resulta de suas visões completamente diferentes da Bíblia. Para Nida, a mensagem de Deus é a força motriz da Bíblia; isso sempre tem de ser traduzido, e outras culturas têm de conhecer essa mensagem. Meschonnic considera a Bíblia como obra poética de língua hebraica, e é este elemento que tem de ser enfatizado em uma tradução. Meschonnic critica Nida por ter negligenciado o original hebraico:

a destruição da língua de partida, o hebraico, é total[82].

Uma mensagem excessivamente cristã, "uma supercristianização"[83] foi imposta a uma obra literária. E Nida é

cego à especificidade literária de um texto[84].

As ideias de Nida sobre a tradução da Bíblia são típicas da falta de sensibilidade à forma original com a qual a Bíblia muitas vezes foi traduzida. Em "Au commencement"[85], Meschonnic compara dez traduções diferentes para o francês do começo do Gênese. Quase todas negligenciaram a forma hebraica original. Meschonnic aponta a importância do simbolismo do número 7.

> Porém, este texto do começo do Gênese é construído sobre o simbolismo do número 7, o nome de Deus aparece 35 (7×5) vezes tanto quanto outros, também em uma relação com o 7; aqui, a estrutura do texto não pode ser separada da litúrgica[86].

E lembramo-nos da enorme importância da forma para estudiosos judaicos. Nenhuma palavra pode ser alterada; nada pode ser mudado. Não obstante, na tentativa de tornar a Bíblia acessível para ser lida em voz alta em missas, a mensagem original judaico-cristã se perdeu. Nesse caso, com o objetivo da clareza e brevidade, Nida recomenda uma redução no número de repetições. Roman Jakobson comenta com desdém sobre linguistas como Nida, que são surdos à função poética da língua: tais estudiosos são anacronismos flagrantes[87].

Podemos dizer que os elementos que Borges, Paz, Haroldo de Campos, Benjamin, Derrida, de Man e Meschonnic têm em comum é que a tradução é central no desenvolvimento da literatura. Todos veem a tradução de uma maneira original, assim escapando da camisa de força Dryden-Pound. Borges, Benjamin e Derrida examinam um dos mitos mais poderosos de nossa sociedade – através da tradução podemos (re)descobrir uma língua mundial, uma língua pré-babélica que unirá todos os seres humanos em harmonia. Uma ideia comum a de Man, Derrida e Meschonnic é que a tradução de uma obra poderia influenciar-nos de uma maneira que parece muito diferente da intenção original. Outra ideia – e aqui podemos enfatizar de novo a ligação muito forte entre a tradição alemã e os escritos de Benjamin, Derrida e Meschonnic – é a de que não se pode confiar em uma tradução que não leva em conta a forma do original. Meschonnic demonstra que é através desse tipo de tradução que uma ideologia dominante infiltra-se em sociedades menos poderosas. De fato, todos os escritores apresentados neste capítulo, exceto Borges e Barthes (que não expressam nenhuma opinião sobre o assunto), acreditam que uma tradução deve tentar seguir a forma original.

A ligação com a tradição alemã já foi mencionada. Assim, como o segundo tipo de tradução de Schleiermacher, o tipo de tradução preferido pelos escritores deste capítulo integra-se no paradigma de Dryden com a denominação de *metáfrase*. E, de novo, como no caso dos alemães, a diferença está no tom. O tradutor que traduz palavra por palavra de Dryden, o trabalho desgracioso que faz o vão esforço de dançar em "uma corda com as pernas agrilhoadas"[88], foi metamorfoseado em um "Profeta"[89], e agora pode nos conduzir à "reconciliação e à realização das línguas"[90].

REFERÊNCIAS

A citação na página do título, "Rien n'est plus grave qu'une traduction", é de "Des Tours de Babel", Jacques Derrida, em *Difference in Translation*, ed. Joseph F. Graham. Cornell Univ. Press, Londres e Ithaca, 1985, p. 227.

1. *After Babel*, George Steiner. Oxford University Press, 1975, p. 62: "Translators are men groping towards each other in a common mist. Religious wars and the persecution of supposed heresies arise inevitably from the babel of tongues: men misconstrue and pervert each other's meanings. But there is a way out of darkness: what Böhme calls 'sensualistic speech' – the speech of instinctual, untutored immediacy, the language of Nature and of natural man as it was bestowed on the Apostles, themselves humble folk, at the Pentecost."
2. *El Aleph*, Jorge Luis Borges. Alianza/Emecé, Madri, 1987.
3. *El libro de arena*, Jorge Luis Borges. Emecé, Buenos Aires, 1975.
4. "El Zahir", em *El Aleph, op.cit.*, p. 105-16.
5. "La escritura de Dios", em *ibid.*, p. 117-23.
6. "Undr", em *El libro de arena, op.cit.*, p. 109-29.
7. "El libro de arena", em *ibid.*, p. 169-76.
8. "El Aleph", em *El Aleph, op.cit.*, p. 154-74.
9. *Ibid.*, p. 171.
10. "Pierre Menard, autor del Quijote", em *Ficciones*. Alianza/Emecé, Madri, 1974. Veja também *Oficina de tradução*, Rosemary Arrojo. Ática, São Paulo, 1986, Capítulos 2 e 3.

11. *After Babel*, *op. cit.*, p. 59: "But keen as is Borges' sense of the irreducible quality of each particular tongue, his linguistic experience is essentially simultaneous... Quick with interchange and mutation, Borges's several languages move towards a unified, occult truth..."

12. Em *Adam's Dream*, Ben Belitt. Grove Press, Nova York, 1978, p. 21: "Simplify me. Modify me. Make me stark. My language often embarasses me. It's too youthful, too Latinate. I love Anglo-Saxon. I want the wiry minimal sound. I want monosyllables. I want the power of *Cynewulf, Beowulf, Bede*. Make me macho and gaucho and skinny."

"People concerned about the legitimacy of the literal might well be scandalised by his mania for dehispanisation."

13. "La busca de Averroes", em *El Aleph, op. cit.*, p. 93-104.

14. *Ibid.*, p. 103: "Arist (Aristóteles) denomina tragedia a los panegíricos y comedias a las sátiras y anatemas. Admirables tragedias y comedias abundan en las páginas del Corán y en las mohalacus del santuario."

15. "Los traductores de las 1.001 noches", em *Obras completas de Jorge Luis Borges*. Emecé, Buenos Aires, 1974.

16. *Ibid.*, p. 412.

17. *Ibid.*, p. 412: "... solo se dejan concebir *después de una literatura*... esas obras caraterísticas presuponen un rico proceso anterior. En algún modo, el casi inagotable proceso inglés está adumbrado en Burton – la dura obscenidad de John Donne, el gigantesco vocabulario de Shakespeare y de Cyril Tourneur, la aficción arcaica de Swinburne, la crasa erudición de los tratadistas de mil seiscientos, la energía y la vaguedad, el amor de las tempestades y de la magia. En los risueños párrafos de Mardrus conviven *Salammbô* y La Fontaine, el *Manequí de Mimbre* y el *ballet ruso*".

18. *Ibid.*, p. 412: "la probidad de Alemania".

19. "Traducción y literalidad", Octavio Paz, em *Traducción y literalidad*. Tusquets, Barcelona, 1981, pp. 16-7: "Los grandes períodos creadores de la poesía de Occidente, desde su origen en Provenza hasta nuestros días, han sido precedidos o acompañados por entrecruzamientos entre diferentes tradiciones poéticas... To-

dos los estilos han sido translingüísticos: Donne está más cerca de Quevedo de que Wordsworth; entre Góngora y Marino hay una evidente afinidad en tanto que nada, salvo la lengua, une a Góngora con el Arcipreste de Hita que, a su vez, hace por momentos pensar en Chaucer. Los estilos son colectivos y pasan de una lengua a otra; las obras, todas arraigadas a su suelo verbal, son únicas... Únicas pero no aisladas: cada una de ellas nace y vive en relación con otras obras de lenguas distintas. Así, ni la pluralidad de las lenguas ni la singularidad de las obras significa heterogeneidad irreductible o confusión sino lo contrario: un mundo de relaciones hecho de contradiciones y correspondencias, uniones y separaciones."

20. "Tradition, Translation, Transculturation: The Excentric's Viewpoint", Haroldo de Campos. Traduzido por Stella Tagnin. Não publicado, p. 11: "The politopic poliphonic planetary civilization is, I believe, under the devouring sign of translation *latu sensu*."

21. "Traducción y literalidad", *op. cit.*, p. 17: "... un todo unitario".

22. "Tradition, Translation, Transculturation: The Excentric's Viewpoint", *op. cit.*, p. 11: "Rethinking it (Aristotelian mimesis) not as a passivizing theory of copy original reflex, but as a usurpating impulse in the sense of a dialectic production of difference out of sameness."

23. *Le plaisir du texte*, Roland Barthes. Seuil, Paris, 1973, p. 9-10: "Fiction d'un individu (quelque M. Teste à l'envers) que abolirait en lui les barrières, les classes, les excursions, non par syncrétisme, mais par simple débarras de ce vieux spectre: la *contradiction logique* qui mélangerait tous les langages, fussent-ils réputés incompatibles; qui supporterait, muet, toutes les accusations d'illogisme, d'infidélité; qui resterait impassible devant l'ironie socratique (améner l'autre au suprême opprobre: *se contredire*) et la terreur légale (combien de preuves pénales fondées sur une psychologie de l'unité!). Cet homme serait l'abjection de notre société: les tribunaux, l'école, l'asile, la conversation, en feraient un étranger: qui supporte sans honte la contradiction? Original ce contre-héros existe: c'est le lecteur de texte dans le moment où il prend son plaisir. Alors le vieux mythe biblique se retourne, la confusion des langues n'est plus une punition, le sujet

accède à la jouissance par la cohabitation des langages, *qui travaillent côté à côté*: le texte de plaisir, c'est Babel heureuse." Tradução de J. Guinsburg, Ed. Perspectiva, São Paulo, 1977.

24. Veja "Transluciferação mefistofaústica", Haroldo de Campos, em *Deus e o Diabo no Fausto de Goethe*, Perspectiva, São Paulo, 1981, para a influência de Walter Benjamin sobre Haroldo de Campos.

25. Sigo a versão em inglês, "The Task of the Translator", traduzida por Harry Zohn, em *Illuminations*, Walter Benjamin, ed. Hannah Arendt. Schocken, Nova York, 1969, p. 69-83. A versão original em alemão pode ser encontrada em *Das Problem des Übersetzens*, ed. Hans Joachim Störig. Wissenschaftliche Buchgesellschaft, Darmstadt, 1969, p. 156-69.

26. *Illuminations, op. cit.*, p. 78. *Das Problem des Übersetzens, op. cit.*, p. 165: "... gewinnt diese gerade dadurch, wie das Gemeinte an die Art des Meinens in dem bestimmten Worte gebunden ist".

27. *Illuminations, op. cit.*, p. 78. *Das Problem des Übersetzens, op. cit.*, p. 165: "... die Übersetzung liebend vielmehr und bis ins einzelne hinein dessen Art des Meinens".

28. *Illuminations, op. cit.*, p. 79. *Das Problem des Übersetzens*, p. 166: "... Die wahre Übersetzung ist durchscheinend, sie verdeckt nicht das Original, steht ihm nicht im Licht, sondern lässt die reine Sprache, wie verstärkt durch ihr eigenes Medium, nur um so voller aufs Original fallen".

29. *Die Krisis der europäischen Kultur*, Rudolf Pannwitz. Nuremberg, 1947.

30. *Illuminations, op. cit.*, p. 80-1. *Das Problem des Übersetzens, op. cit.*, p. 167-8: "... unsere Übertragungen, auch die besten, gehn von einem falschen Grundsatz aus, sie wollen das indische, griechische, englische verdeutschen, anstatt das deutsche zu verindischen, vergriechischen, verenglischen (...) der grundsätzliche Irrtum des Übertragenden ist, dass er den zufälligen stand der eigenen Sprache festhält, anstatt sie durch die fremde Gewaltig bewegen zu lassen. (...) Er muss seine Sprache durch die Fremde erweitern und vertiefen...".

31. *Illuminations, op. cit.*, p. 72. *Das Problem des Übersetzens, op. cit.*, p. 159: "So ist die Übersetzung zuletzt zweckmässig

für den Ausdruck des innersten Verhältnisses deren Sprachen zueinander."
32. *Illuminations, op. cit.*, p. 74. *Das Problem des Übersetzens, op. cit.*, p. 161: "Während nämlich alle einzelnen Elemente, die Wörte, Sätze, Zusammenhänge von fremden Sprachen sich ausschliessen, ergänzen diese Sprachen sich in ihren Intentionen selbst."
33. *Illuminations, op. cit.*, p. 74. *Das Problem des Übersetzens, op. cit.*, p. 161: "die reine Sprache".
34. *Illuminations, op. cit.*, p. 74. *Das Problem des Übersetzens, op. cit.*, p. 161: "... so ist die Übersetzung, welche am ewigen Fortleben der Werke und am endlichen Aufleben der Sprachen sich entzündet...".
35. *Illuminations, op. cit.*, p. 74-5. *Das Problem des Übersetzens, op. cit.*, p. 161-2: "... immer von neuem die Probe auf jenes heilige Wachstum der Sprachen zu machen: wie weit ihr Verborgenes von der Offenbarnung entfernt sei, wie gegenwärtig es im Wissen um diese Entfernung werden mag".
36. *Illuminations, op. cit.*, p. 75. *Das Problem des Übersetzens, op. cit.*, p. 162: "... in einer wunderbar eindringlichen Weise wenigstens hindeutet als auf den vorbestimmten, versagten Versöhnungs- und Erfüllungsbereich der Sprachen".
37. "Des Tours de Babel" em *Difference in Translation, op. cit.* O original em francês, p. 209-48; a tradução em inglês de Joseph F. Graham, p. 165-207.
38. *L'Univers de la Bible*, André Chouraqui. Lidis, Paris, 1984.
39. Da citação de *L'Univers de la Bible, op. cit.*, em *Difference in Translation, op. cit.*, p. 214: "YHWH confond la lèvre de toute la terre."
40. *Difference in Translation, op. cit.*, p. 170, 214: "La traduction devient alors nécessaire et impossible."
41. *Ibid.*, p. 191, 235: "Cette promesse fait signe vers un royaume à la fois promis et interdit où les langues se reconcilieront et s'accompliront." A citação de Derrida é de "A tarefa do tradutor", *op. cit.*
42. *Ibid.*, p. 191, 235: "Il veut toucher à l'intouchable..."

43. *Ibid.*, p. 191, 234: "... hymen ou contrat de marriage avec promesse de produire un enfant dont la semence donnera lieu à histoire et croissance".

44. *Illuminations, op. cit.*, p. 75. *Das Problem des Übersetzens, op. cit.*, p. 162: "Es ist nicht übertragbar wie das Dichterwort des Originals, weil das Verhältnis des Gehalts zur Sprache völlig verschieden ist in Original und Übersetzung. Bilden nämlich diese im ersten eine gewisse Einheit wie Frucht und Schale, so umgibt die Sprache der Übersetzung ihren Gehalt wie ein Königsmantel in weiten Falten. Denn sie bedeutet eine höhere Sprache als sie ist und bleibt dadurch ihrem eigenen Gehalt gegenüber unangemessen, gewaltig und fremd."

45. *Difference in Translation, op. cit.*, p. 193, 237: "le noyau est 'intouchable', hors d'atteinte et invisible".

46. *Ibid.*, p. 193, 238: "... affaire as langue fait des plis, moule des formes, coud des ourlets, pique et brode".

47. Em "Walter Benjamin as a Translation Theorist", Marilyn Gaddis Rose *Dispositio, Revista Hispánica de Semiótica Literária*, p. 163-75. Marilyn Gaddis Rose compara a tradução de Benjamin de *Recueillement* Baudelaire com aquela de Stefan George. Benjamin tende a não seguir seu próprio conselho: "What Benjamin does not do is acclimate French prosody within German or give German poetry a new resonance" (p. 170). ("O que Benjamin não faz é aclimatar a prosódia francesa no alemão ou dar à poesia alemã uma nova ressonância.")

48. *Difference in Translation, op. cit.*, p. 202, 246: "... chaque langue est comme atrophiée dans sa solitude...".

49. *Ibid.*, p. 168, 212: "Cela déjà ressemble à une traduction."

50. *La dissémination*, Jacques Derrida. Seuil, Paris, 1972.

51. Citado por Christopher Norris em *Derrida*, Fontana Modern Masters, Fontana, Londres, 1987. Em *La dissémination, op. cit.*, p. 112: "Toutes les traductions dans les langues héritières et dépositaires de la métaphysique occidentale ont donc sur le *pharmakon* un *effet d'analyse* qui le détruit violemment, le réduit à l'un de ses éléments simples en l'interprétant paradoxalement, à partir de l'ultérieur qu'il a rendu possible."

52. *Of Grammatology*, Jacques Derrida, trad. Gayatri Chakravorty Spivak. John Hopkins, Baltimore, 1976, p. 74. Veja também Christie McDonald (ed.), *The Ear of the Other: Otobiography, Transference, Translation: Texts and Discussions with Jacques Derrida*. Univ. Nebraska Press, Lincoln, Nebraska e Londres, 1988.

53. "Conclusions: Walter Benjamin's 'The Task of the Translator'", em *The Resistance to Theory*, vol. 33. Univ. Minnesota Press, Minneapolis, 1986, p. 73-105.

54. Para a tradução de Harry Zohn ver nota 25, anterior. A tradução de Maurice de Gandillac pode ser encontrada em *Walter Benjamin: Oeuvres*, vol. 1, *Mythe et Violence*. Les Lettres Nouvelles, Paris, 1971, p. 261-77.

55. "Conclusions: Walter Benjamin's 'The Task of the Translator'", *op. cit.*, p. 85: "... it is looking back on a process of maturity that is finished, and that is no longer taking place".

56. *Ibid.*, p. 85: "... the process of translation, if we can call it a process, is one a change and motion that has the appearance of life but of life as an afterlife, because translation also reveals the death of the original".

57. *Das Problem des Übersetzens*, *op. cit.*, p. 165.

58. *Illuminations*, *op. cit.*, p. 78.

59. "Conclusions: Walter Benjamin's 'The Task of the Translator'", *op. cit.*, p. 91.

60. *Ibid.*, p. 86: "... the text about translation is itself a translation, and the untranslatability which it mentions about itself inhabits its own texture and will inhabit anybody who in his turn will try to translate it, as I am now trying, and failing, to do. The text is untranslatable: it was untranslatable for the translators who tried to do it, it is untranslatable for the commentators who talk about it, it is an example of what it states, it is a *mise en abyme* in the technical sense a story within the story of what is its own statement".

61. *Difference in Translation*, *op. cit.*, p. 102-41.

62. "Os postulados da razão tradutora", entrevista com Jean Laplanche. Em Folhetim, *Folha de S. Paulo*, 30 de julho de 1988. Ver também "Os dilemas da tradução freudiana" na mesma edição. Ambos artigos escritos por Rubens Marcelo Volich.

63. "The Measure of Translation Effects", Philip E. Lewis, em *Difference in Translation*, op. cit., p. 31-62.
64. "o'er-brimmed", Richard Rand, em *ibid*., p. 81-101.
65. *Ibid*., p. 87: "... the works of autumn are translations, the changing of things into other things, as of raw fruit into ripe, of blossoms into flowers, of nectar into honey...".
66. "Taking Fidelity Philosophically", Barbara Johnson, em *ibid*., p. 142-48.
67. *Ibid*., p. 143: "It is as though, through our excursions into the exotic, we had suddenly come to remember what it was that appealed to us and what we were being unfaithful to."
68. "Propositions pour une poétique de la traduction" em *Pour la poétique II*, Henri Meschonnic. Gallimard, Paris, 1973, p. 308: "... illusion du naturel... comme si un texte en langue de départ était en langue Derrida' arrivée".
69. *Ibid*., p. 310: "Un impérialisme culturel tend à oublier son histoire, donc à méconnaître que le rôle de la traduction a des emprunts dans sa culture."
70. *Ibid*., p. 308.
71. *Ibid*., p. 308.
72. "D'une linguistique de la traduction à la poétique de la traduction." Em *Pour la poétique II, op. cit.*, p. 354: "... un traducteur qui n'est que traducteur n'est pas traducteur, il est introducteur; seul un écrivain est un traducteur, et soit que traduire est tout son écrire, soit que traduire est intégré à une oeuvre, il est ce 'créateur' qu'une idéalisation de la création ne pouvait pas voir".
73. *Ibid*., p. 359: "... en français, l'abbé Prévost, Diderot, Delille, Nadier, Nerval, Baudelaire... Mallarmé, Valéry, et Larbaud, et Jouve; en Russe Lermontov, Pasternak; en anglais Ezra Pound ou Robert Graves; en allemand, par example, Brecht et Celan".
74. Para uma visão crítica do *Summer Institute of Linguistics*, ver *Is God an American? An Anthropological Perspective on the Missionary Work of the Summer Institute of Linguistics*, ed. Soren Hvalkof e Peter Aaby. International Work Group for Indigenous Affairs and Survival International, Copenhagen e Londres, 1981.
75. *The Theory and Practice of Translation*, Eugene A. Nida e Charles R. Taber. Brill, Leiden, 1974, p. 12: "Translating con-

sists in reproducing in the receptor language the closest natural equivalent of the source-language message, first in terms of meaning and secondly in terms of style."

76. *Ibid.*, p. 12: "Translating must aim primarily at 'reproducing the message'. To do anything else is essentially false to one's task as a translator... the best translation does not sound like a translation."

77. *Ibid.*, p. 31: "The priority of the audience over the forms of the language means essentially that one must attach greater importance to the forms understood and accepted by the audience for which a translation is designed than to the forms which may possess a longer linguistic tradition original have greater literary prestige."

78. *Toward a Science of Translating*, Eugene A. Nida. Brill, Leiden, 1964, p. 161-4.

79. *Ibid.*, p. 162: "But all translating, whether of poetry original prose, must be concerned also with the response of the receptor..."

80. *The Theory and Practice of Translating, op. cit.*, p. 5: "In a similar way we cannot reproduce the rhythm of Hebrew poetry, the acrostic features of many poems, and the frequent intentional alliteration. At this point, languages just do not correspond, and so we must be prepared to sacrifice certain niceties for the sake of the content."

81. *Ibid.*, p. 173: "I never knew before that God spoke my language."

82. "D'une linguistique de la traduction à la poétique de la traduction", p. 335: "... l'escamotage de la langue de départ, l'hebreu, est total".

83. *Ibid.*, p. 338.

84. *Ibid.*, p. 339: "... aveugle á la spécificité littéraire Derrida' un texte".

85. "Au commencement", em *Pour la poétique II, op. cit.*

86. "D'une linguistique de la traduction à la poétique de la traduction", *op. cit.*, p. 347: "Or ce texte du début de la Genèse est construit sur le symbolisme du chiffre 7, le nom de Dieu y revient 35 (7×5) fois ainsi que Derrida' autres, aussi dans un rapport à 7; la structure du texte n'est séparable ici du liturgique."

87. "Lingüística poética", Roman Jakobson. Em *Lingüística e comunicação*, trad. Izidoro Blikstein e José Paulo Paes. Cultrix, São Paulo, 1977, p. 162. Originalmente publicado em *Style in Language*, ed. Thomas A. Sebeck. MIT, Nova York, 1960.

88. Ver Capítulo II, p. 17.

89. Ver Capítulo III, p. 55.

90. Ver p. 153, anterior.

VII. A tradução como força literária

> Atualmente não temos nenhum quadro claro da história da tradução em nenhuma literatura da Europa Ocidental.
>
> Theo Hermans

1. Introdução

Este capítulo examinará a obra de dois grupos de acadêmicos que desenvolveram estudos sobre a tradução literária nas últimas décadas, o primeiro sendo constituído de estudiosos originários principalmente dos Países Baixos e Israel, e o segundo tendo como centro a Universidade de Göttingen, Alemanha[1]. Os membros do primeiro grupo compartilham várias ideias sobre a tradução literária. Primeiro, não consideram a literatura como um conjunto de valores já estabelecidos dentro do qual as obras literárias têm valores permanentes. André Lefevere descreve esse tipo de abordagem como essencialista:

> As teorias essencialistas são... teorias que fazem perguntas como "O que é... a literatura, a ética, a linguagem, a filosofia, a religião etc.?". A tradução sempre foi abençoada com a infeliz distinção, e, no seu caso, somente no seu caso, essa pergunta essencialista primordial foi precedida por outra, isto é, "A tradução é possível?"[2].

A obra original é inviolável, e qualquer tradução não pode ser mais do que uma sombra.

Lefevere e os outros escritores analisados neste capítulo veem a literatura não como um sistema fixo, mas como um sistema dinâmico e complexo dentro do qual há uma mudança constante dos valores das várias obras e gêneros. Uma tradução literária não é examinada do ponto de vista da precisão, expressão ou brilho com os quais consegue refletir o original; em vez disso, analisa-se o lugar que a tradução ocupa dentro do sistema da língua para a qual foi traduzida (o sistema-alvo). Uma tradução não é analisada isoladamente, simplesmente em conexão com seu original, mas é vista como parte de uma rede de relações que inclui todos os aspectos da língua-alvo, e este papel pode ser ou central ou periférico dentro do sistema-alvo.

A ideia de literatura como sistema é uma ideia central dos formalistas russos e pode ser vista especialmente na obra de Tynianov[3]. Qualquer literatura é um sistema, e há uma luta contínua para dominação entre forças conservadoras e inovadoras, entre obras canonizadas e não canonizadas, entre modelos no centro do sistema e modelos na periferia, e entre as várias tendências e gêneros. Quando a posição mais alta em uma dada literatura é ocupada por um tipo inovador, as forças mais conservadoras são encontradas mais abaixo na escala; e quando tipos mais conservadores ocupam as posições mais altas, os níveis mais baixos iniciam as renovações. E, na segunda situação, se as posições não mudam, a literatura torna-se estagnada.

Itamar Even-Zohar, em "The Position of Translated Literature within the Literary Polysystem" [A posição da tradução literária dentro do polissistema literário][4], analisa o papel da literatura traduzida no sistema literário, podendo ocupar qualquer posição: alta, baixa, conservadora, simplificada ou estereotipada. Quando a tradução ocupa uma posição primária, "participa ativamente em *modelar o centro do polissistema*"⁵. Nesse caso, a tradução seria geralmente inovadora, associada a grandes acontecimentos no desenvolvimento histórico de determinada literatura, introduzindo tendências novas vindas de fora do país. Nessas circunstâncias, há uma grande possibilidade de não haver uma distinção clara entre obras originais e traduzidas. Às vezes, traduções são disfarçadas em obras originais, e muitas vezes os escritores já consagrados se encarregam das traduções mais importantes. Assim, a tradução torna-se uma das maneiras principais de introduzir novos modelos em uma dada literatura. Obras estrangeiras, especialmente escolhidas pelos proponentes do novo tipo de literatura, serão assim traduzidas a fim de introduzir na literatura nativa "uma nova linguagem poética, novas formas métricas, técnicas, entoações"⁶.

Há três tipos de conjuntura nos quais a tradução ocupa uma posição central. O primeiro diz respeito a uma nova literatura que, por estar ainda imatura, precisa adaptar modelos "para que funcione como linguagem literária e útil para o público leitor"⁷. Um dos exemplos principais refere-se à literatura alemã do fim do século XVIII e começo do século XIX. Como já vimos no Capítulo III, as traduções de Shakespeare e dos poetas gregos tiveram um papel importante na formação de uma literatura nacional alemã.

O segundo tipo pode ser ilustrado pelo exemplo dado por Even-Zohar, ou seja, de "literaturas relativamente estabelecidas cujos recursos são limitados e cuja posição dentro de uma hierarquia literária maior é geralmente periférica"⁸. Tais literaturas "menores" não podem produzir todos os gêneros e deixam que alguns sejam preenchidos pela literatura traduzida. Assim, as literaturas menores têm mais dificuldades para produzir inovações e, às vezes, dependem de inovações advindas de traduções. Dentro do grupo de literaturas europeias ou a elas relacionadas, algumas literaturas assumem posições periféricas, imitando as inovações de literaturas importantes. Exemplos claros são as literaturas latino-americanas do século XIX e do começo do século XX, que introduziram muitas formas através de traduções do francês. Even-Zohar comenta:

> Enquanto as literaturas mais fortes poderiam ter a opção de adaptar novidades de algum tipo periférico dentro de suas fronteiras indígenas... as literaturas "fracas" em tais situações muitas vezes dependem exclusivamente da importação[9].

O terceiro caso de literatura traduzida exercendo um papel importante em uma literatura nacional dá-se quando, em um dado momento, o modelo convencional não é mais aceitável para uma geração nova e nenhum outro modelo satisfatório é encontrado para a literatura nativa. Em tal caso, a literatura traduzida passa a ter um papel central. Em "Translated European Literature in the Late Ottoman Literary Polysystem" [A literatura europeia traduzida nos anos finais do polissistema literário otomano][10], Saliha Parker mostra que a poesia *divan*, dominante na Turquia nos anos 1850, chegou a um ponto de saturação e assim facilitou a introdução de muitas traduções das literaturas europeias em posições centrais na literatura turca.

Por outro lado, a tradução pode ter um papel menor em uma dada literatura. Em tal conjuntura, não exerce influência em obras inovadoras, e as traduções feitas são geralmente epígonos, mantendo formas desatualizadas ou conservadoras. Even-Zohar vê aqui um paradoxo interessante: "a tradução, através da qual novas ideias, itens, características podem ser introduzidos em uma literatura, torna-se um meio de preservar um gosto tradicional"[11]. Essa situação pode ocorrer quando a literatura traduzida, após ter introduzido várias mudanças, perdeu contato com a literatura vanguardista e assumiu uma posição conservadora. Ela pode ser usada até como uma última linha de defesa reacionária, "muitas vezes fanaticamente protegida pelos agentes de atividades secundárias contra, até, mudanças pequenas"[12]. De fato, Even-Zohar sugere que esse papel é o mais comum para a literatura traduzida. Um exemplo interessante da tradução em um papel conservador é a poesia brasileira no período posterior a 1922, quando a maioria das traduções conservou as formas parnasianas desatualizadas, enquanto os inovadores do movimento modernista procuraram raízes brasileiras.

No entanto, a tradução não tem de, necessariamente, ser de todo inovadora ou conservadora. Even-Zohar exemplifica a literatura hebraica no período 1919-1939. A literatura traduzida do russo introduziu novas formas, enquanto as traduções de inglês, alemão, polonês e outras línguas não introduziram novos elementos. Essas traduções até mesmo adaptaram os elementos encontrados nas traduções do russo.

Outro aspecto que Even-Zohar estuda é a fronteira entre uma obra traduzida e uma obra original. Quando a literatura traduzida ocupa posição central, as fronteiras de tradução são difusas. O escritor não procura modelos em sua própria literatura nacional, mas transfere modelos e convenções para sua própria obra. Assim, encontramos um grande número de imitações de obras estrangeiras. Também encontramos pseudotraduções – o autor finge que a obra original é uma tradução. Dessa maneira, se a suposta "tradução" vem de uma literatura de maior prestígio, como quase sempre acontece, seu trabalho é considerado de maior valor. *Don Quijote*, a mais famosa pseudotradução já escrita, pertence a uma época em que o romance espanhol de cavalaria e as convenções cavaleirescas eram fracas e estavam esgotadas.

Por outro lado, quando a literatura traduzida está em uma posição secundária, o tradutor tentará encontrar modelos já prontos para o texto traduzido: acomoda o texto estrangeiro ao texto traduzido. Aqui podemos ver o primeiro tipo de tradução de Schleiermacher, ou seja, o tradutor trazendo a tradução para sua própria língua. Quando a literatura traduzida está em uma posição primária, vemos o segundo tipo de tradução de Schleiermacher – o tradutor indo em direção ao texto[13]. A literatura traduzida na Alemanha no fim do século XVIII e no começo do século XIX já foi mencionada como sendo uma literatura de muita força, que levou a literatura alemã a imitar modelos estrangeiros. E, como vimos no Capítulo III, a literatura traduzida na França nos séculos XVII e XVIII estava em uma posição muito inferior. Toda tradução teve de se conformar com as normas francesas – tudo o que foi traduzido na época foi afrancesado[14].

As perguntas que os seguidores das teorias de Even-Zohar fazem são diferentes das de quem estuda a traduzibilidade de um texto. Ele não perguntará: "Aprendeu o tradutor A a essência do texto melhor do que o tradutor B?", mas sim "Quais são as forças literárias que produziram as traduções A e B?"; "Qual é a posição das traduções A e B dentro de sua literatura?"; e "Qual é a relação entre as traduções A e B?"

Assim, este método é descritivo. O comentarista tentará levar em conta os vários elementos dentro da natureza de uma tradução: analisará uma grande variedade de traduções produzidas em um certo período, o desenvolvimento histórico da tradução em uma dada sociedade, as esperanças de traduções em uma dada cultura e a influência do mercado editorial em traduções.

Talvez o ponto mais controvertido levantado por esse grupo se refira ao fato de que a fonte deve ser totalmente desconsiderada. Conforme Gideon Toury, "traduções são fatos de um único sistema: o sistema-alvo"[15]. Ele acredita que as traduções raramente exercem alguma influência no sistema da fonte, e nunca podem influenciar suas normas linguísticas. Por outro lado, muitas vezes as traduções exercem grande influência sobre a cultura, o vocabulário e a sintaxe do sistema receptor. Assim, o estudioso deveria evitar qualquer estudo da fonte ou comparação entre o original e a tradução.

2. Estudos específicos

Agora podemos examinar vários estudos que consideram a tradução como uma parte integrante do polissistema literário. Um dos maiores estudos na tradução literária foi feito na Universidade de Louvain, Bélgica, por Lieven d'Hulst, José Lambert e Katrin van Bragt, tendo analisado a literatura traduzida na França entre 1800 e 1850, se ocupando de cerca de 8 mil títulos. As conclusões gerais do projeto foram publicadas no artigo "Translated Literature in France, 1800-1850"[16].

Uma descoberta central foi a de que a tradução de peças de teatro e poesia desempenhou um papel central no conflito entre o drama clássico e o drama romântico, sobretudo nas décadas de 1820-1830. Foi através de traduções que os escritores românticos tentaram abolir as tradicionais restrições do teatro. Os alexandrinos não ortodoxos de Deschamps na sua tradução de *Macbeth* e de Vigny na sua tradução de *More de Venise* introduziram novas formas, que foram seguidas por dramaturgos românticos, especialmente por Victor Hugo. De fato, as traduções de autores estrangeiros, tais como Schiller, Shakespeare, Calderón e Lope de Vega, cujas peças não se adaptaram às convenções dramáticas francesas, eram as peças de teatro mais vanguardistas disponíveis na época. Muitos produtores se recusaram a encenar essas traduções ou insistiram em que elas tivessem alterações. Apesar desse problema, as peças de teatro traduzidas, que introduziram a fala idiomática, o folclorismo, variações linguísticas e uma quebra das unidades clássicas, realmente subestimaram o sistema clássico tradicional. Uma escola de traduções de peças para prosa, apoiada por Deschamps e Stendhal, atraiu muitos seguidores entre os escritores românticos. Embora não houvesse nenhuma possibilidade de encenar essas peças, elas foram consideradas como sendo "não drama" – sua influência no teatro europeu a longo prazo foi grande.

Também em 1825, aproximadamente, a prosa se tornou a forma popular aceita para a tradução de verso estrangeiro, assim começando a tradição do *poème en prose*, na época muito em evidência na literatura francesa.

Os princípios rígidos que controlaram a tradução de drama ou de poesia eram muito diferentes das normas para a tradução de prosa. A prosa, a forma inferior, era mais maleável, não restringida pelas regras inflexíveis que governaram a tradução do drama clássico ou moderno e da poesia clássica. As traduções dos romances de Walter Scott e de E. T. A. Hoffman usaram linguagem coloquial e introduziram novos temas e técnicas narrativas.

O projeto aponta outras diferenças entre gêneros. As traduções em prosa receberam poucas resenhas; muitas vezes foram introduzidas como pseudotraduções. Por outro lado, às traduções de poesia e de drama muitas vezes se acrescentou uma introdução ou prefácio que enfatizava que sua obra era de fato uma tradução, que era nova, e que era em forma de poesia. Também, muitos subgêneros, tais como contos sobrenaturais e romances para mulheres, foram traduzidos em maior número.

Outra diferença é que os dramaturgos frequentemente traduziam o drama estrangeiro como uma maneira de importar ideias novas, enquanto os tradutores de prosa eram geralmente especialistas. Embora as traduções de Isabelle de Montolieu, Amedée Piuchot, Elise Voïart, Amable Tastu, Adolphe Loèvre-Veimars, Auguste Defauconpret e Albert de Montément tenham fornecido muitos dos modelos para as obras de Mme de Staël, Charles Nodier, Honoré de Balzac, Victor Hugo, Eugène Sue, Alexandre Dumas e Georges Sand, esses tradutores nunca foram considerados escritores de renome.

Hendrik van Gorp, em "The European Picaresque Novel in the 17th and 18th Centuries" [O romance picaresco europeu dos séculos XVII e XVIII][17], mostra as maneiras pelas quais as traduções do romance picaresco espanhol influenciaram o desenvolvimento do romance europeu. O estudo de Van Gorp concentra-se nos três principais romances picarescos: *Lazarillo de Tormes*, *Guzman de Alfarache* e *El Buscón*. Com os três livros, as versões em alemão, inglês e holandês foram frequentemente traduzidas a partir do francês. As primeiras traduções (até 1620), que foram feitas para o francês, estavam, em geral, próximas do original. Em outras palavras, eram dirigidas à fonte. Mas após 1620 as traduções mudaram. Primeiro, o estilo conformou-se mais às normas francesas. Depois a história foi também adaptada. O malandro espanhol foi substituído por um burguês empobrecido. Segundo Van Gorp, "a trama foi ajustada de tal maneira que as aventuras amorosas dominam a crítica social e as necessidades nacionais do protagonista"[18]. Além disso, o final feliz substituiu os finais abertos. Nos últimos anos do século XVII, as traduções tornaram-se ainda mais livres. Van Gorp considera essas versões mais "adaptações" do que "traduções".

Na França, o romance picaresco adotou um gênero muito diferente daquele que foi introduzido na Alemanha. Na França, o romance pertencia a um gênero inferior cuja função principal era a de entretenimento. Na Alemanha, cuja literatura na primeira metade do século XVIII estava ainda em fase de formação, o romance tinha uma função didática. A versão alemã de *Lazarillo Castigado* (1617) foi usada a fim de propagar a Contra-Reforma. Tornou-se um conto moralista no qual o ponto de vista da Igreja foi favorecido. Em muitos países as traduções de romances picarescos foram imitadas. Exemplos são *De vermakelyken Avanturier* de Nicolaas Heinsius, *Gil Blas de Santillane* de Lesage e *Roderick Random* de Tobias Smollett.

O artigo de Maria Tymoczko "Translation as a Force for Literary Revolution in the Twelfth-Century Shift from Epic to Romance" [A tradução como força para a revolução literária na mudança no século XII do épico para o romance][19] mostra que "a tradução desempenhou um papel central e decisivo na mudança de literatura oral para literatura escrita, de épico para romance". De fato, a falha de não reconhecer o papel exato da tradução "dificultou todas as discussões históricas e críticas da emergência do gênero do romance"[20].

Na primeira metade do século XII, vários gêneros apareceram na literatura europeia, a maioria dos quais procedentes da literatura latina. Exemplos desses gêneros são a viagem ou a busca, a vida de santos, histórias, gêneros didáticos, e estes gêneros chegaram a desafiar o gênero dominante, a *chansons de geste* – poesia recitada cujos temas incluíram um desejo de fama, a importância da honra e da lealdade, e a ética da guerra e do guerreiro. Todos esses temas dão apoio às estruturas da sociedade feudal e à ideia de que os franceses eram a raça escolhida por Deus. Como resultado da tradução, a poesia oral e ritualística dos versos decassilábicos com assonância abrem caminho para experimentação com outros tipos de poesia – versos parelhos hexassilábicos, versos parelhos octossilábicos em estrofes de quatro versos – e eventualmente para a métrica-padrão do romance – a narrativa contínua em versos parelhos octossilábicos.

Além das inovações métricas, as traduções introduziram vários outros elementos novos: entre eles se encontram os monólogos interiores; personagens, tais como o herói amante e personagens femininos; a voz do autor; um gosto pelos milagres; e, talvez o mais importante de todos, a ideia de *amour courtois*.

A literatura traduzida começou a desafiar a poética dominante. Muitos dos primeiros *romances* eram pseudotraduções que citavam um original e um autor supostos para ganhar mais prestígio e facilitar a aceitação. Outra mudança importante é a mudança de uma literatura baseada na oralidade para uma literatura baseada mais na escrita, dentro da qual os tradutores, adaptadores e autores tiveram um papel principal.

Uma área entre os estudos de tradução bastante negligenciada refere-se à das pressões que há por trás da publicação de traduções. No seu artigo "The Response to Translated Literature" [A resposta à literatura traduzida][21], Ria Vanderauwera examina as traduções de romances de uma literatura "pequena", a holandesa, para uma literatura "grande", a inglesa, durante o período 1961-1980. Há muitas barreiras que impedem a aceitação de romances holandeses no mundo de língua inglesa. Primeiro, há o conceito de como deve ser um romance. Romances contemporâneos holandeses são bastante curtos, provincianos e artificiais. Demonstram grande interesse pelas estruturas bem formadas e pela precisão. Contêm relativamente poucos acontecimentos e são frequentemente introvertidos. Em contraste, os *best-sellers* da ficção anglo--americana são mais longos, os personagens e os locais são mais amplos, e há mais ênfase no humor. Assim, a ficção holandesa encontra um problema imediato. Isso foi resumido pelo resenhista de jornal James Brockway: "A escritura holandesa difere demasiado em suas origens e tradições, e inclusive em sua natureza e seu alvo, que nem sempre parece ser o de entreter ou de engajar."[22] As obras nunca foram consideradas inovadoras ou interessantes na literatura anglo-americana.

Um segundo problema é a moda:

> Em tal meio não há quase nenhum espaço para a ficção estrangeira, a não ser, obviamente, que ela tenha sido escrita

por dissidentes do Leste da Europa, ou que seja de/verse sobre áreas e situações políticas que estão "na moda" nos meios literários e culturais mais importantes – e nada disso aplica-se aos Países Baixos e à sua literatura[23].

Vanderauwera demonstra que os resenhistas e os críticos literários têm muito pouca simpatia pela literatura holandesa e pouco conhecimento dela. Os comentários em resenhas frequentemente se baseiam em referências a Anne Frank ou comparações com a única área da cultura que é bastante conhecida, a pintura: "um autorretrato, tão realista quanto um de Rembrandt" ou "um quadro que pertence, na minha opinião, a Breughel"[24].

Outro problema é o acesso aos meios de comunicação. Pouco espaço é dedicado à ficção holandesa tanto na imprensa como nas revistas do comércio livreiro no mundo anglo-americano; tampouco há espaço dedicado à ficção holandesa nos programas artísticos no rádio e na televisão.

Há poucos sucessos. O único *best-seller*, *I Jan Cremer* (1964), devia muito de seu êxito às suas cenas eróticas e a uma similaridade com os livros de Henry Miller.

A falta de interesse na ficção holandesa por parte das editoras comerciais resultou na instigação de uma Fundação de Tradutores, apoiada pelo governo holandês. Essa fundação criou várias possibilidades a quem traduzia para o inglês. O problema agora é o de divulgação e distribuição. A ficção em holandês pode estar disponível em tradução, mas a maioria das cópias se acham empilhadas, sem serem lidas nos armazéns de editoras ou compradas por agências governamentais e distribuídas gratuitamente.

O artigo de Gordon Brotherston, "Don Quixote's Tapestry: Translation and Critical Response" [A tapeçaria de Dom Quixote: tradução e respostas críticas][25], examina traduções e adaptações da obra-prima de Cervantes. Semelhante às primeiras traduções de romances picarescos, as primeiras traduções de *Don Quijote* – aquelas feitas até os anos de 1680 – são relativamente dirigidas à fonte. Nos anos de 1680, há uma grande mudança no estilo da tradução. Isso pode ser visto mais claramente no fato de que o tradutor Filleau de Saint-Martyin suprimiu a morte do herói na sua versão francesa (1681) a fim de escrever sua própria Parte III!

Brotherston presta atenção às gravuras acompanhando as várias versões. As robustas cenas das gravuras na edição de Bruxelas de 1662 contrastam com as ilustrações de Charles Antoine Koypel nas quais "Dom Quixote e seu escudeiro são agora obrigados a copiar Versailles"[26]. Essas gravuras decidem o estilo para as várias versões de *Don Quijote* até o fim do século XVIII quando, sob a influência romântica, "o *Quijote* começa a ser lido como um texto especificamente espanhol", com ilustrações mostrando costumes folclóricos e "uma paisagem castelhana imaginária"[27].

Outra interpretação de *Don Quijote* pode ser vista na Rússia pós-revolucionária. O balé de George Balanchnes, *Don Quijote* (1965), e os filmes de Pabst (1933) e Kozintsev (1957) mostram Sancho como herói proletário e Dom Quixote como nobre decadente.

Outras interpretações incluem as ilustrações de Salvador Dalí e a música de Manuel de Falla para a peça de teatro de bonecos que vê Dom Quixote como "um espírito de intransigência beligerante que nunca deve ser aceito na sociedade civilizada"[28].

Dessa maneira, Brotherston mostra como o original de Cervantes recebeu várias interpretações ideológicas não somente em traduções, mas também em ilustrações, filmes, música e balé.

André Lefevere concentra vários de seus artigos mais recentes na ideia de textos refratados – "textos que têm sido processados para certos públicos, e.g., crianças, ou adaptados a certa poética ou a certa ideologia"[29]. Uma tradução é uma das várias maneiras de se adaptar um texto a certo público ou a certa ideologia. A maioria de nosso conhecimento dos clássicos não vem de nossa leitura das obras originais, mas através de refrações, tais como uma adaptação para televisão, um filme, uma peça de teatro, uma versão para crianças, um artigo crítico etc. Para muitas pessoas jovens, *Wuthering Heights* [*O morro dos ventos uivantes*] é conhecido através da música popular de Kate Bush, *Heathcliff*, da mesma maneira que a geração dos anos 1940 conhecia *Wuthering Heights* através do filme de Sir Laurence Olivier. Se a obra é estrangeira, nossa familiaridade provavelmente será com a tradução. Em certos casos, a tradução poderia tornar-se mais importante do que o original. As obras de Strindberg e Ibsen foram apresentadas ao mundo não no original norueguês e sueco, mas nas respectivas traduções em alemão e francês. No seu artigo "Why the Real Heine Can't Stand Up To/In Translation"[30] [Por que o verdadeiro Heine não suporta a tradução: a reescritura como um meio para influência literária], Lefevere descreve as muitas refrações de Heine dentro e fora da Alemanha. Os vitorianos ingleses consideravam-no como rude e vulgar, e alguns tradutores vitorianos censuraram partes dos poemas que traduziram. Apesar de considerá-lo "profundamente desrespeitoso", o crítico Matthew Arnold viu em Heine um companheiro na luta contra o filistinismo. George Eliot admirou-lhe inteligência, mas criticou sua "rudeza", "obscenidade" e "desprezo mefistofélico pelos sentimentos reverentes de outros homens". O Heine da República Weimar, semelhante ao Rio Reno, tinha "uma missão europeia". Os nazistas chamaram o judeu Heine de "bosta". E na Alemanha Oriental Heine era um aliado no combate dos problemas sociais fundamentais[31].

3. Os estudos de Göttingen

O grupo de Göttingen compartilha vários dos interesses do grupo Israel-Países Baixos, ou, como foi chamado desde a publicação de *The Manipulation of Literature*, o grupo *Manipulation*. Semelhantes ao grupo *Manipulation*, os pesquisadores de Göttingen interessam-se pelo contexto histórico e social das obras traduzidas, estudando séries de traduções e evitando julgamentos em relação à habilidade do tradutor, mas não compartilham dois dos pontos principais do grupo *Manipulation*. Não têm o entusiasmo pela literatura como sistema do mesmo modo que certos membros do grupo *Manipulation* têm. Também não estudam somente as traduções da língua-alvo, ignorando os originais. Em vez disso, trabalham com a ideia de transferência do texto-fonte para o texto-alvo, muitas vezes comparando trechos paralelos. Uma de suas ideias centrais é a *Kulturschaffende Differenz*, a ideia de que valores culturais diferentes podem ser vistos através da tradução[32].

Agora podemos observar exemplos da obra do grupo de Göttingen. Em "Oronoko et l'abolition de l'esclavage: le rôle du traducteur" [Oronoko e a abolição da escravidão: o papel do tradutor][33], Jürgen von Stackelberg examina a maneira na qual uma ênfase cultural muito diferente foi dada ao original de Mrs Aphra Benn, *Oronoko or The Royal Slave*, pelo tradutor francês Pierre Antoine de la Place, cuja tradução foi publicada em 1745. Até o título é bastante diferente: *Oronoko (sic) ou le Prince nègre*. O romance, originalmente escrito como propaganda contra a escravidão por um defensor do partido político *Tory* na Inglaterra, opôs o apoio dado pelo partido dos *Whigs* ao comércio de escravos. Embora retenha várias das descrições do original, La Place deliberadamente muda muitos elementos. Constata: "Para agradecer a Paris, acreditava que roupa francesa era necessária."[34] O romance era limpo e enxuto para o mercado francês.

De um texto no qual proliferava por todos os lados a desordem, feito sem regras nem gosto, contendo elementos romanescos mas igualmente cheio de exotismos... La Place fez, conforme um método inteiramente clássico, um romance do tipo helenístico[35].

O romance recebe um final feliz, o príncipe-escravo Oronoko assume as características de um aristocrata francês, e a mensagem contra a escravidão é reduzida. Quando Oronoko recebe sua liberdade e pode voltar à sua terra natal, promete enviar 300 escravos de seu reinado africano como recompensa a seus libertadores!

Em "Problems of Cultural Transfer and Cultural Identity: Personal Names and Titles in Drama Translation" [Problemas de transferência cultural e identidade cultural: nomes pessoais e títulos na tradução de drama][36], Brigitte Schultze discute as várias maneiras de traduzir nomes e títulos de peças do polonês. A decisão que o tradutor toma – se ele adapta o nome da língua-alvo, se procura um equivalente ou usa a forma original – será de grande importância: os nomes e títulos na língua-alvo dão a impressão de que a peça acontece na cultura-alvo; os nomes e títulos deixados no original dão a impressão de estranheza. Brigitte Schultze acha que muitas vezes os tradutores usam uma mistura de técnicas para traduzir nomes pessoais. Por exemplo, na tradução de Daniel Gerolud e C. S. Durer para o inglês de *Kurka Wodna* (*The Water Hen*) [*A galinha de água*] de Stanislaw Ihnacy Witkiewicz, a personagem central, Elizabieta Flake-Drawacka [Elizabeth Tripas-Virgem], recebe o nome de Elizabeth Gutzie Virgeling, que nos lembra a Rainha Elizabeth I, frequentemente chamada "Virgin Queen", e que também nos dá a ideia de certa rigidez e falta de sexualidade. Os tradutores norte-americanos dão o nome Tom Hoozy, uma figura rude que vem de piadas sobre caipiras, para o vilão Maciej Witkós [Caipira-Vitor]. Em contraste, o pseudônimo do vilão Ryszard de

Korbowa-Korbowski permanece no polonês, mas muitas vezes é chamado pelo hipocorístico Dick[37].
Nomes e títulos frequentemente recebem esse tipo de tratamento pluralístico. Porém, a tendência atual é a de deixá-los na forma original ou próximos à forma original, enquanto a tendência até a metade do século XIX era a de adaptá-los à língua-alvo.
Os grupos de Göttingen e *Manipulation*, assim, têm fins semelhantes. Como podemos compará-los com Benjamin, Derrida e seus seguidores? Ambos os grupos reconhecem a tradução como uma atividade central. Porém, o trabalho dos grupos Göttingen-*Manipulation* concentra-se mais nas manifestações sociais, culturais e históricas de traduções, enquanto Benjamin e Derrida investigam os aspectos ontológicos e místicos da tradução. Outra diferença é que os estudos Göttingen--*Manipulation* são geralmente grandes estudos: os resultados são obtidos através da coleta de dados. Como já foi mencionado, o projeto da Universidade de Leuven sobre tradução de literatura na França entre 1800 e 1850 estudou 8 mil títulos. Derrida, de Man e seus seguidores, cujos artigos aparecem em *Difference in Translation*[38], examinam uma única tradução em detalhe para procurar falhas, lacunas e inconsistências. Para estes estudiosos, uma tradução é uma leitura individual de um texto; para os grupos Göttingen-*Manipulation*, uma tradução é uma maneira na qual uma dada sociedade lê um texto.

A maioria dos autores mencionados no Capítulo VI dão preferência ao segundo tipo de tradução de Schleiermacher, ou seja, àquele que tenta adaptar a forma do original. Os grupos Göttingen-*Manipulation* não favorecem nenhum tipo de tradução. Seu posicionamento é mais objetivo do que o de Benjamin ou Meschonnic, por exemplo, que demonstram uma preferência pessoal bem definida.

Podemos ver as diferenças entre os dois grupos de autores como diferenças entre tendências contemporâneas na crítica literária: uma tendência que examina os valores históricos, culturais e sociais de um texto ou de um conjunto de textos; a outra fazendo uma nova leitura de valores aceitos, "desconstruindo" ou questionando esses valores. Assim, vemos que o estudo da tradução mostra ambas as tendências.

REFERÊNCIAS

A citação na abertura do capítulo é da Introdução a *Second Hand*, ed. Theo Hermans. ALW, Antuérpia, 1985, p. 8: "At the moment we do not have anything like a clear picture of the history of translation in any West European literature."

1. Ver: *Papers in Historical Poetics*, Itamar Even-Zohar. Porter Institute for Poetics and Semiotics, Tel Aviv, 1980.
In *Search of a Theory of Translation*, Gideon Toury. Porter Institute for Poetics and Semiotics, Tel Aviv, 1980.
Literature and Translation, ed. James S. Holmes, José Lambert e Raymond van den Broeck. Acco, Louvain, 1978.
Second Hand, ed. Theo Hermans. ALW, Antuérpia, 1985.
Dispositio, Revista Hispánica de Semiótica Literária, vol. VII, 1982.
The Manipulation of Literature, ed. Theo Hermans. Croom Helm, Londres, 1985.
New Comparison, n.º 1, verão de 1986, "Literary Translation and the Literary System", ed. Theo Hermans.
New Comparison, n.º 8, outono de 1989, "Translation, Tradition, Transmission".

2. "Poetics (Today) and Tanslation (Studies)", André Lefevere. Em *Modern Poetry in Translation*, 1983, p.192: "Essentialist theories are... theories which ask questions like, 'What is... literature, ethics, language, philosophy, religion, etc.?'. Translation has been traditionally blessed with the sorry distinction that, in its case, and in its case only, this primordial essentialist question has been preceded by another one, namely, 'Is translation possible?'."

3. Ver particularmente o ensaio de Yuri Tynianov "Da evolução literária", em *Teoria da literatura: formalistas russos*, ed. Dionísio de Oliveira Toledo. Editora Globo, Porto Alegre, 1978. Sugiro também que há semelhanças claras entre a posição dos grupos estudados neste capítulo e a posição de Ezra Pound em relação ao papel central da tradução no desenvolvimento de literaturas (ver os comentários de Pound, p. 79 anterior). Porém, ainda não encontrei nenhum tipo de reconhecimento da influência de Pound na parte dos grupos de Göttingen e *Manipulation* nos trabalhos de membros deste grupo. Parece que a subjetividade de Pound entra em choque com as abordagens empíricas deles.

4. "The Position of Translated Literature within the Literary Polysystem", Itamar Even-Zohar, em *Literature and Translation*, *op.cit.*, p. 117-27.

5. *Ibid.*, p. 120: "participates actively in *modelling the centre* of the polysystem".

6. *Ibid.*, p. 121: "a new poetic language, new metrics, techniques, intonations".

7. *Ibid.*, p. 121: "in order to make it function as a literary language and useful for the emerging public".

8. *Ibid.*, p. 121: "that of relatively established literatures whose resources are limited and whose position within a larger literary hierarchy is generally peripheral".

9. *Ibid.*, p. 122: "Whereas stronger literatures may have the option to adapt novelties from some peripheral type within their indigenous borders... 'weak' literatures in such situations often depend on import alone."

10. "Translated European Literature in the Late Ottoman Literary Polysystem", Saliha Parker. Em *New Comparison*, n.º 1, *op. cit.*, p. 67-82.

11. "The Position of Translated Literature within the Literary Polysystem", *op. cit.*, p.123: "translation, by which new ideas, items, characteristics can be introduced into a literature, becomes a means to preserve a traditional taste".

12. *Ibid.*, p. 123: "often fanatically guarded by the agents of secondary activities against even minor changes".

13. Ver Capítulo III, p. 55.

14. André Lefevere analisa a tradução que Voltaire fez de *Julius Caesar* de Shakespeare em "What is Written Must Be Rewritten: *Julius Caesar*: Shakespeare, Voltaire, Wieland, Buckingham", em *Second Hand, op. cit.*, p. 88-106.

15. "A Rationale for Descriptive Translation Studies", Gideon Toury, em *The Manipulation of Literature, op. cit.*, p. 16-43: "translations are facts of one system only: the target system".

Não podemos, porém, aceitar que Gideon Toury representa todos os membros do grupo *Manipulation*. Em comunicação pessoal em Poços de Caldas, MG, em janeiro de 1990, Susan Bassnett, membro do grupo *Manipulation*, contou-me que previu que este grupo seria dividido em dois: um grupo de teóricos de tradução literária com sede em Israel e um grupo com sede na Grã-Bretanha/Países Baixos mais interessado nas manifestações práticas de tradução no desenvolvimento de literaturas. O segundo grupo não insistiria em ignorar o texto-fonte.

16. "Translated Literature in France, 1800-1850", Lieven d'Hulst, José Lambert e Katrin van Bragt, em *The Manipulation of Literature, op cit.*, p. 149-63.

17. "The European Picaresque Novel in the 17th and 18th Centuries", Hendrik van Gorp, em *The Manipulation of Literature, op. cit.*, p. 136-48.

18. *Ibid.*, p. 139: "the plot is accomodated in such a way that amorous adventures overshadow social criticism and the protagonist's national needs".

19. "Translation as a Force for Literary Revolution in the Twelfth-Century Shift from Epic to Romance", Maria Tymoczko. Em *New Comparison*, n.º 1, *op. cit.*, p. 7-27.

20. *Ibid.*, p. 8: "has marred all critical and historical discussions of the emergence of the genre of romance".

21. "The Response to Translated Literature", Ria Vanderauwera. Em *The Manipulation of Literature, op. cit.*, p. 198-214.

22. *Ibid.*, p. 204: "Dutch writing differs too widely in its origins and traditions and even in its nature and aim, which does not always appear to be primarily to entertain or even to engage."

23. *Ibid.*, p. 201: "There is hardly any room for foreign fiction in such an environment, unless of course, it is written by East

European dissidents, or is from or about areas and political situations which are 'fashionable' in the leading literary and cultural milieu – none of which applies to the Low Countries and their literature."

24. *Ibid.*, p. 201: "a self-portrait, as realistic as one of Rembrandt's" ou "a picture still easily recognisable, I should have thought, to Breughel".

25. "Don Quixote's Tapestry: Translation and Critical Responses", Gordon Brotherston. Em *Second Hand, op. cit.*, p. 46-87.

26. *Ibid.*, p. 54: "Don Quixote and his squire are now obliged to ape Versailles."

27. *Ibid.*, p. 54: "the *Quixote* began to be read itself as a specifically Spanish text... a would-be Castilian landscape".

28. *Ibid.*, p. 57, citando a tradução de J. R. Trend da ópera de Manuel de Falla, *Master Peter's Puppet Show*, Londres, 1924: "a spirit of belligerent intransigence that ought never to be accepted in civilized society".

29. "Literary Theory and Translated Literature", André Lefevere. Em *Dispositio, Revista Hispánica de Semiótica Literária, op. cit.*, p. 3-22. Esta citação é da p. 13: "texts that have been processed for certain audiences, children, e.g., or adapted to a certain poetics or a certain ideology".

30. "Why the Real Heine Can't Stand Up To/In Translation: Rewriting as a Way to Literary Influence", André Lefevere. Em *New Comparison*, n.º 1, *op. cit.*, p. 83-92.

31. *Ibid.*, p. 91.

32. "Étude Critique", Yves Chevrel, em *Revue de Littérature Comparée: Le texte étranger: l'oeuvre littéraire en traduction*, n.º 2, 1989, p. 262.

33. "Oronoko et l'abolition de l'esclavage: le rôle du traducteur", Jürgen von Stackelberg, traduzido do alemão por Geniève Roche. Em *Revue de Littérature Comparée: Le texte étranger: l'oeuvre littéraire en traduction, op. cit.*, p. 237-48.

34. *Ibid.*, p. 242: "Pour plaire à Paris, j'ai cru qu'il lui fallait un habit français."

35. *Ibid.*, p. 247: "D'un texte proliférant de tous côtés dans le désordre, fabriqué sans règles et sans goût, contenant certes des élé-

ments romanesques mais également bourré d'exotismes... La Place a fait, selon une méthode entièrement classique, un roman de type hellénistique."

36. "Problems of Cultural Transfer and Cultural Identity: Personal Names and Titles in Drama Translation", Brigitte Schultze.

37. *Ibid.*, p. 13-19.

38. *Difference in Translation*, ed. Joseph F. Graham. Cornell Univ. Press, Ithaca e Londres, 1985.

VIII. A teoria da tradução literária no Brasil

> A sempre desprezada, embora nem sempre desprezível, tradução dominical.
>
> Jorge Wanderley

Este capítulo examinará uma seleção de material recente sobre a tradução literária publicado no Brasil. Primeiramente, analisará a obra de Augusto e Haroldo de Campos. Em seguida, descreverá as ideias de José Paulo Paes, examinará os estudos sobre vários grupos de tradutores no Brasil feitos por Jorge Wanderley e, finalmente, mencionará outro trabalho sobre a tradução literária que foi feito no Brasil.

1. Os irmãos Campos

As ideias de Augusto e Haroldo de Campos sobre a tradução são transparentes. Pretendo enumerá-las com a ajuda dos estudos de Jorge Wanderley[1] e do ensaio de Ana Cristina Cesar "Nos bastidores da tradução"[2].

a) A totalidade de sua obra – suas traduções e seus artigos sobre a tradução – tem forma e coerência definidas. Somente traduziram autores que consideram que mudaram, afetaram ou revolucionaram o estilo poético: primeiro Pound, e. e. cummings, Joyce e Mallarmé; e depois, Maiakovski,

Khlebnikov, Valéry, Poe, os trovadores provençais, Goethe, Octavio Paz, Lewis Carroll, Keats, Edward Lear, John Donne e John Cage. Muitas vezes citam o adágio de Maiakovski, que enfatiza a importância de formas novas: "Sem forma revolucionária não há arte revolucionária"[3]. Em "Nos bastidores da tradução", Ana Cristina Cesar classifica a atitude dos irmãos Campos em relação à tradução como "um sentido ativo de missão"[4]. Haroldo de Campos usa palavras igualmente fortes:

> ... só me proponho traduzir aquilo que para mim releva em termos de um projeto (que não é apenas meu) de militância cultural[5].

As qualidades que os irmãos Campos admiram podem ser vistas na introdução de Augusto de Campos a suas traduções de e. e. cummings:

> ... do lado de Pound e Joyce... Cummings (sic) é dos poucos que mantém uma sadia atitude de inconformismo, pesquisando os meios de levar a consequências profundas, em um plano de funcionalidade, os assomos de rebeldia intentados pelos grupos das décadas iniciais... permanecem esses três, com uma obra *viva* e *aberta*, a apontar sendas de superação aos mais jovens e a fornecer "nutrimento de impulso a novas expansões"[6].

Ana Cristina Cesar enfatiza o elemento político na obra dos irmãos Campos. Eles têm

> uma atitude bastante política, uma vez que se expressam dentro de uma estrutura coerente de valores pró/contra e de conceitos de poesia nos termos "dominador/dominado"[7].

b) A importância da poesia está muito mais na forma do que no conteúdo. O tradutor tem que tentar traduzir a forma do poema que ele trabalha, mesmo que isso implique uma perda de conteúdo. Os irmãos Campos conscientemente tentam introduzir novas formas sintáticas, léxicas e morfológicas na língua portuguesa. Haroldo de Campos constata:

> O tradutor alarga as fronteiras de sua própria língua e subverte-lhe os dogmas ao influxo do texto estrangeiro[8].

Em *Verso, reverso, controverso*, Augusto de Campos utiliza linguagem semelhante:

> ... parece importante alargar o horizonte de nossa linguagem poética, reproduzindo em português alguns dos poemas de Laforgue e Corbière[9].

Sua tentativa de introduzir novas formas morfológicas pode ser claramente vista na sua tradução de extratos de *Finnegan's Wake*:

> Ela era só uma tímida tênue fina meiga mini mima miga duma coisinha então, saltiritando, por silvalunágua e ele era um bruto andarulho larábil ferramundo dum Curraghman, cortando o seu feno para o sol cair a pino, tão rijo como os carvalhos (deus os preteje!) costumavam ruflar pelos canais do fortífero Kildare, o que primeiro florestfossenfiou champinhando através dela. Ela pensou que ia sussimir subterra de ninfante virginha quando ele lhe botou o olho de tigris!
>
> Traduzido por Augusto de Campos[10]

c) As influências principais atrás de suas teorias de tradução são Walter Benjamin, Roman Jakobson e Ezra Pound. De Benjamin emprestam a ideia da influência da língua-fonte sobre a língua-alvo, como vimos anteriormente. De Jakobson emprestam a ideia de traduzir a forma da língua-fonte na língua-alvo. E de Pound emprestam a ideia do tradutor como recriador[11]. Os termos e neologismos que usam para suas traduções são "os netos" de Pound: *recriação, transcriação, reimaginação* (caso da poesia clássica chinesa), *transparadisação* ou *transluminação* (*Seis cantos do paraíso* de Dante) e *translucifenação mefistofáustica* (*Cenas finais do segundo Fausto* de Goethe)[12].

Entre os escritores brasileiros negligenciados e por eles descobertos se encontra o poeta e tradutor maranhense Odorico Mendes (1799-1864). Mendes traduziu a *Eneida* e a *Odisséia* para um português que tentou encontrar equivalentes para os itens lexicais do grego e do latim. Quando não havia uma palavra em português, criava um neologismo. Alguns são menos bem sucedidos, e.g., "velocípede Aquiles", do que outros, e.g., "Íris alidourada", "crinazul Netuno". Também tentou situar os textos clássicos na realidade brasileira. Suas anotações comparam a *jangada* usada por Ulisses com aquelas dos *jangadeiros* do Ceará. Outra técnica que usava era a de interpolar versos de outros poetas (Camões, Francisco Manuel de Melo, Antônio Ferreira, Filinto Elisio) quando pensava que essa era a melhor maneira de traduzir o verso. Como veremos, os irmãos Campos valem-se dessa técnica.

Porém, as traduções de Odorico Mendes provocaram a ira de muitos críticos brasileiros. Para Silvio Romero, suas traduções eram "monstruosidades" escritas em "português macarrônico"[13]. Antonio Candido compartilha essa opinião:

> alastrando a sua tradução da *Ilíada* de vocábulos e expressões que tocam as raias do bestialógico e que Silvio Romero já fez a devida justiça: *multimamente, olhicetílea, albinitente*... um preciosismo do pior gosto, enfático, vazio, em que o termo raro, a imagem descabida, a construção arrevezada até a obscuridade são apoios duma inspiração pobre, em fase de decadência[14].

Em contraste, Haroldo de Campos coloca Odorico Mendes dentro da tradição de artesãos da língua, a tradição de James Joyce, com suas "palavras-montagem", ou Guimarães Rosa, com suas "inesgotáveis invenções vocabulares"[15].

d) O tradutor tem de estar totalmente integrado às correntes atuais da poesia:

> ... se o poeta-tradutor não estiver no nível curricular da melhor e mais avançada poesia do seu tempo, não poderá reconfigurar, síncrono-diacronicamente, a melhor poesia do passado[16].

Ana Cristina Cesar enumera mais pontos: "Irreverência temática."[17] Além de favorecer poetas que introduziram formas novas, os irmãos Campos preferem traduzir poetas que escrevem sobre assuntos pouco ortodoxos. Exemplos são *The Flea* [*A pulga*], de John Donne e outros poemas dos poetas metafísicos ingleses; os poemas *nonsense* de Lewis Carroll e os poemas de e. e. cummings que enfatizam o formato visual.

e) "*Tecnologia* poética ou artesanato formal rigoroso."[18] Em vez de trabalhar com poetas que enfatizam o estado emocional ou os problemas existenciais, os irmãos Campos trabalham com poetas que deliberadamente usam a linguagem como instrumento e que fazem experiência com os vários elementos de uma língua. Um bom exemplo refere-se ao poeta provençal Arnaut Daniel, que experimenta um número de diferentes formas de rima final (ver Capítulo IV, p. 92). De fato, toda a poesia provençal serve aos propósitos de Augusto de Campos:

> mas o que há de novo na poesia de Provença, a justificar a sua presença em plena era tecnológica? Há, em primeiro lugar, precisamente, a tecnologia poética, o trabalho de estruturação e de ajuste das peças do poema, em termos de artesanato[19].

Os poemas que os irmãos Campos traduzem frequentemente ecoam a forma ideogramática de muita poesia concreta. Exemplos são *The Altar* e *Easter Wings* de George Herbert, e *Tail-Poem* de Lewis Carroll: os próprios poemas formam a figura de um altar, um par de asas e um rabo. Não é necessário dizer que as traduções de Augusto de Campos, os primeiros dois em *Verso, reverso, controverso*[20] e o terceiro em *O anticrítico*[21], formam figuras idênticas.

f) Para Ana Cristina Cesar, os irmãos Campos favorecem poemas nos quais há uma obscuridade ou dificuldade intencional. Consideram o adágio de Mallarmé, "ajouter un peu d'obscurité" [acrescentar um pouco de obscuridade][22], positivo, como assegura que o leitor aborda o poema com um grau maior de objetividade, contrastando com a subjetividade com que um poema mais emocional é lido e compreendido. Preferem poetas mais cerebrais e racionais. Assim podemos entender seu entusiasmo pelos poetas metafísicos ingleses e seu desprezo pelos poetas românticos. Ao resumir as qualidades que John Dryden e Dr. Johnson não apreciaram nos poetas metafísicos, podemos ver as qualidades que Augusto de Campos admira:

> O que se condena, com esse ritual eufemístico, nos poetas "metafísicos" é, na verdade, a intervenção do pensamento, do raciocínio ou, mais ainda, da racionalidade, onde parecera lícito usar apenas da emoção e do sentimento: condena-se, em resumo, uma poesia dirigida mais ao cérebro do que ao coração[23].

Jorge Wanderley salienta outros pontos: os irmãos Campos fazem uma imposição ao leitor. O tom é o de "aceite-nos ou deixe-nos", ou, nas palavras de Jorge Wanderley, "Après moi le déluge"[24] e, mais francamente, "que tudo o mais vá pro inferno"[25]. Sua obra contém um "autoritarismo da RUPTURA"[26]. O tradutor/poeta *tem de* romper com a tradição. Se não o faz, não tem mérito. Há até um certo esnobismo dirigido a outras traduções. Isso pode ser visto nos comentários de Haroldo de Campos sobre traduções "inferiores" de *The Raven* [*O corvo*] em *Deus e o diabo no Fausto de Goethe*:

Vejamos agora como se comportam diante do mesmo texto-amostra as traduções comuns, *naturais*, destituídas de um projeto estético radical[27].

g) Esta autoconfiança excessiva pode ser vista frequentemente em seus prefácios e introduções:

> Mallarmé: tradução em triálogo, tradução (Décio dixit), palavras da tribo, tributo. E depois de Pound (Cantares), Cummings (10 poemas, um solo, Augusto performing), Joyce (Panaroma, a duas vozes, i fratelli de Campos, turgimanos siamesmos), novamente o trio em tríptico, um Mallarmé que vem sendo trigerado desde os anos 50 completa agora o quadrante da circunviagem: paiduma, quadrívio[28].

Jorge Wanderley descreve esse tipo de escritura como uma "jubilosa autocontemplação"[29], que demonstra que a junção dos irmãos Campos e Mallarmé é uma "espécie de conjunção astral afortunada, cometa que não se dá em qualquer século"[30].

Não obstante, sua eloquência frequentemente esconde certas falhas em seus argumentos. Jorge Wanderley menciona o ensaio de Haroldo de Campos, "O texto-espelho (Poe, engenheiro de avessos)", no qual disseca os efeitos que Poe consegue através de sua repetição de certos sons. Haroldo de Campos analisa sua própria tradução do segundo verso da última estrofe de *O corvo*:

> *On the pallid bust of Pallas just above my chamber door.*

> No pálido busto de Palas, justo sobre meus umbrais[31].

Enfatiza que os fonemas /u/ e /b/ "estão ainda em UMBRAIS"[32]. Porém, como essa vogal é nasal, não é a mesma vogal da que há em *busto* e *justo*.

Também, a relação entre RAVEN e NEVER que Haroldo de Campos passa muito tempo descrevendo parece algo forçada para Jorge Wanderley. No poema de Poe, as palavras estão próximas em uma só ocasião. A palavra NEVER aparece só uma vez; é a palavra NEVERMORE que aparece frequentemente, e é desta última que Haroldo de Campos extrai seus NEVERs.

h) Talvez o ponto mais interessante abordado por Jorge Wanderley seja que, apesar de sua retórica radical, a obra sobre tradução dos irmãos Campos é "capaz de não ser radical"[33]. Não consegue encontrar uma política poundiana de "Make It New" ("Renovar") através de sua obra. O que na verdade encontra é a utilização de diferentes técnicas de tradução dentro do mesmo poema. Na tradução que Augusto de Campos faz do poema de Andrew Marvell, *To His Coy Mistress*, há versos de sete, oito e nove sílabas para traduzir os octossílabos de Marvell. Às vezes Augusto de Campos segue os versos parelhos de Marvell, às vezes não os segue, e acrescenta três versos aos 46 versos de Marvell. Parece que o tradutor está primariamente tentando traduzir o movimento da linguagem de Marvell e que subordina a métrica e a rima a este fato. Em outras palavras, Augusto de Campos, em vez de obedecer ou à métrica ou à rima, ou mesmo ignorar as duas, está "valendo-se de recursos normativos plurais"[34], uma maneira original, mas certamente não uma radical técnica poundiana. De fato, várias das traduções dos irmãos Campos, e.g., as dos *Cantos* de Pound, o *Coup de Dés* e as outras traduções de Mallarmé e as de John Donne, estão bem próximas ao original.

i) Para completar minha análise dos irmãos Campos, deveria enfatizar o papel que tiveram em trazer a obra de muitos poetas estrangeiros à atenção do público leitor brasileiro. Sua seriedade e plano coerente tiveram como consequência o fato de que a tradução literária no Brasil se tornou, nas palavras de Jorge Wanderley,

A TEORIA DA TRADUÇÃO LITERÁRIA NO BRASIL   237

algo muito diferente da sempre desprezada, embora nem sempre desprezível, tradução dominical, operada sem cerimônias e sem a visão fundamental: a de que na tradução tudo está... Com essa mudança de eixo, o grupo instaura, ademais no panorama brasileiro uma visão... de que a tradução passe a ser considerada como chave para o literário e suas relações com o que nos cerca[35].

2. José Paulo Paes

Uma linha diferente é seguida por José Paulo Paes, poeta brasileiro e tradutor de Kaváfis, Sterne, W. H. Auden, William Carlos Williams, Paul Éluard, entre outros. Ele adota uma posição oposta ao entusiasmo demonstrado pelos irmãos Campos quanto à tradução que segue a forma do original, o segundo tipo de Schleiermacher. Ironiza o neologismo que introduz a morfologia do original na língua-alvo, mencionando o "semidecalque... em voga no mundo secretarial das multinacionais... (que)... se demonstra uma inutilidade, uma superafetação numa língua que já dispõe de correspondentes"[36]. Dá como exemplo a tradução de um adjetivo composto da autoria de Gerard Manley Hopkins, poeta inglês do século XIX, feita por Luís Gonçalves Bueno de Camargo. "Dapple-dawn-drawn" fica em português "mancha-manhã-marcado". José Paulo Paes aceita o original inglês, "não destoa da índole da língua inglesa", mas rejeita a tradução para o português, porque ela "soa como extravagância... violação... um caso de sobretradução"[37]. Ele se vale de George Steiner, "idioma centauro"[38], para descrever esse tipo de "entrelinguagem", linguagem "a meio caminho". Também cita George Steiner com referência às traduções de Hölderlin: "O ato mais violento e deliberadamente mais extremado de penetração e apropriação hermenêutica de que se tem notícia"[39]. Porém, Paes nos transmite a ideia falsa de que Steiner despreza Hölderlin. Steiner tem muita admiração pelo poeta alemão e suas traduções[40].

A maneira como Paes considera a tradução tem muito que ver com a ideia de apropriação de Steiner[41]. O idioleto do poeta origina-se na nomeação de Adão no jardim do Éden, mas esse idioleto acaba reforçando o socioleto da sociedade como o poeta normalmente escreve para a sociedade. O tradutor parte de um socioleto numa língua para o socioleto em outra,

> só que, por força da refração linguística – o trânsito por meios de diferente densidade –, reconstrói não o mesmo idioleto, mas outro, equivalente dele e congenial da língua-meta[42].

O tradutor tenta remontar o poema idioletal na língua-alvo. O movimento reverte o movimento original de escrever o poema – idioleto > socioleto – socioleto > idioleto. Para José Paulo Paes, "a confusão de Babel se resolve outra vez na ordem edênica da nomeação"[43].

3. Outros grupos de tradutores brasileiros

Em sua dissertação de mestrado, *A tradução do poema. Notas sobre a experiência da Geração de 45 e dos Concretos*[44], Jorge Wanderley compara os tradutores concretos com os tradutores chamados de a *Geração de 45*, Péricles Eugênio de Silva Ramos, Geir Campos, Jamil Almansur Haddad e Lêdo Ivo, cuja obra começou nos anos de 1940 e de 1950 e que, na sua maioria, estão ainda em atividade. Achamos a poética de tradução desse grupo muito semelhante à poética de sua poesia: eles enfatizam o valor de uma perfeição formal e de um rigor de composição; demonstram interesse na beleza e no adorno que resultou no rótulo de "neo-parnasianos"; de fato, sua poesia é uma reação contra muitos dos valores dos modernistas.

É muito mais difícil esquematizar as ideias sobre a tradução da *Geração de 45* porque elas nunca explicam certas atitudes que tomam com relação às traduções que fazem. Também encontramos um membro do grupo atacando outro membro do grupo. Grande parte de *Tradução e ruído na comunicação teatral* de Geir Campos[45] é dedicada a criticar a tradução que Péricles Eugênio de Silva Ramos fez de *Hamlet*.

Uma característica que eles têm em comum é uma aceitação irrestrita de que as "grandes" obras dos poetas europeus, sobretudo os poetas franceses, devem ser traduzidas para o português. O tradutor tem que permanecer o mais próximo possível do original; conforme Jamil Almansur Haddad, tem que ser fiel ao "sonho nirvânico de aniquilar-se diante da obra que traduz"[46].

O único ponto no qual a *Geração de 45* tem algo em comum com os tradutores concretos é na maneira com que frequentemente descrevem o ato de tradução. Encontramos uma celebração epifanística na descrição que Lêdo Ivo faz de seu momento de visão semelhante à autocontemplação jubilosa dos irmãos Campos:

> Quando acabei de traduzir Rimbaud, caía sobre a paisagem que eu fitava uma inaudita chuva de granizo. Tudo ficou sereno, de repente, e o arco-íris, que, criança, contemplei na paisagem total, atravessou o céu de lado a lado e tinha as cores das vogais do soneto de Rimbaud[47].

A tese de doutoramento de Jorge Wanderley, *A tradução do poema entre poetas do Modernismo: Manuel Bandeira, Guilherme de Almeida, Abgar Renault*[48], analisa as traduções desses três poetas modernistas. Porém, não consegue encontrar pontos em comum. As traduções de Bandeira, realmente uma extensão de sua própria poesia, são distintivas por seu frequente distanciamento do texto-fonte, dando uma impressão geral deste em vez de uma tradução palavra por palavra. De fato, várias de suas traduções, tais como a atualização do soneto de Castro Alves, *Adeus de Teresa*, e dos de Elizabeth Barrett Browning, são geralmente reconhecidas como de maior interesse do que os originais. Jorge Wanderley enfatiza a informalidade da atitude de Bandeira para com a tradução. Bandeira até admite, "sou bastante fundo no inglês"[49]. Prefere trabalhar "seguindo o próprio nariz do que acompanhando paideumas", e em seus *Poemas traduzidos*[50] traduz os mestres reconhecidos, tais como Goethe, Hölderlin, Paul Éluard e Ruben Darío, junto com poetas latino-americanos quase desconhecidos que eram amigos dele.

Guilherme de Almeida parece, para Jorge Wanderley, um membro do grupo da *Geração de 45*:

> aparece como um poeta de 22 que tivesse vivido à espera do espírito de 45 para aí se declarar plenamente em casa[51].

Suas traduções, rígidas, rigorosas e conservadoras, compartilham todas as características da *Geração de 45*. Suas anotações, que anatomicamente dissecam suas traduções, demonstram sua preocupação em produzir versões de Baudelaire e de outros poetas franceses, em cuja tradução se especializa o mais próximo possível dos originais. Conforme Jorge Wanderley:

> É uma preocupação que mostra o tradutor a trabalhar como se estivesse diante de um olhar vigilante e punitivo, grande fantasma de culpa dos eruditos... O purismo ultra--acadêmico... se volta para dar satisfações a um exigente monstro literário e gramático... (que) só existe mesmo... na cabeça de quem o concebe[52].

Abgar Renault, poeta mineiro, traduziu os poetas ingleses da Primeira Guerra Mundial para o português. Tem um sucesso misto. Consegue capturar certo clima, "elegíaco, nobre, digno, contido mas sempre vigoroso"[53], mas sua obra também apresenta "ingenuidades quase amadorísticas, como o recurso não só pragmático a rimas no infinito, inversões e arcaísmos"[54]. Apesar de não ter nenhuma intenção teórica, suas traduções, na sua maior parte, tentam adaptar a sintaxe inglesa dos poemas que está traduzindo para o português.

Embora Jorge Wanderley não consiga encontrar nenhuma característica geral dos tradutores modernistas (e aqui acredito que um estudo mais aprofundado seja necessário), ele une Manuel Bandeira e Guilherme de Almeida às gerações de tradutores seguintes:

> O autorismo óbvio da teoria da tradução existe em estado latente na dos concretistas, que recomenda enfaticamente o liberalismo, obriga a ser livre, sob pena de ser banal em desobedecendo. Por isso, ao fim de contas, o não-me-importantismo de Manuel Bandeira, o leve ar de molecagem que há por trás de suas transgressões, sua ausência de sisudez (compara-se o "sou bastante fundo no inglês" com Haroldo de Campos defendendo a validade... dos seus conhecimentos de chinês), tudo isto termina por fazer de Manuel Bandeira, na realidade, a mente menos rígida, por trás das três teorias[55].

4. Outros trabalhos sobre a tradução literária no Brasil

Outros trabalhos sobre a tradução literária no Brasil são muito menos definidos, e não é possível distinguir nenhuma outra escola de tradução literária. Há certos tipos que artigos sobre a tradução literária tendem a seguir. O primeiro é o de conselhos para o futuro tradutor. O escritor aconselha o futuro tradutor a evitar certas armadilhas e o modo como evitar certos falsos cognatos. Exemplos desse tipo são "Beware of Les Faux Amis" [Cuidado com os falsos amigos][56] de Agenor Soares dos Santos, "Questões de tradução"[57] de Zélia de Almeida Cardoso e os livros de Paulo Rónai, *Guia prático de tradução francesa*[58] e *Escola de tradutores*[59].

Um segundo tipo é o das lembranças pessoais. Um tradutor explica seus problemas quando traduziu certa obra. Muito material entra nesta categoria. Os títulos frequentemente revelam o conteúdo: *A tradução vivida* de Paulo Rónai[60]; *A tradução da grande obra literária (depoimentos)*[61]; "Uma odisséia tradutória"[62] de José Paulo Paes.

Um terceiro tipo compara várias traduções da mesma obra ou poema. Esse tipo de artigo é muitas vezes altamente prescritivo. Em "Emily Dickinson brasileira"[63], Walter Carlos Costa compara as traduções de Emily Dickinson de Manuel Bandeira: "tem valor poético... só não contém poesia dicksoniana (sic)"[64]; Mario Faustino: "permite... para quem não domina o inglês, conferir no original as qualidades de Emily"[65]; Aila de Oliveira Gomes: "Apesar da falta de ousadia das soluções... contém versos felizes"[66]; Idelma Ribeiro de Faria: "A mais apressada e antipoética"[67]; e Augusto de Campos: "(Emily Dickinson) encontra, finalmente, no Brasil, uma dicção paralela à sua"[68]. De modo semelhante, Erwin Theodor coloca-se como juiz. Em "A tradução de obras literárias alemãs no Brasil"[69] compara as versões de *Hälfte des Lebens* de Hölderlin, de Manuel Bandeira e de Paulo Quintela e depois propõe sua própria versão.

Quanto à teoria de tradução literária, há um quadro bastante confuso. Vários artigos justapõem citações e referências de vários críticos que não têm ligação nenhuma. Nas primeiras duas páginas de "Literalidade e criatividade na tradução"[70], Geir Campos cita o tradutor de literatura clássica William Arrowsmith, os escritores sobre as teorias linguísticas sobre a tradução Peter Newmark e Eugene A. Nida, o romântico alemão August Wilhelm Schlegel, o analista de discurso canadense Jean Delisle, junto com Octavio Paz, Paulo Rónai, para mencionar só alguns, numa "salada" de opiniões de escolas muito diferentes de teoria da tradução. Nunca há nenhum tipo de tentativa de colocar os escritores em suas escolas especializadas de pensamento.

Assim, a maioria dos trabalhos sobre a tradução no Brasil não se interessou por ideias abstratas, mas pela tradução prática. Paulo Rónai admite sua falta de interesse na teoria da tradução:

> Por inclinação natural do meu espírito, a especulação abstrata pouco me atrai... a indagar a filosofia e a metafísica da tradução, preferi ater-me a seus problemas concretos[71].

O mesmo autor parece desprezar Pound:

> Não serei provavelmente capaz de saborear a versão de Pound tão integralmente como um leitor de língua inglesa; mas, ainda que por ela perpasse a vibração que lhe atribuem, custa-me considerá-la um padrão de tradução[72].

Embora nunca tenha havido nenhuma batalha aberta no campo da tradução no Brasil entre, por exemplo, pessoas favoráveis e contrárias a Pound, algumas escaramuças foram vistas. Tal "aquecimento dos músculos" aconteceu na *Folha de S. Paulo* em 1985. Rosemary Arrojo relata essa confrontação no seu artigo "Paulo Vizioli e Nelson Ascher discutem John Donne: a que são fiéis tradutores e críticos de tradução?"[73] Ascher acusa Vizioli de ter traduzido Donne em linguagem ultrapassada e elogia a tradução de Augusto de Campos como "o trabalho magistral de um poeta". Em sua resposta, Vizioli pergunta por que Ascher julga que o uso que faz Augusto de Campos de um verso de Lupicínio Rodrigues é "um lance realmente inventivo". Rosemary Arrojo entra no ringue para apartar os adversários com sua ideia de que é realmente impossível julgar qual das duas traduções é a melhor. Cada tradutor de Donne tem sua opinião a respeito das qualidades do poeta, e é este ponto de vista que vem à luz na sua tradução. Arrojo desenvolve esse conceito de tradução em seu livro *Oficina de tradução*[74]. A tradução é um palimpsesto – cada nova tradução apaga traduções anteriores e produz sua própria interpretação do original. É impossível julgar qual é a melhor, ou se há uma melhor.

A tese de doutoramento de Mário Laranjeira, *Do sentido à significância: em busca de uma poética da tradução*[75], defende o ponto de que uma tradução tem de levar em conta a *significância* de um poema. Tem de seguir o original "não pela reprodução servil de uma estrutura-forma, mas por um trabalho na cadeia dos significantes capaz de gerar um poema autônomo e vivo"[76]. Esse conceito de *significância* vem do trabalho de Julia Kristeva:

> A semanálise desvencilha-se da obrigatoriedade de um ponto de vista central único, o de uma estrutura a *ser descrita* – e oferece a si mesma a possibilidade de captações combinatórias que lhe restitui a estruturação a *ser gerada*[77].

Uma boa tradução deveria refletir a relação entre os vários elementos do poema. Não basta equilibrar forma e conteúdo, e mais "a resultante de um trabalho operado nos níveis semântico, linguístico, estrutural e retórico-formal, integrados todos no nível semiótico-textual onde se dá a significância"[78].

Mário Laranjeira em seguida analisa traduções que conseguiram traduzir a *significância* e as que não conseguiram. O leitor da tradução da *Ballade des dames du temps jadis* de Villon feita por Guilherme de Almeida para o português arcaico "recebe o mesmo impacto do leitor francês"[79]. A tradução de Lêdo Ivo de *Faim* de Rimbaud, por outro lado, "se deixou perder nos elementos essenciais para a passagem da mimese para a significância"⁸⁰. A tradução de Augusto de Campos (*I was, I am* de e. e. cummings) "respeita rigorosamente a manifestação textual do original no seu específico processo de significação"⁸¹. Uma tradução que tem êxito consegue assumir seu lugar como um "texto", não somente como uma tradução, na língua-alvo.

Um estudo recente de grande interesse é a tese de doutoramento de Else Vieira, "Por uma teoria pós-moderna da tradução"⁸², na qual ela reúne várias ideias contemporâneas sobre a tradução. O enfoque inicial é a tradução brasileira de poesia a partir do fim dos anos 1960. Usando as traduções de Augusto e Haroldo de Campos e de Silviano Santiago, introduz o conceito de antropofagia. O tradutor brasileiro reproduz o original com sua marca distintiva. Else Vieira procura explicações nas teorias sobre a tradução para essa recusa dos tradutores brasileiros de priorizar o original. Admira as ideias de Benjamin e de Derrida (ver Capítulo VI, p. 153), mas considera que lhes falta suficiente estrutura teórica.

Encontra uma teoria mais consistente na semiótica de Pierce. Examina a conceituação da tradução como processo de iconização; o signo icônico como um representante parcial do objeto. Contudo, um sistema de representações icônicas tornará mais nítido o objeto representado. Assim, um conjunto das traduções feitas de textos de uma cultura tornará mais nítida a imagem dessa cultura. O signo também é reversível, o que quer dizer que esse mesmo conjunto de traduções tornará mais clara a imagem da cultura receptora. A autora considera que a grande desvantagem da teoria semiótica aplicada à tradução é seu excesso de abstração.

Encontra um modelo mais viável, mais inserido na sociedade, e também compatível com Pierce, nas ideias de André Lefevere, que, em seus escritos sobre a refração de textos, demonstra uma ação recíproca do texto traduzido com diversas outras formas de texto reescrito ou refrações de uma cultura. Essa dimensão cultural permite o exame do processo de formação de imagens e de cânones culturais através da tradução.

Muito pouco foi escrito em termos de uma abordagem histórica ou descritiva da tradução literária no Brasil. José Paulo Paes compilou uma história compacta da tradução no Brasil[83]. Christl Brink catalogou obras traduzidas do alemão para o português no período após a Segunda Guerra Mundial[84]. Carlos Daghlian listou todas as traduções feitas dos poemas de Emily Dickinson no Brasil[85]. Nelly Novaes Coelho examinou a introdução da literatura infantil no Brasil no século XIX[86]. A maioria dos livros infantis neste período chegaram no Brasil ou na versão francesa (muitas vezes traduzidos do original inglês ou alemão) ou de Portugal numa tradução portuguesa da versão francesa. Também, Nelly Novaes Coelho examina os vários gêneros de literatura infantil importada, desde as primeiras traduções e adaptações de Walter Scott e *Robinson Crusoe* até as revistas em quadrinhos de hoje.

Sergio Bellei compara a tradução bastante apurada de *The Raven* [*O corvo*] de Fernando Pessoa, na qual consegue recriar várias das técnicas de Poe, com a de Machado de Assis, que ignora o esquema de rima e as rimas internas do original e minimiza "a significância do drama individual do amante e... o substitui retirando a ênfase do corvo como simbólico da perda, dúvida e lembrança imortal e dolorosa do amor perdido para sempre"[87]. Bellei dá suas razões para essa mudança de direção:

> Diferentemente de Pessoa, Machado é o escritor na colônia que sofria de certo tipo de angústia da influência e que estava particularmente consciente das implicações dessa ansiedade para a construção da nacionalidade na literatura[88].

Mais do que "traduzir" Poe, Machado dele se "apropria" a fim de ecoar os temas dos *Occidentais*, o volume de poemas que essa tradução abre. Bellei introduz o conceito de "origens" contra "começos". Seguindo o trabalho de Mario Curvello, constata que Machado estava sempre consciente da dívida do Brasil para com suas origens europeias e, como resultado, desconfiava das tentativas de empreender "novos começos". Um meio-termo entre as duas posições podia ser o resultado da "apropriação" dos textos estrangeiros. Assim, o escritor brasileiro podia criar uma obra que iria conter tanto as "origens" como os "começos", como foi feito na tradução de Machado de *The Raven*.

O livro de Onédia Barbosa, *Byron no Brasil: traduções*[89], analisa todas as traduções da obra de Byron feitas no Brasil entre 1832 e 1914. A influência de Byron no Brasil na segunda metade do século XIX foi enorme, e Byron até se tornou uma figura da moda, tanto nos círculos da alta classe como entre estudantes, entre estes os estudantes da Faculdade de Direito de São Paulo, que organizaram cerimônias macabras no Cemitério da Consolação. Onédia Barbosa mostra que até 1855 a maioria das traduções de Byron foi feita diretamente do inglês, mas depois de 1855 a maioria foi feita a partir das traduções de Byron francesas de Laroche, Barré e Pichot. A grande parte das traduções foi feita por poetas de segunda categoria em verso branco. E entre os poemas traduzidos, os mais populares foram *Parisina*, *Childe Harold* e *Hebrew Melodies*. De fato, a moda de Byron era tão forte no século XIX que José de Alencar apresentou o herói do seu romance *Senhora*, Seixas, um dândi carioca, como um tradutor de Byron:

> Às vezes repetia as traduções que havia feito das poesias soltas do bardo inglês; essas joias literárias, vestidas com esmero, tomavam maior realce na doce língua fluminense e nos lábios de Seixas, que as recitava como trovador[90].

Gentil de Faria continua o trabalho de Onédia Barbosa no exame de traduções do inglês feitas por aqui em estudos sobre a influência de Oscar Wilde no Brasil. Sua dissertação de mestrado contém uma lista de todas as traduções de Wilde feitas no Brasil[91]. Semelhante a Byron, a imagem literária de Wilde no nosso país era muito diferente daquela na Inglaterra. As sátiras sociais de Wilde eram relativamente desconhecidas: *The Importance of Being Earnest* [*A importância de ser ernesto/prudente*] só foi traduzida pela primeira vez em 1960. O Wilde que o Brasil importou foi a versão francesa – o esteta *par excellence*. Em *A presença de Oscar Wilde na "belle époque" literária brasileira*[92], Gentil de Faria demonstra que a grande maioria das traduções de Wilde foram feitas do francês, e que suas obras mais populares entre nós, *The Ballad of Reading Gaol*, *Salomé* e *The Portrait of Dorian Gray*, tiveram muita influência entre os escritores do *decadentismo* nos primeiros vinte anos do século. De fato, os modernistas reagiram contra Wilde e sua influência. Gentil de Faria cita Menotti del Picchia, que disse que Wilde era um entre vários autores que devia ser "morto" porque sua obra é "postiça, artificial, arrevezada, preciosa"[93].

A teoria da tradução literária no Brasil nos apresenta, pois, um quadro irregular, que, na minha opinião, é semelhante à maioria dos países. O perfil dos irmãos Campos é transparente, tanto quanto as ideias de José Paulo Paes. Mário Laranjeira apresenta seu argumento para traduzir a *significância* de um poema, mas o resto do campo é vago e nebuloso. Jorge Wanderley nos apresenta um perfil das opiniões das ideias sobre tradução da *Geração de 45*, mas não consegue encontrar uma teoria ou abordagem "modernista" da tradução literária.

Como adequarmos, então, a tradução literária no Brasil às teorias de tradução literária que já vimos? Os irmãos Campos reconhecem Pound como um dos seus mentores. As discussões sobre a tradução poucas vezes ficam longe dos argumentos tradicionais sobre forma *versus* conteúdo. Embora

A TEORIA DA TRADUÇÃO LITERÁRIA NO BRASIL 249

haja poucas referências aos *Augustans*, o espírito de Dryden está sempre presente. Seus parâmetros de *metáfrase, paráfrase* e *imitação* ainda orientam a grande parte das referências à tradução no Brasil. E este é o aspecto sobre o qual espero tenha este livro lançado algumas luzes: qual seja, o de que os parâmetros de Dryden são a base para a maioria dos tipos de tradução literária. As *belles infidèles* francesas mostram a *imitação* como a forma normal de tradução na França no século XIX. Goethe, Schleiermacher e os escritores alemães elogiam a tradução literal, a *metáfrase*, mas descrevem esta tradução que segue o original com um entusiasmo que contrasta plenamente com Dryden. Ezra Pound dá uma ênfase diferente à *imitação*: a voz do tradutor deve ser ouvida, e esta tem sido a forma de muitas traduções contemporâneas. A tendência favorecida pela maioria dos escritores do Capítulo VI é a de seguir a forma do original. A mensagem da literatura, sobretudo a poesia, está na forma. Uma *metáfrase* se aproxima mais do coração do poema do que uma *paráfrase* ou imitação.

Assim, se as ideias de Dryden já foram repetidas *ad nauseam*, quais são os rumos do desenvolvimento futuro da tradução literária? Acredito que não se possa acrescentar nada às ideias de Dryden e Pound. Em contraste com isso, há que se fazer muito na descrição da influência da tradução nas histórias de várias literaturas. Tenho certeza de que muitos estudos seguirão as linhas dos que descrevi no Capítulo VII.

Porém, também acredito que há outros aspectos da tradução literária que serão desenvolvidos. Usando as ideias de Meschonnic, podemos analisar a tradução de um ponto de vista socioantropológico[94]: qual é a importância da tradução na mudança das formas de pensamento de culturas inteiras? E qual é o papel político da tradução? Derrida enfatiza o papel mítico da tradução. Acredito que todas as culturas têm seu mito da Torre de Babel. Como é que eles diferem? Os escritores alemães, Pound, Benjamin, Paz, Derrida e outros enfatizam a centralidade da tradução ao pensamento e ao conhecimento. Com certeza, esse papel ontológico da tradução deve ser analisado em maiores detalhes. E como é que as traduções mudam nossa compreensão de textos? Tenho certeza de que há muito mais traduções para serem desconstruídas. E que podemos dizer sobre futuros estudos de tradução literária no Brasil? Espero que este capítulo possa nos encaminhar em algumas direções. Falta uma história da tradução literária no Brasil. Talvez José Paulo Paes subestime a importância da tradução na história da literatura brasileira ao dizer que aqui a tradução teve uma influência limitada, já que a maioria dos autores brasileiros sabia ler outras línguas[95]. E teria a quantidade considerável de poesia traduzida hoje em dia alguma influência sobre a poesia escrita em português no Brasil? Há algo como uma tradução da "academia" ou da "contra-academia"? É possível encontrar uma abordagem modernista da tradução? Segundo o artigo de Sérgio Bellei, podemos falar de algo como uma tradução "nacionalista"? Se a resposta é afirmativa, quais são as suas características? E foi este tipo de tradução muito comum no Brasil? Juntamente com essas e muitas outras perguntas há as vastas selvas virgens da tradução do romance e do drama à espera de mãos hábeis...

REFERÊNCIAS

A citação na abertura do capítulo é de *A tradução do poema. Notas sobre a experiência da Geração de 45 e dos Concretos*, p. 158. Para referências completas veja Nota 1 a seguir.

1. *A tradução do poema. Notas sobre a experiência da Geração de 45 e dos Concretos*, Jorge Wanderley. Dissertação de mes-

trado. PUC, Rio de Janeiro, 1983. *A tradução do poema entre poetas do Modernismo: Manuel Bandeira, Guilherme de Almeida, Abgar Renault*, Jorge Wanderley. Tese de doutoramento. PUC, Rio de Janeiro, 1988.

2. "Nos bastidores da tradução", Ana Cristina Cesar. Em *Escritos de Inglaterra*. Brasiliense, São Paulo, 1988.

3. Por exemplo, em "O texto como produção", Haroldo de Campos, em *A operação do texto*. Perspectiva, São Paulo, 1976, p. 45.

4. "Nos bastidores da tradução", *op. cit.*, p. 142.

5. Em "Octavio Paz e a poética da tradução", Haroldo de Campos, em Folhetim, *Folha de S. Paulo*, 9 de janeiro de 1987.

6. Em "e. e. cummings: olho e fôlego", em *e. e. cummings 40 POEM(A)S*. Ministério de Educação e Cultura, Serviço de Documentação, Rio de Janeiro, 1960.

7. Em "Nos bastidores da tradução", *op. cit.*, p. 143.

8. Em nota de rodapé a "O texto-espelho (Poe, engenheiro de avessos)". Em *A operação do texto*, *op. cit.*, p. 35.

9. Em *Verso, reverso, controverso*, Augusto de Campos. Perspectiva, São Paulo, 1979, p. 214.

10. *Panorama de Finnegan's Wake*, Augusto e Haroldo de Campos. Perspectiva, São Paulo, 1970, p. 57.

11. Para referências a Benjamin, veja "Transluciferação mefistofáustica" em *Deus e o diabo no Fausto de Goethe*, Haroldo de Campos. Perspectiva, São Paulo, 1981. A influência de Jakobson sobre o pensamento de Haroldo de Campos pode ser vista particularmente em "O texto-espelho (Poe, engenheiro de avessos)". Os irmãos Campos constantemente fazem homenagem a Pound; ver particularmente *Ezra Pound, poesia*, traduções de Augusto e Haroldo de Campos, Décio Pignatari, J. L. Grünewald e Mário Faustino. Hucitec, São Paulo, 1985. Este belo livro comemorou o centenário do nascimento de Pound. Porém, parece-me que as estratégias de tradução dos irmãos Campos recebem pouca influência do conceito de Pound de "Renovar". Isso foi o argumento central de uma monografia que apresentei, "Do the Campos Brothers Really Make It New or Do They Just Pretend To?" ["Os irmãos Campos realmente "renovam", ou só fingem?"], no XXII Seminário Nacional de Professores de Literatura Inglesa realizado em Poços de

Caldas, MG, janeiro de 1990. Essa monografia desenvolveu alguns dos pontos abordados por Jorge Wanderley, que são apresentados neste capítulo.

12. Em "Octavio Paz e a poética da tradução", *op. cit.*
13. Em "Da tradução como criação e como crítica", em *Metalinguagem*, Haroldo de Campos. Cultrix, São Paulo, 1976, p. 27.
14. Citado na tese de doutoramento de Antônio Medina Rodrigues, *Odorico Mendes: tradução da épica de Virgílio e Homero.* USP, 1980.
15. "Da tradução como criação e como crítica", *op. cit.*, p. 28.
16. De "Transluciferação mefistofáustica", *op. cit.*, p. 184-5.
17. "Nos bastidores da tradução", *op. cit.*, p. 144.
18. *Ibid.*, p. 144.
19. *Verso, reverso, controverso*, *op. cit.*, p. 10.
20. *Ibid.*, p. 150-3.
21. *O anticrítico*, Augusto de Campos. Companhia das Letras, São Paulo, 1986, p. 130-1.
22. Citado em *Verso, reverso, controverso*, p. 201.
23. *Ibid.*, p. 214.
24. *A tradução do poema. Notas sobre a experiência da Geração de 45 e dos Concretos*, *op. cit.*, p. 126.
25. *Ibid.*, p. 126.
26. *Ibid.*, p. 8.
27. "Transluciferação mefistofáustica", *op. cit.*, p. 184.
28. *Mallarmé*, "Nota introdutória", Haroldo de Campos. Em *Mallarmé*, Augusto de Campos, Haroldo de Campos e Décio Pignatari. Perspectiva, São Paulo, 1974.
29. *A tradução do poema. Notas sobre a experiência da Geração de 45 e dos Concretos*, *op. cit.*, p. 135-6.
30. *Ibid.*, p. 135-6.
31. "O texto-espelho (Poe, engenheiro de avessos)", *op. cit.*, p. 28-30.
32. *Ibid.*, p. 39.
33. *A tradução do poema. Notas sobre a experiência da Geração de 45 e dos Concretos*, *op. cit.*, p. 157.
34. *Ibid.*, p. 147 e 157.
35. *Ibid.*, p. 158.

36. "Sobre a tradução de poesia", em *Tradução: a ponte necessária*, José Paulo Paes. Ática, São Paulo, 1990, p. 43.
37. *Ibid.*, p. 44-5.
38. *Ibid.*, p. 42.
39. *After Babel*, George Steiner, Oxford, 1975, p. 323: "They represent the most violent, deliberately extreme act of hermeneutic penetration and appropriation of which we have knowledge."
40. *Ibid.*, p. 323-33.
41. Ver anteriormente, Introdução, p. 1.
42. "Sobre a tradução de poesia", *op. cit.*, p. 48.
43. *Ibid.*, p. 48.
44. Para as referências completas, ver Nota 1, anterior.
45. *Tradução e ruído na comunicação teatral*, Geir Campos. Álamo, São Paulo, 1982.
46. *As flores do mal – Baudelaire*, Jamil Almansur Haddad. Max Limonad, São Paulo, 1981, p. 11.
47. Em *A tradução do poema. Notas sobre a experiência da Geração de 45 e dos Concretos*, *op. cit.*, p. 95.
48. *A tradução do poema entre poetas do Modernismo: Manuel Bandeira, Guilherme de Almeida, Abgar Renault*, *op. cit.*
49. *Ibid.*, p. 11. De *Itinerário de Pasárgada*.
50. *Poemas traduzidos*, Manuel Bandeira. Edições de Ouro, Rio de Janeiro, 1966.
51. *A tradução do poema entre poetas do Modernismo...*, *op. cit.*, p. 142.
52. *Ibid.*, p. 200.
53. *Ibid.*, p. 208.
54. *Ibid.*, p. 161.
55. *Ibid.*, p. 143. Na obra de Mário de Andrade, só encontrei duas referências à tradução. Em "Carta a Hilda Kowsmann", Mário de Andrade escreve à tradutora alemã de sua poesia que a mudança na ordem de palavras na sua tradução de "Tão bonitas, tão modernas, tão brasileiras!" para "So brasilianisch, so hübsch und modern!" dilui a hesitação que Mário de Andrade tentou introduzir ao colocar "brasileiras" como o último adjetivo.

Em "Tradutores poetas", Mário de Andrade comenta que as traduções de prosa de ficção no Brasil são inferiores às traduções de poesia. Os melhores tradutores de poesia, Onestaldo de Pennafort, Guilherme de Almeida, Abgar Renault e Manuel Bandeira, conseguem manter o espírito do original enquanto "os nossos bons tradutores de prosa se limitam a pôr em gramática, quando tinham de pôr em estilo". De *Remate de males*, ed. Iumna Maria Simon, Depto. de Teoria Literária, UNICAMP, 1984.

56. "Beware of les Faux Amis", em *Tradução e comunicação*, n.º 9, dez. 1986, p. 59-64.

57. "Questões de tradução", Zélia de Almeida Cardoso, em *Tradução e comunicação*, n.º 4, julho de 1984, p. 119-28.

58. *Guia prático de tradução francesa*, Paulo Rónai. Educom, Rio de Janeiro, 1975.

59. *Escola de tradutores*, Paulo Rónai. Educom, Rio de Janeiro, 1976.

60. *A tradução vivida*, Paulo Rónai. Nova Fronteira, Rio de Janeiro, 1981.

61. *A tradução da grande obra literária (depoimentos)*, ed. Waldiva Marchiori Portinho. Álamo, São Paulo, 1982.

62. "Uma odisséia tradutória", José Paulo Paes. Em *Tradução e comunicação*, n.º 6, julho de 1985, p. 35-48. Também em *Tradução: a ponte necessária, op. cit.*

63. "Emily Dickinson brasileira", Walter Carlos Costa, em *Ilha do desterro*, n.º 17, primeiro semestre de 1987. Editora da Universidade Federal de Santa Catarina, Florianópolis.

64. *Ibid.*, p. 79.

65. *Ibid.*, p. 81.

66. *Ibid.*, p. 84.

67. *Ibid.*, p. 86.

68. *Ibid.*, p. 86.

69. "A tradução de obras literárias alemãs no Brasil", Erwin Theodor, em *Revista do Instituto de Estudos Brasileiros*, n.º 16, 1975, p. 57-8.

70. "Literalidade e criatividade na tradução", Geir Campos, em *Tradução e comunicação*, n.º 7, dez. 1985, p. 9-20.

71. *Escola de tradutores, op. cit.*, p. 176.

72. *Ibid.*, p. 146.

A TEORIA DA TRADUÇÃO LITERÁRIA NO BRASIL 255

73. "Paulo Vizioli e Nelson Ascher discutem John Donne: a que são fiéis tradutores e críticos de tradução?", Rosemary Arrojo, em *Tradução e comunicação*, n.º 9, dez. 1986, p. 133-42. A resenha de Nelson Ascher da tradução de Paulo Vizioli dos poemas de John Donne, *John Donne: o poeta do amor e da morte*, foi publicada na *Folha de S. Paulo*, 29 de abril de 1985. Em 5 de maio a réplica de Paulo Vizioli foi publicada no mesmo jornal, e em 12 de maio a tréplica de Nelson Ascher foi publicada.
74. *Oficina de tradução*, Rosemary Arrojo. Ática, São Paulo, 1986.
75. *Do sentido à significância: em busca de uma poética da tradução*, Mário Laranjeira. Tese de doutoramento, USP, 1989.
76. *Ibid.*, p. 187.
77. "Sémanalyse, et production de sens", Julia Kristeva, citada por Mário Laranjeira, em *ibid.*, p. 100.
78. *Ibid.*, p. 160.
79. *Ibid.*, p. 141.
80. *Ibid.*, p. 123.
81. *Ibid.*, p. 155.
82. *Por uma teoria pós-moderna da tradução*, Else Ribeiro Pires Vieira. Tese de doutoramento, Universidade Federal de Minas Gerais, Belo Horizonte, 1992.
83. "A tradução no Brasil", José Paulo Paes, em Folhetim, *Folha de S. Paulo*, 18 de setembro de 1983. Também em *Tradução: a ponte necessária, op. cit.*
84. "Traduções de obras alemãs no Brasil", Christl Brink, em *Tradução e comunicação*, n.º 5, dez. 1984, p. 53-74.
"A literatura infanto-juvenil alemã traduzida no Brasil", Christl Brink, em *Tradução e comunicação*, n.º 6, julho de 1985, p. 49-72.
"Tradutores de obras alemãs no Brasil (1984-1986)", Christl Brink, em *Tradução e comunicação*, n.º 8, julho de 1986, p. 61-82.
85. Em *A obsessão irônica na poesia de Emily Dickinson*, Carlos Daghlian. Tese de livre-docência, UNESP, São José do Rio Preto, 1987, p. 26-291.
86. "Tradução: núcleo geratriz da literatura infantil/juvenil", Nelly Novaes Coelho, em *Ilha do desterro*, n.º 17, *op. cit.*, p. 21-32.

87. "*The Raven* by Machado de Assis", Sergio Bellei, em *Ilha do desterro*, n.º 17, *op. cit.*, p. 47-62.

88. *Ibid.*, p. 61.

89. *Byron no Brasil: traduções*, Onédia Célia de Carvalho Barbosa. Ática, São Paulo, 1975.

90. Em *Byron no Brasil: traduções, op. cit.*, p. 259. Veja também *A escola byroniana no Brasil*, Pires de Almeida. Conselho Estadual de Cultura, São Paulo, 1962, para uma ideia da influência de Byron no Brasil.

91. *Oscar Wilde no Brasil: contribuição aos estudos da "belle époque" literária brasileira*, Gentil de Faria. Dissertação de mestrado, USP, 1976.

92. *A presença de Oscar Wilde na "belle époque" literária brasileira*, Gentil de Faria. Pannartz, São Paulo, 1988.

93. *Ibid.*, p. 215.

94. Para o elemento antropológico da tradução, ver "A Tour of Babel", David Richards, em *Sir James Frazer and the Literary Imagination*, ed. Robert Fraser. Macmillan, Londres, 1990.

95. "A tradução no Brasil", *op. cit.*: "... a influência das traduções sobre a literatura brasileira é limitada. Isso porque muitos de nossos poetas, romancistas e teatrólogos, por conhecerem idiomas estrangeiros, puderam travar conhecimento com os autores de quem iriam eventualmente sofrer influência antes de haverem sido vertidos para o português".

Palavras finais

Peço desculpas se este livro tem muito sabor de zelo missionário. Porém, se há uma área de estudos literários na qual o zelo missionário é bem aproveitado, esta é a dos estudos da tradução. Durante muito tempo foi a Cinderela do mundo literário; de fato, quase não pertencia ao mundo literário; pertencia ao mundo de crepúsculo de notas de rodapé e apêndices. Para dar dois exemplos no Brasil, podemos observar a *História concisa da literatura brasileira* de Alfredo Bosi e a *Formação da literatura brasileira* de Antonio Candido. Bosi somente arrola "algumas versões de grandes poetas estrangeiros que começaram a falar em português à nossa sensibilidade"[1]. Antonio Candido enfatiza o número de traduções feitas de 1830 a 1854, sobretudo romances de segunda categoria traduzidos do francês, e faz a pergunta: "Quem sabe quais e quantos desses subprodutos influíram na formação do nosso romance?" Sua resposta mostra uma consciência da importância da tradução no desenvolvimento da literatura brasileira, mas Antonio Candido não desenvolve sua análise: "Às vezes, mais do que os livros de peso em que se fixa de preferência a atenção."[2]

Em muitos casos, os escritores sobre a tradução não ajudaram o desenvolvimento dos estudos da tradução literária. Muito do que foi escrito sobre a tradução tanto dentro como fora do Brasil foi amadorístico e diletante. A própria tradução foi muitas vezes um passatempo. Para repetir as palavras de Jorge Wanderley: "a sempre desprezada, embora nem sempre desprezível, tradução dominical"[3].

Espero que a argumentação deste livro tenha sido clara: a de que os estudos atuais sobre a tradução literária estão renovando as ideias na área, dando-lhe grande energia. Estudos empíricos sobre a tradução literária, tais como os dos grupos *Manipulation* e de Göttingen, estão crescendo, e as abordagens originais descritas no Capítulo V fornecem uma base para o estudo da tradução como uma disciplina epistemológica central.

Talvez a maior lacuna que este livro possa preencher é a da falta de conhecimento da teoria da tradução no Brasil. Pound já foi traduzido, e foi popularizado pelos irmãos Campos, mas as traduções *Augustans* e as alemãs são desconhecidas no Brasil, para não dizer nada sobre obras mais recentes sobre a matéria. Se este livro não fizer nada além de difundir um pouco tais ideias, já terá alcançado êxito.

REFERÊNCIAS

1. *História concisa da literatura brasileira*, Alfredo Bosi. Cultrix, São Paulo, 1972, p. 538.
2. *Formação da literatura brasileira*, 2º vol., Antonio Candido. EDUSP e Editora Itatiaia, São Paulo, 1975, p. 122.
3. *A tradução do poema. Notas sobre a experiência da Geração de 45 e dos Concretos*, Jorge Wanderley. Dissertação de mestrado, PUC, Rio de Janeiro, 1983, p. 158.

Bibliografia

AGUIAR, Ofir Bergemann de. *Abordagens teóricas da tradução*. Goiânia: Editora da UFG, 2000.
ALEXANDER, Michael. *The Poetic Achievement of Ezra Pound*. Londres, Faber & Faber, 1979.
ALMEIDA, Pires de. *A escola byroniana no Brasil*. São Paulo, Conselho Estadual de Cultura, 1962.
ALVES, Fábio; MAGALHÃES, Célia; e PAGANO, Adriana (orgs.). *Traduzir com autonomia*. São Paulo: Contexto, 2000.
AMORIM, Lauro M. *Tradução e adaptação*: encruzilhadas da textualidade. São Paulo: UNESP, 2006.
AMOS, Flora Ross. *Early Theories of Translation*. Nova York, Colombia Univ. Press, 1920.
APTER, Ronnie. *Digging For Treasure: Translation After Pound*. Nova York, Peter Lang, 1984.
ARNOLD, Matthew. *On Translating Homer*. Londres, Routledge, sem data.
ARROJO, Rosemary. *Oficina de tradução*. Ática, São Paulo, 1986.
_____. "Paulo Vizioli e Nelson Ascher discutem John Donne: a que são fiéis tradutores e críticos de tradução?". Em: *Tradução e comunicação*, n.º 9, dez. 1986.
ARROWSMITH, William; e SHATTUCK, Roger (eds.). *The Craft and Context of Translation*. Austin, Univ. do Texas, 1961.
ASCHER, Nelson. Resenha de *John Donne: o poeta do amor e da morte*, de Paulo Vizioli, em *Folha de S. Paulo*, 29 abr. 1985.
BAKER, Mona. "Towards a Methodology for Investigating the Style of a Literary Translator", *Target* 12:2, 2000, p. 241-66.

BANDEIRA, Manuel. *Poemas traduzidos*. Rio de Janeiro, Edições de Ouro, 1966.

BARBOSA, Onédia Célia de Carvalho. *Byron no Brasil: traduções*. São Paulo, Ática, 1975.

BARTHES, Roland. *Le plaisir du texte*. Paris, Seuil, 1973. [Trad. português, J. Guinsburg. *O prazer do texto*. São Paulo, Perspectiva, 1977.]

BASS, Alan. "On the History of a Mistranslation and the Psychoanalytic Movement". Em: *Difference in Translation*, Joseph F. Graham (ed.).

BASSNETT, Susan. *Translation Studies*, Londres, Methuen, 1980.

_____. "Ways Through the Labyrint. Strategies and Methods for Translating Theatre Texts". Em: *The Manipulation of Literature*, Theo Hermans (ed.).

_____; e LEFEVERE, André (orgs.). *Translation, History and Culture*. Londres e Nova York: Pinter, 1990.

BELITT, Ben. *Adam's Dream*. Nova York, Grove Press, 1978.

BELLEI, Sergio. "*The Raven* by Machado de Assis". Em: *Ilha do desterro*, n.º 17, 1987.

BENJAMIN, Walter. "Die Aufgabe des Übersetzers". Em: *Das Problem des Übersetzens*, Hans Joachim Störig (ed.). [Trad. inglesa, "The Task of the Translator" de Harry Zohn, em: *Illuminations*, Hannah Arendt (ed.), Nova York, Schocken, 1969; trad. francesa, "La Tâche du traducteur" de Maurice de Gandillac, em: *Walter Benjamin: Oeuvres*, vol. 1, *Mythe et vio-lence*. Paris, Les Lettres Nouvelles, 1971.]

BERMAN, Antoine. *L'épreuve de l'étranger*. Paris: Gallimard, 1984. [Trad. português: *A prova do estrangeiro*. Tradução de Maria Emília Pereira Chanut. Bauru: EDUSC, 2002.]

_____. *La Traduction de La Lettre ou l'auberge du Lointain*. Mauvezin: Trans-Europa Press, 1985. [Trad. português: *A tradução e a letra ou o albergue do longínquo*. Tradução de Marie-Hélène Torres, Mauri Furlan e Andréia Guerini. Rio de Janeiro, 7 Letras, 2007.]

BESSA, Antonio Sergio; e CISNEROS, Odile. *Novas: Selected Writings of Haroldo de Campos*. Evanston: Northwestern University Press, 2007.

BLACKMUR, R. P. "Masks of Ezra Pound". Em: *Penguin Critical Anthologies: Ezra Pound*, J. P. Sullivan (ed.).
BLAMIRES, David. "The Early Reception of the Grimms' *Kinder und Hausmärchen* in England". In *The Translation of Children's Literature: A Reader*. Ed.: Gillian Lathey. Clevedon: Multilingual Matters, 2006, p. 163-74.
BORGES, Jorge Luis. "El zahir", "La escritura del Dios", "La busca de Averroes" e "El Aleph". Em: *El Aleph*. Madri e Buenos Aires, Alianza/Emecé,1971.
_____. "Pierre Ménard, autor del Quijote". Em: *Ficciones*. Madri e Buenos Aires, Alianza/Emecé, 1971.
_____. "Undr" e "El libro de Arena". Em: *El libro de Arena*. Buenos Aires, Emecé, 1975.
_____. "El enigma de Edward Fitzgerald". Em: *Outras inquisiciones*. Madri, Alianza, 1981.
_____. "Los traductores de las 1.001 noches". Em: *Obras completas de Jorge Luis Borges*. Buenos Aires, Emecé, 1974.
BOSI, Alfredo. *História concisa da literatura brasileira*. São Paulo, Cultrix, 1972.
BOSLEY, Keith. "Fit Only for Barbarians". Em: *Encrages: Poésie/Traduction*. Printemps-Eté, 1980.
BREITINGER, Johann Jacob. *Kritische Dichtkunst*. Stuttgart, Mekler, 1966.
BRINK, Christl. "Traduções de obras alemãs no Brasil". Em: *Tradução e comunicação*, n.º 5, dez. 1984.
_____. "A literatura infanto-juvenil alemã traduzida no Brasil". Em: *Tradução e comunicação*, n.º 6, jul. 1985.
_____. "Tradutores de obras alemãs no Brasil (1984-1986)". Em: *Tradução e comunicação*, n.º 8, jul. 1986.
BRONTË, Charlotte. *The Professor*. Londres: Dent, 1955. [Trad. português: *O Professor*. Tradução de José Maria Machado. São Paulo: Clube do Livro, 1958.
BROOKS BARTLETT, Phyllis (ed.) *The Poems of George Chapman*. Nova York, Russell & Russell, 1962.
BROTHERSTON, Gordon. "Don Quixote's Tapestry: Translation and Critical Response". Em: *Second Hand*, Theo Hermans (ed.).

BROWER, Reuben. "Seven Agamemnons". Em: *On Translation*, Reuben Brower (ed.).
_____. *On Translation*. Harvard, 1959. Reuben Brower (ed.).
CAMPOS, Augusto de. *Verso, reverso, controverso*. São Paulo, Perspectiva, 1978.
_____. *O anticrítico*. São Paulo, Companhia das Letras, 1986.
_____. *e. e. cummings 40 POEM(A)S*. São Paulo, Brasiliense, 1986.
_____. *Mais provençais*. São Paulo, Companhia das Letras, 1987.
_____; e CAMPOS, Haroldo de. *Panorama do Finnegan's Wake*. São Paulo, Perspectiva, 1970.
_____. *Mallarmé*. São Paulo, Perspectiva, 1974.
_____; CAMPOS, Haroldo de; PIGNATARI, Décio; GRÜNEWALD, J. L.; e FAUSTINO, Mário. *Ezra Pound, poesia*. São Paulo, Hucitec, 1985.
_____; CAMPOS, Haroldo de; e SCHNAIDERMAN, Boris. *Poesia russa moderna*. São Paulo, Perspectiva, 1985.
_____. *Maiakóvski*. São Paulo, Perspectiva, 1985.
CAMPOS, Geir. *Tradução e ruído na comunicação teatral*. Álamo, São Paulo, 1982.
_____. "Literalidade e criatividade na tradução". Em: *Tradução e comunicação*, n.º 7, dez. 1985.
CAMPOS, Haroldo de. "Da tradução como criação e como crítica". Em: *Metalinguagem*. São Paulo, Cultrix, 1976.
_____. "O texto como produção" e "O texto-espelho (Poe, engenheiro de avessos)". Em: *A operação do texto*. São Paulo, Perspectiva, 1976.
_____. "Transluciferação mefistofáustica". Em: *Deus e o diabo no Fausto de Goethe*. São Paulo, Perspectiva, 1981.
_____. "Octavio Paz e a poética da tradução". Em: Folhetim, *Folha de S. Paulo*, 9 de janeiro de 1987.
_____. "On Translation as Creation and as Criticism". In *Translation Studies*. Tradução de John Milton e edição de Mona Baker. 4 vols. Londres: Routledge, 2009.
CANDIDO, Antonio. *Formação da literatura brasileira*. São Paulo, Editora da Universidade de São Paulo e Editora Itatiaia, 1975.

CARDOSO, Zélia de Almeida. "Questões de tradução". Em: *Tradução e comunicação*, n? 4, julho de 1984.
CARNE-ROSS, D. S. "Translation and Transposition". Em: *The Craft and Context of Translation*, William Arrowsmith e Roger Shattuck (ed.).
CATFORD, John. *A Linguistic Theory of Translation*. Nova York, Oxford University Press, 1965.
CESAR, Ana Cristina. "Nos bastidores da tradução". Em: *Escritos de Inglaterra*. São Paulo, Brasiliense, 1988.
CHOURAQUI, André. *L'Univers da la Bible*, 6 vols. Paris, Lidis, 1984.
COELHO, Nelly Novaes. "Tradução: núcleo geratriz da literatura infantil/juvenil". Em: *Ilha do desterro*, n? 17, 1987.
COHEN, J. M. *English Translators and Translations*. Londres, Longman Green, 1962.
COSTA, Walter Carlos. "Emily Dickinson brasileira". Em: *Ilha do desterro*, n? 17, 1987.
COWLEY, Abraham, em *The British Poets*, vol. XIV. Londres, Whittingham, Chiswick, 1822.
D'HULST, Lieven; LAMBERT, José; e BRAGT, Katrin von. "Translated Literature em France, 1800-1850". Em: *The Manipulation of Literature*, Theo Hermans (ed.).
DAVIE, Donald. *Ezra Pound, The Poet as Sculptor*. Nova York, Oxford University Press, 1964.
_____. *Pound*. Fontana Modern Masters. Londres, Fontana, 1975.
DEKKER, George. *Sailing After Knowledge*. Londres, Routledge & Kegan Paul, 1963.
DERRIDA, Jacques. "Des tours de Babel", original e tradução para o inglês (mantendo o título original), em *Difference in Translation*, Joseph F. Graham (ed.).
_____. *La Dissémination*. Paris, Seuil, 1972.
_____. *Of Grammatology*, trad. Gayatri Chakravorty Spivak. John Hopkins, Baltimore, 1974.
DICKENS, Charles. *Hard Times*. Harmondsworth: Penguin, 1982. [Trad. português: *Tempos Difíceis*. Tradução de José Maria Machado. São Paulo: Clube do Livro, 1969.]

DUNNETT, Jane. "Foreign Literature in Fascist Italy: Circulation and Censorship", in *TTR*, vol. 15:2, 2º semestre de 2002, p. 97-123. Disponível em: <http://www.erudit.org/revue/ttr/2002/v15/n2/007480ar.pdf>.

ELIOT, T. S. "Ezra Pound: His Metric and Poetry". Em: *Penguin Critical Anthologies: Ezra Pound*, J. P. Sullivan (ed.).

_____. "Introduction" to *Ezra Pound: Selected Poems*. Em: *Penguin Critical Anthologies: Ezra Pound*, J. P. Sullivan (ed.).

EVEN-ZOHAR, Itamar. *Papers*, em *Historical Poetics*. Tel Aviv, Porter Institute for Poetics and Semiotics, 1978.

_____. "The Position of Translated Literature within the Literary Polysystem". Em: *Literature and Translation*, James S. Holmes, José Lambert e Raymond van der Broeck (eds.).

FRANCA, Lucia Helena Sena. *Um Curso Universitário de Interpretação Glocal: com Foco na Realidade Brasileira Sintonizado com as Tendências Mundiais*. Tese de doutoramento. Faculdade de Filosofia, Letras e Ciências Humanas (FFLCH), USP, 2005.

FRANCO, Eliana. *Revoicing the Alien in Documentaries. Cultural agency, norms and the translation of audiovisual reality*. Tese de doutoramento. Katolieke Universiteit Leuven, 2000. Disponível em: <http://tede.ibict.br/tde_arquivos/1/TDE-2005-02-23T06:09:47Z-94/Publico/ElianaPCFranco.pdf>.

_____; e ARAÚJO, Vera Lúcia Santiago. *Reading Television: Checking Deaf People's Reactions to Closed Subtitling in Fortaleza, Brazil*, *The Translator*, vol. 9:2, 2003, Special Issue, Screen Translation, p. 249-67.

FROTA, Maria Paula. *A singularidade na escrita tradutora: linguagem e subjetividade nos estudos da tradução, na lingüística e na psicanálise*. Campinas: Pontes, 2000.

GADDIS ROSE, Marilyn. "Walter Benjamin as a Translation Theorist". Em: *Dispositio, Revista Hispánica de Semiótica Literária*.

GILE, Daniel (org.). "Interpreting Research", *Target* 7:1, 1995, Special Issue.

GOETHE, Johann Wolfgang von. *West-östlicher Divan*. Em: *Sämtliche Werke*, vol. 3. Zurique, Artemis-Verlag-AG, 1977.

_____. *Dichtung und Wahrheit*. Em: *Sämtliche Werke*, vol. 10.

_____. "German Romances". Em: *Schriften zur Literatur*, em *Sämtliche Werke*, vol. 14. Tradução de André Lefevere, em *Translating Literature: The German Tradition*.

GORP, Hendrik van. "The European Novel in the 17th and 18th Centuries". Em: *The Manipulation of Literature*, Theo Hermans (ed.).

GRAHAM, Joseph F. (ed.). *Difference in Translation*. Ithaca e Londres, Cornell Univ. Press, 1985.

HAMBURGER, Michael. *Friedrich Hölderlin: Poems and Fragments*. Londres, Routledge and Kegan Paul, 1966.

_____. "On Translation". Em: *Encrages: Poésie/Traduction*. Printemps-Été, 1980.

HERDER, Johann Gottfried. *Fragmente 1766-67*. Em: *Sämtliche Werke*. Berlim, Weidmannsche Buchhandlung, 1877. Tradução de André Lefevere, em *Translating Literature: The German Tradition*.

HERMANS, Theo (ed.). "Images of Translation: Metaphor and Imagery in the Rennaissance Discourse on Translation". Em: *The Manipulation of Literature*, em *Second Hand*. Antuérpia, ALW, 1985.

_____. *The Manipulation of Literature*. Londres, Croom Helm, 1985.

HOLLANDER, John. "Versions, Interpretations and Performances". Em: *On Translation*, Reuber Brower (ed.).

HOLMES, James S. (ed.). *Essays on the Theory and Practice of Literary Translation*. Haia e Paris, Mouton, 1970.

_____; LAMBERT, José; e BROECK, Raymond van der. *Literature and Translation*. Leuven, Acco, 1978.

HONIG, Edwin. *The Poet's Other Voice*. Amherst, Univ. Mass. Press, 1985.

HOWARD BANKS, Theodore. *The Poetical Works of Sir John Denham*. New Haven, Archon, 1969.

HUMBOLDT, Wilhelm von. "Aeschylos Agamemnon metrisch übersetzt von Wilhelm von Humboldt". Em: *Gesamelte Schriften*, vol. 8. Berlim-Zehlendorf, Behr, 1909. Tradução de André Lefevere, em *Translating Literature: The German Tradition*.

HVALKOF, Soren; e AABY, Peter. *Is God an American? An Anthropological Perspective on the Summer Institute of Lin-*

guistics. Copenhagen e Londres, International Work Group for Indigenous Affairs (IWGIA) e Survivial International, 1981.

JAKOBSON, Roman. "On Linguistic Aspects of Translation". Em: *On Translation*, Reuben Brower (ed.).

_____. *Linguística e comunicação*. Textos escolhidos por Izidoro Blikstein. Trad. Isidoro Blikstein e José Paulo Paes. São Paulo, Cultrix, 1977.

JOHNSON, Barbara. "Talking Fidelity Philosophically". Em: *Difference in Translation*, Joseph F. Graham (ed.).

JOHNSON, Doctor. "Life of Pope". Em: *Dr. Johnson's Life of the Poets*, Arthur Waugh (ed.). Londres, Kegan Paul, Trench & Tribner, 1896.

KELLY, Louis. *The True Interpreter*. Oxford, Blackwell, 1979.

KENNER, Hugh. *The Pound Era*. Londres, Faber & Faber, 1972.

KINSLEY, James (ed.). *The Complete Works of John Dryden*. 4 vols. Nova York, Oxford University Press, 1956.

LAGES, Susana K. *Walter Benjamin: tradução e melancolia*. São Paulo: EDUSP, 2002.

LARANJEIRA, Mário. *Do sentido à significância: em busca de uma poética da tradução*. Tese de doutoramento, USP, 1989.

LEFEVERE, André. *Translating Literature: The German Tradition*. Amsterdam, Van Gorgum, 1977.

_____. "Literary Theory and Translated Literature". Em: *Dispositio, Revista Hispánica de Semiótica Literária*, vol. 7, 1982.

_____. "Poetics (Today) and Translation (Studies)". Em: *Modern Poetry in Translation*, 1983.

_____. "What is Written Must Be Rewritten: Julius Ceasar: Shakespeare, Voltaire, Wieland, Buckingham". Em: *Second Hand*, Theo Hermans (ed.).

_____. "Why the Real Heine Can't Stand Up In/To Translation: Rewriting as a Way to Literary Influence". Em: *New Comparision*, n.° 1, verão de 1986.

LEWIS, Philip E. "The Measure of Translation Effects". Em: *Difference in Translation*, Joseph F. Graham (ed.).

LOWELL, Robert. *Imitations*. Londres, Faber & Faber, 1958.

MACK, Maynard. *The Poems of Alexander Pope*, vol. VII. Londres, Methuen, 1967.

MAN, Paul de. "Conclusions: Walter Benjamin's 'The Task of the Translator'". Em: *The Resistance to Theory*. Theory and History of Literature, vol. 33. Minneapolis, Univ. of Minnesota Press, 1986.

MASON, H. A. "The *Women of Trachis* and Creative Translation". Em: *Penguin Critical Anthologies: Ezra Pound*, J. P. Sullivan (ed.).

MATTHIESEN, F. O. *Translation, an Elizabethan Art*. Mass., Cambridge, 1931.

MESCHONNIC, Henri. *Pour la Poétique II*. Paris, Gallimard, 1973.

MIGUEL GONZALEZ, Marta. "El cine de Hollywood y la censura franquista en la España de los 40: El cine bajo palio". In RABADAN, Rosa (org.). *Traducción y censura inglés-español: 1935-1985: Estudio preliminar*. León: Universidad de León, 2000, p. 61-86.

MILTON, John. "Do the Campos Brothers Really Make It New Or Do They Just Pretend To?". Monografia apresentada no XXII Seminário Nacional de Professores de Literatura Inglesa, Poços de Caldas, janeiro de 1990.

_____. *O Clube do Livro e a tradução*. Bauru: Editora da Universidade do Sagrado Coração (EDUSC), 2002.

_____. "The Translation of Classic Fiction for Mass Markets. The Case of a Brazilian Book Club, the Clube do Livro", *The Translator*, vol. 7:1, 2001, p. 43-69.

_____. "The Translations of the Brazilian Book Club, the Clube do Livro", *Emerging Views on Translation History in Brazil*, *CROP*, revista do Curso de Língua Inglesa e Literaturas Inglesa e Norte-Americana da FFLCH, USP, n. 6, 2001, p. 195-245.

_____. "The Political Adaptations of Monteiro Lobato", *Tradução, Retradução e Adaptação, Cadernos de Tradução*, n. XI:1, 2003, Florianópolis, Universidade Federal de Santa Catarina, 2004, p. 211-27.

_____. "Between the cat and the devil: Adaptation Studies and Translation Studies", *Journal of Adaptation in Film & Performance*, vol. 2:1, 2009, 47-64. Disponível em: <http://www.atypon-link.com/INT/toc/jafp/2/1>.

_____ e EUZÉBIO, Eliane. "The Political Translations of Monteiro Lobato and Carlos Lacerda", *META*, vol. 49:3, setembro de 2004, "L'Histoire de la Traduction et la Traduction de L'Histoire". Org. Georges L. Bastin. Les Presses de l'Université de Montréal, p. 481-97.

_____. "Tradução (e identidade) política: as adaptações de Monteiro Lobato e o *Julio César* de Carlos Lacerda". In *Visões e Identidades Brasileiras de Shakespeare*. Org. Marcia A. P. Martins. Rio de Janeiro: Lucerna, 2004, p. 81-100.

_____ e HIRSCH, Irene. "Translation and Americanism in Brazil 1920-1970", *Across: Language and Cultures*, vol. 6:2, Budapeste, Akadémiai Kiadó, 2005, p. 234-57.

_____ e ALVES, Paulo Edson. "Inculturation and Acculturation in the Translation of Religious Texts. The Translations of Jesuit Priest José de Anchieta into Tupi in 16th Century Brazil", *Target*, Vol. 17:2, 2005 (pub. 2006), p. 275-96.

MINER, Earl. *The Japanese Tradition in British and American Poetry*. Princeton, 1958.

NABOKOV, Vladimir. "The Servile Path". Em: *On Translation*, Reuben Brower (ed.).

NEWMARK, Peter. *Approaches to Translation*. Oxford, Pergamon, 1982.

NIDA, Eugene A. *Toward a Science of Translation*. Leiden, Brill, 1964.

_____; e TABER, Charles R. *The Theory and Practice of Translating*. Leiden, Brill, 1974.

_____. "Principles of Translation as Exemplified by Bible Translation". Em: *On Translation*, Reuben Brower (ed.).

NOBREGA, Thelma; e MILTON, John. "The role of Haroldo and Augusto de Campos in bringing translation to the fore of literary activity in Brazil". In *Agents of Translation*. Ed. John Milton and Paul Bandia. Amsterdã: John Benjamins, 2009.

NORRIS, Christopher. *Derrida*. Fontana Modern Masters. Londres, Fontana, 1987.

NOVALIS. *Werke und Briefe*. Munique, Winkler, Alfred Kelletat (ed.), 1968.

_____. *"Blüthestaub"*, em *Athenaum*, reimpressão em *Das Problem des Übersetzens*, Hans Störig (ed.). Tradução de André Lefevere, em *Translating Literature: The German Tradition.*
O'BRIEN, Justin. "From French to English". Em: *On Translation*, Reuben Brower (ed.).
O'SULLIVAN, Emer. "Does Pinocchio have an Italian Passport? What is Specifically National and what is International about Classics of Children's Literature". In *The Translation of Children's Literature*: A Reader. Ed. Gillian Lathey. Clevedon: Multilingual Matters, 2006, p. 146-62.
ORTEGA Y GASSET, José. "Misterio y esplendor de la traducción". Em: *Obras completas de José Ortega y Gasset*, vol. 5. Madri, Revista de Occidente, 1947.
OSEKI-DEPRÉ, Inês. Retraduire La *Bible*: Le *Qohélet*, *Cadernos de Tradução: Tradução, retradução e adaptação*, n. 11, 2003:1, Pós-Graduação em Estudos de Tradução (PGET), Universidade Federal de Santa Catarina, 2003.
_____. (ed. e trad.) *Haroldo de Campos: une Antologie.* Paris: Al Dante, 2005.
PAES, José Paulo. *Tradução: a ponte necessária.* São Paulo, Ática, 1990.
_____. "Prós e contras" e "A tradução no Brasil". Em: Folhetim, *Folha de S. Paulo*, 18 de setembro de 1983. Também em *Tradução: a ponte necessária.*
_____. "Uma odisséia tradutória". Em: *Tradução e comunicação*, n? 6, julho de 1985. Também em *Tradução: a ponte necessária.*
PALMER SMITH, Bovie. "Translation as a Form of Criticism". Em: *The Craft and Context of Translation*, William Arrowsmith e Roger Shattuck (ed.).
PANNWITZ, Rudolf. *Die Krisis der europäischen Kultur.* Nuremberg, 1947.
PARIS, Jean. "Translation and Creation". Em: *The Craft and Context of Translation*, William Arrowsmith e Roger Shattuck (ed.).
PARKER, Saliha. "Translated Literature *in* the Late Ottoman Literary Polysystem". Em: *New Comparison*, n? 1, verão de 1986.
PAZ, Octavio. "Traducción, literatura y literalidad". Em: *Traducción, literatura y literalidad.* Barcelona, Tusquets, 1981.

PERRONE-MOISÉS, Leyla. *Traducción, crítica, escritura*. São Paulo, Ática, 1978.
PLAZA, Julio. *Tradução intersemiótica*. São Paulo, Perspectiva, 1987.
PÖCHHACKER, Franz; e KADRIC, Mira. "The hospital cleaner as healthcare interpreter: A case study", *The Translator*, 5:2, 1999, p. 161-78.
_____. (org.) *The Interpreting Studies Reader*. Londres: Routledge, 2002.
POGGIOLI, Renato. "The Added Artificer". Em: *On Translation*, Reuben Brower (ed.).
PORTINHO, Waldiva Marchiori (org.). *A tradução da grande obra literária (depoimentos)*. São Paulo, Álamo, 1982.
POUND, Ezra. *Ezra Pound: Selected Poems* (1928).
_____. *Personae*. Londres, Faber & Faber, 1953.
_____. *Ezra Pound, Translations*. Londres, Faber & Faber, 1953.
_____. *The Classic Anthology According to Confucius*. Londres, Faber & Faber, 1955.
_____. *Women of Trachis*. Londres, Faber & Faber, 1956.
_____. "A Retrospect", "Notes on Elizabethan Classicists", "How to Read", "Early Translations of Greek", "Arnault Daniel", "Date Line", todos em *Literary Essays of Ezra Pound*. Londres, Faber & Faber, 1960.
_____. *The Cantos of Ezra Pound*. Londres, Faber & Faber, 1964.
PROJETO CORPUS MULTILINGUE PARA ENSINO E TRADUÇÃO. Disponível em: <http://www.fflch.usp.br/dlm/comet/>.
RABELAIS, François. *Gargantua*. Paris: Gallimard, 1965. [Trad. português: *O gigante gargântua*. Tradução de José Maria Machado. São Paulo: Clube do Livro, 1961.]
RADICE, William; e REYNOLDS, Barbara. *The Translator's Art*. Harmondsworth, Penguin, 1987.
RAFFEL, Burton. "The Forked Tongue: On the Translation Process". Em: *DELOS*, n.º 5, 1970.
RAND, Richard. "o'er-brimmed". Em: *Difference in Translation*, Joseph F. Graham (ed.).
READ, Forrest. "A Man of No Fortune". Em: *Twentieth Century Views: Ezra Pound*, Walter Sutton (ed.). New Jersey, Prentice Hall, 1963.

REXROTH, Kenneth. "The Poet as Translator". Em: *The Craft and Context of Translation*, William Arrowsmith e Roger Shattuck (eds.).
RODRIGUES, Antonio Medina. *Odorico Mendes: tradução da épica de Virgílio e Homero*. Tese de doutoramento, USP, 1980.
RODRIGUES, Cristina Carneiro. *Tradução e diferença*. São Paulo: UNESP, 1999.
RÓNAI, Paulo. *Guia prático de tradução francesa*. Rio de Janeiro, Educom, 1976.
_____. *Escola de tradutores*. Educom, Rio de Janeiro, 1976.
_____. *A tradução vivida*. Rio de Janeiro, Nova Fronteira, 1981.
ROSAS, Marta. *Tradução de humor*: transcriando piadas. Rio de Janeiro: Lucerna, 2002.
ROSCOMMON, Lorde. *Poems by the Earl of Roscommon*. Londres, Tonson, 1717.
RUNDLE, Christopher. "Publishing Translations in Mussolini's Italy: A Case Study of Arnaldo Mondadori", *Textus* (English Studies in Italy) II, 1999, p. 427-42.
_____. "The Censorship of Translation in Fascist Italy", *The Translator* 6:1, 2000, p. 67-86.
SANTOS, Agenor Soares dos. "Beware of Les Faux Amis". Em: *Tradução e comunicação*, n.º 9, dezembro de 1986.
SCHLEGEL, August Wilhelm. "Dante – über die Göttliche Komödie". Em: *Sprache und Poetik*, incluído em *Kritische Schriften und Briefe I*, Edgar Lohner (ed.). Stuttgart, Kohlhammer, 1962.
_____. "Etwas über Wilhelm Shakespeare bei Gelegenheit Wilhelm Meistens". Em: *Sprache und Poetik*, incluído em *Kritische Schriften und Briefe I*.
_____. *Geschiste der romantischen Literatur*. Em: *Kritische Schriften und Briefe IV*, Edgar Lohner (ed.), 1965.
SCHLEIERMACHER, Friedrich. "Über die verschiedenen Methoden des Übersetzens". Em: *Sämtliche Werke, Dritte Abteilung (Zur Philosophie)*, vol. II. Berlim, Reimer, 1938. Trad. para o inglês de André Lefevere, em *Translating Literature: The German Tradition*.
SCHULTZE, Brigitte. "In Search of a Theory of Drama Translation: Problems of Translating Literature (Reading) and Thea-

tre (Implied Performance)". Em: *Interculturality and Historical Study of Literary Translations*. Berlim, Marald Kitte, Armin Paul Frank, Erich Schmidt (eds.), 1992.

_____. "Problems of Cultural Transfer and Cultural Identity: Personal Names and Titles in Drama Translation". Não publicado.

SHAKESPEARE, William. *Hamlet*. Tradução de John Milton e Marilise Rezende Bertin. Edição adaptada bilíngue. São Paulo: Disal, 2005.

_____. *Romeu e Julieta*. Tradução de John Milton e Marilise Rezende Bertin. Edição adaptada bilíngue. São Paulo: Disal, 2006.

_____. *Otelo*. Tradução de John Milton e Marilise Rezende Bertin. Edição adaptada bilíngue. São Paulo: Disal, 2008.

SHELLEY, Percy Busshe. *The Prose Works of Percy Busshe Shelley*, vol. 2. Chatto & London, Windus, 1912.

SKOUMAL, Aloys. "The Sartorial Metaphor and Incongruity in Translation". Em: *The Nature of Translation*, James S. Holmes (ed.).

SOUTHAM, B. C. *A Student's Guide to the Selected Poems of T. S. Eliot*. Londres, Faber & Faber, 1968.

STACKELBERG, Jürgen von. "Oronoko et l'abolition de l'esclavage: le rôle du traducteur", trad. Geneviève Roche. Em: *Revue de Littérature Comparée*, n? 2, 1989.

STEINER, George. *After Babel*. Nova York, Oxford University Press, 1975.

_____. *The Penguin Book of Modern Verse Translation*. Harmondsworth, Penguin, 1966.

STEINER, T. R. *English Translation Theory, 1650-1800*. Amsterdam, van Gorgum, 1975.

STÖRIG, Hans Joachim. *Das Problem des Übersetzens*. Darmstadt, Wissenschaftliche Buchgesellschaft, 1969.

STURGE, Kate (2002). "Censorship of Translated Fiction in Nazi Germany. Revue", in *TTR*, vol. 15:2, 2? semestre 2002, p. 153-69. Disponível em: <http://www.erudit.org/revue/ttr/2002/v15/n2/007482ar.pdf>.

SULLIVAN, J. P. "Pound's Homage to Propertius: The Structure of a Mask". Em: *Twentieth Century Views: Ezra Pound*, Walter Sutton (ed.).

_____. *Penguin Critical Anthologies: Ezra Pound*. Harmondsworth, Penguin, 1970.

THE TRANSLATIONAL ENGLISH CORPUS (TEC). Disponível em: <http://www.monabaker.com/tsresources/TranslationalEnglishCorpus.htm>. Acesso em: 29 de novembro de 2009.

THEODOR, Erwin. "A tradução de obras literárias alemãs no Brasil". Em: *Revista do Instituto de Estudos Brasileiros*, n.º 16, 1975.

TOLEDO, Dionísio de Oliveira. *Teoria da literatura: formalistas russos*. Porto Alegre, Globo, 1978.

TOMLINSON, Charles. *The Oxford Book of Verse in English Translation*. Nova York, Oxford University Press, 1980.

TOURY, Gideon. *Search of a Theory of Translation*. Tel Aviv, Porter Institute for Poetics and Semiotics, 1980.

_____. "A Rationale for Descriptive Translation Studies". Em: *The Manipulation of Literature*, Theo Hermans (ed.).

TRADUÇÃO AUDIOVISUAL E ACESSIBILIDADE: LEGENDA ABERTA E FECHADA, AUDIODESCRIÇÃO, DUBLAGEM, *VOICE-OVER*, INTERPRETAÇÃO. Disponível em: <http://acessibilidadeaudiovisual.blogspot.com/search/label/Notícias>. Acesso em: 29 de novembro de 2009.

TYMOCZKO, Maria. "Translation as a Force for Literary Revolution in the Twelfth Century Shift from Epic to Romance". Em: *New Comparison*, n.º 1, verão de 1986.

_____. "Translation and Political Engagement: Activism, Social Change and the Role of Translation in Geopolitical Shifts", *The Translator*, vol. 6:1, 2000, p. 23-47.

_____. *Translation in a Postcolonial Context*. Manchester: St. Jerome, 1999.

TYTLER, Alexander Fraser. *Essay on the Principles of Translation*. Londres, Everyman, sem data.

UMA NUVEM DE CORVOS: "O CORVO" EM PORTUGUÊS: TRADUÇÕES, INSPIRAÇÕES E ENSAIOS. Disponível em: <http://www.elsonfroes.com.br/framepoe.htm>. Acesso em: 27 de novembro de 2009.

VALÉRY, Paul. *Variété V*. Paris, Gallimard, 1945.

_____. *The Art of Poetry*, ensaios traduzidos de Denise Folliot. Londres, Routledge & Kegan Paul, 1958.

VANDAELE, Jeroen. "Funny Fictions": Francoist Translation Censorship of Two Billy Wilder Films, *The Translator*, vol. 8:2, 2002, p. 267-302.

VANDERAUWERA, Ria. "The Response to Translated Literature". Em: *The Manipulation of Literature*, Theo Hermans (ed.).

VENUTI, Lawrence. *The Translator's Invisibility*. Londres: Routledge, 1995.

_____. Translation, Community, Utopia. In *The Translation Studies Reader*. Ed. Lawrence Venuti. Londres: Routledge, 1995, p. 468-88.

VIEIRA, Else. "Por uma teoria pós-moderna da tradução". Tese de doutoramento, Belo Horizonte, Universidade Federal de Minas Gerais, 1992.

VIZIOLI, Paulo. "Resposta à resenha de Nelson Ascher sobre seu livro de traduções dos poemas de Donne", *John Donne: o poeta do amor e da morte*. Em: *Folha de S. Paulo*, 5 de maio de 1985.

VOLICH, Rubens Marcelo. "Os postulados da razão tradutora, entrevista com Jean Laplanche" e "Os dilemas da tradução tradutora". Em: Folhetim, *Folha de S. Paulo*, 30 de julho de 1988.

WALEY, Arthur. "Notes on Translation". Em: *DELOS*, vol. 3, 1969.

WANDERLEY, Jorge. *A tradução do poema entre poetas do Modernismo: Manuel Bandeira, Guilherme de Almeida, Abgar Renault*. Dissertação de mestrado, Rio de Janeiro, PUC, 1985.

_____. *A tradução do poema: notas sobre a experiência da Geração de 45 e dos Concretos*. Tese de doutoramento, Rio de Janeiro, PUC, 1988.

WEBB, Timothy. *The Violet in the Crucible*. Nova York, Oxford University Press, 1976.

WINTER, Werner. "Impossibilities of Translation". Em: *The Craft and Context of Translation*, William Arrowsmith e Roger Shattuck (eds.).

WOOLF, Virginia. "The Russian Point of View". Em: *The Common Reader*. Harmondsworth, Pelican, 1938.

WYLER, Lia. *Línguas, poetas e bacharéis:* Uma Crônica da Tradução no Brasil. Rio de Janeiro: Rocco, 2003.

YIP, Wai-lim. *Ezra Pound's Cathay*. Princeton Univ. Press, 1969.

ZUBER, Roger. *Les "Belles Infidèles" et le goût classique*. Paris, Armand Colin, 1968.

1ª edição 1993 (Ars Poetica) | **3ª edição** dezembro de 2010
Diagramação Studio 3
Fonte Times New Roman 11 pt | **Papel** Extraprint 75 g
Impressão e acabamento Corprint